《三体》
的思想世界

郭绍敏　著

郑州大学出版社

图书在版编目(CIP)数据

《三体》的思想世界／郭绍敏著. — 郑州：郑州大学出版社，
2021.10
ISBN 978-7-5645-8125-1

Ⅰ. ①三…　Ⅱ. ①郭…　Ⅲ. ①幻想小说－小说研究－中
国－当代　Ⅳ. ①I207.42

中国版本图书馆 CIP 数据核字(2021)第 170194 号

《三体》的思想世界
《SAN TI》DE SIXIANG SHIJIE

策划编辑	李勇军		封面设计	吴　月	
责任编辑	暴晓楠		版式设计	吴　月	
责任校对	刘晓晓		责任监制	凌　青	李瑞卿

出版发行	郑州大学出版社有限公司(http://www.zzup.cn)	
地　　址	郑州市大学路 40 号(450052)	
出 版 人	孙保营	
发行电话	0371-66966070	
经　　销	全国新华书店	
印　　刷	河南瑞之光印刷股份有限公司	
开　　本	890 mm×1 240 mm　1 / 32	
印　　张	11.125	
字　　数	341 千字	
版　　次	2021 年 10 月第 1 版	
印　　次	2021 年 10 月第 1 次印刷	

书　　号	ISBN 978-7-5645-8125-1	定　价	58.00 元	

本书如有印装质量问题,请与本社联系调换。

目录

哥拉斯的对话

一、科学利维坦与反观性

1

刘慈欣的《三体》① 是一部科幻小说。所谓科幻小说，乃"科学"、"幻想"和"小说"（文学）的三位一体，类似于奥古斯丁所言的圣父、圣子和圣灵之"一而三，三而一"的关系。奥古斯丁说，"我们要借上帝之助……阐明独立真神之为三位一体，及说、信、视父、子、灵为同一实体或存在的正当性"②。按法国学者波塔利《圣奥古斯丁思想导论》一书的总结，"三一痕迹与形象"广泛存在于奥古斯丁的著作中，其中之一即为"物理（圣父）—逻辑

---

① 刘慈欣的《三体》共三部，由重庆出版社分别于 2008 年 1 月、2008 年 5 月和 2010 年 11 月出版。2015 年 8 月，刘慈欣凭《三体》斩获第 73 届世界科幻大会颁发的雨果奖最佳长篇小说奖，为亚洲首次获奖。复旦大学中文系副教授严锋评论道："刘慈欣单枪匹马，把中国科幻提升到了世界水平。"

② ［古罗马］奥古斯丁：《论三位一体》，周伟驰译，商务印书馆 2018 年版，第 6 页。

（圣子）—伦理（圣灵）"①，而在《三体》中，男主角的名字恰好叫罗辑。作为面壁者的罗辑同圣子耶稣一样，其使命神圣、冷酷而孤独，"面壁计划的最高境界，就是除了面壁者本人，地球和三体世界都无人能够理解它"②；"罗辑的破壁人就是他自己"③；"它的逻辑冷酷而变态，但却像锁住普罗米修斯的铁环般坚固无比"④。普罗米修斯、耶稣和罗辑都是身陷困境的先知。

2

不管是硬科幻⑤还是软科幻，都以科学为前提。刘慈欣说，"科学是科幻的母亲"⑥，"科学是科幻小说力量的源

---

① 参见［古罗马］奥古斯丁：《论三位一体》，周伟驰译，商务印书馆 2018 年版，中译者序。又参见奥古斯丁：《上帝之城》（上卷），王晓朝译，人民出版社 2006 年版，第 477 页。

② 刘慈欣：《三体Ⅱ·黑暗森林》，重庆出版社 2008 年版，第 151 页。

③ 刘慈欣：《三体Ⅱ·黑暗森林》，重庆出版社 2008 年版，第 107 页。

④ 刘慈欣：《三体Ⅱ·黑暗森林》，重庆出版社 2008 年版，第 98 页。

⑤ 大卫·哈特威尔罗列了识别硬科幻的标准：第一，硬科幻是关于真理的美，是关于描写和面对科学真相的情感体验；第二，在科学上合乎逻辑，有经验的读者会认为硬科幻是真实的；第三，在故事的某一节点上，依赖说明散文而非文学散文，其目的在于描写特定现实的属性；第四，依赖故事外的科学知识；第五，主要是通过传递信息，事实上是通过教导来达到影响。参见［英］爱德华·詹姆斯、法拉·门德尔松主编《剑桥科幻文学史》，穆从军译，百花文艺出版社 2018 年版，第 336 页。

⑥ 刘慈欣：《从大海见一滴水——对科幻小说中某些传统文学要素的反思》，载《刘慈欣谈科幻》，湖北科学技术出版社 2014 年版，第 53 页。

泉"①。

3

凡文学（涵括小说）皆有想象和幻想。"想象"一词的力度弱，"幻想"一词的力度强。

西晋文学家陆机所言的"观古今于须臾，抚四海于一瞬"②的想象力堪谓发达，但他所谓"古"，最多上溯至传说时代（三皇五帝），到他所在的"今"只有几千年，他无法想象宇宙最初三分钟是怎么回事③；他所谓"四海"，只囿于古中国的有限地域，不可能扩衍至爱琴海、大西洋和格陵兰岛，更遑论冥王星、仙女星系和 GN-z11 星系④。

中国古诗中的"银河"（如秦观《鹊桥仙·纤云弄巧》）纯属想象，而非基于精准细密的观测。⑤

是现代科学大大拓展了想象和幻想的空间。

---

① 刘慈欣：《混沌中的科幻》，载《最糟的宇宙，最好的地球——刘慈欣科幻评论随笔集》，四川科学技术出版社 2016 年版，第 3 页。

② 陆机著，张少康集释：《文赋集释》，人民文学出版社 2002 年版，第 36 页。

③ "在最初三分钟结束时，宇宙的组成主要是光、中微子和反中微子。"（［美］史蒂文·温伯格：《最初三分钟：关于宇宙起源的现代观点》，王丽译，重庆大学出版社 2015 年版，第 7 页）

④ GN-z11 星系又称婴儿星系，在 2016 年被哈勃望远镜观测到，距离地球 134 亿光年。

⑤ "东方学者，企图从冥想、顿悟甚至梦游中参透太阳运行的秘密，可笑至极！"（刘慈欣：《三体》，重庆出版社 2008 年版，第 132 页）

科幻小说《火星编年史》①和"科学怪人"弗兰肯斯坦②只可能诞生在乌烟瘴气的现代，而非科学（尤其数理天文学）和技术远不发达的明月清风的古时。古代有神话、神魔（鬼怪）小说，但不存在科幻小说诞生的土壤。

孔子不信鬼神："未能事人，焉能事鬼？"③ 在古代，孔子只能成圣（圣是俗的最高阶段）；在现代，科学封神。

4

"法学是规则之学""文学是人学"等被奉为金科玉律的话其实很不确切。在刘慈欣看来，传统文学以"人学"为中心，实际上是"超级自恋"④，而克服、超越这种自恋的最自觉的文学形式就是科幻文学，它属于更高层次的美学。"科学之美一旦展现在人们面前，其对灵魂的震撼和净化的力量便是巨大的，某些方面是传统文学之美难以达到的。"⑤

---

① 参见〔美〕布拉德伯里：《火星编年史》，林翰昌译，上海译文出版社 2017 年版。
② 参见〔英〕玛丽·雪莱：《科学怪人 FRANKENSTEIN》，缪汉绘，于而彦译，作家出版社 2010 年版。
③ 《论语·先进》。
④ 刘慈欣：《重返伊甸园》，载《最糟的宇宙，最好的地球——刘慈欣科幻评论随笔集》，四川科学技术出版社 2016 年版，第 218 页。
⑤ 刘慈欣：《混沌中的科幻》，载《最糟的宇宙，最好的地球——刘慈欣科幻评论随笔集》，四川科学技术出版社 2016 年版，第 3 页。

超越自己的文学可谓之"超文学"（如果不叫"科幻
文学"①）的话。"超文学"是真正的文学。

超越自己的人可谓之超人。超人是真正的人。②

超越超新星的纪元可谓之超新星纪元。在新纪元开启
的瞬间，超新星爆发形成的玫瑰星云"照亮了大地上的每
一个细节"③。

5

大地上的每一个细节？

涵括夸父脚趾上的血痕和奥丁宝座④上的纹理吗？

涵括驴性空间的举烛人⑤和恒河奶茶般浑浊的河

---

① "科幻文学是一种能飞起来的文学。"（刘慈欣：《从大海见一滴
水》，载《最糟的宇宙，最好的地球——刘慈欣科幻评论随笔集》，四川科
学技术出版社 2016 年版，第 114 页）

② 尼采说："我就是那个必须不断超越自己的东西。"（［德］尼采：
《尼采：查拉图斯特拉如是说》，杨佩昌译，中国画报出版社 2012 年版，第
106 页）亨利·米勒说："只有到了创造力的最顶峰，人才真正有了人性。"
（［美］亨利·米勒：《心灵的智慧》，高明乐等译，中国人民大学出版社
2004 年版，第 9 页）

③ 刘慈欣：《超新星纪元》，重庆出版社 2009 年版，第 17 页。

④ "奥丁的宝座就像一座巨大的瞭望塔一样；在这上面，他君临寰
宇。"（［英］亚瑟·考特瑞尔：《欧洲神话》，俞蘅译，新世纪出版社 2011
年版，第 214 页）

⑤ 参见［意］努乔·奥尔迪内：《驴子的占卜——布鲁诺及关于驴
子的哲学》，梁禾译，东方出版社 2005 年版，第 49 页。

水①吗？

涵括太平洋海底的珊瑚墓地②吗？

涵括爱因斯坦书房墙壁上的法拉第（画像）的忧郁眼神③吗？

涵括纯真博物馆里乌德琴低沉的呻吟④、马车乘着星光降临⑤、刻在烟斗上的《启示的字母》弥散的性感香味⑥、布宜诺斯艾利斯一八九九年八月二十四日黎明时南面朝霞的形状⑦、魔术师哈里·胡迪尼（他刚刚当选为总统）手中的冲锋枪⑧、自由女神像肮脏的脸、撒马尔罕王

---

① 参见［日］妹尾河童：《窥视印度》，姜淑玲译，生活·读书·新知三联书店 2004 年版，第 23 页。

② 参见［法］凡尔纳：《海底两万里》，名家编译委员会译，北京日报出版社 2016 年版，第 93 页。

③ 参见［英］布莱恩·克莱格、罗德里·埃文斯：《十大物理学家》，向梦龙译，重庆出版社 2017 年版，第 70 页。

④ 参见［土耳其］帕慕克：《纯真博物馆》，陈竹冰译，上海人民出版社 2010 年版，第 257 页。

⑤ 参见［美］提姆·鲍尔斯：《阿努比斯之门》，颜湘如译，中国妇女出版社 2009 年版，第 37 页。

⑥ 参见［法］米歇尔·福柯：《这不是一只烟斗》，邢克超译，漓江出版社 2012 年版，第 52 页。

⑦ 参见［阿根廷］博尔赫斯：《杜撰集》，王永年译，上海译文出版社 2015 年版，第 8 页。

⑧ 参见［美］库尔特·冯内古特：《囚鸟》，董乐山译，百花洲文艺出版社 2017 年版，第 73 页。

宫中的淫乱①、吃了能让人明白世界真相的红色药丸②、床垫上仿佛风干的花瓣（其实是一块污渍）③、华山使者在托付牍书④、正在与智能镜网连接的眼镜⑤、白雪公主的利牙狠狠嵌入智慧女巫的手臂⑥、东京巷口的小影戏棚子⑦、《清明上河图》中的一条幽灵船、华北水利水电学院计算机大楼内的一台286电脑、金字塔中的蛛网，以及一位异乡异客赠给艾格尼丝的一本翻得卷边的航海天文历⑧吗？

答案是肯定的。有问自然有答——和谐秩序的基本原理⑨。

---

① 参见《一千零一夜》，李唯中译，南海出版公司2006年版，第4—5页。

② 参见美国Sparknotes编辑部导读：《黑客帝国三部曲》，孙洪振译，天津科技翻译出版公司2010年版，第15页。

③ 参见［加］阿特伍德：《使女的故事》，陈小慰译，上海译文出版社2017年版，第57页。

④ 参见［晋］干宝：《搜神记》，中国画报出版社2013年版，第55页。

⑤ 参见［德］卡尔·奥斯伯格：《黑镜》，叶柔寒译，北京理工大学出版社2019年版，第271页。

⑥ 参见［英］尼尔·盖曼：《烟与镜》，不圆的珍珠等译，上海文艺出版社2016年版，第306页。

⑦ 参见［宋］孟元老：《东京梦华录：精装插图本》，中国画报出版社2013年版，第117页。

⑧ 参见［美］海因莱因：《异乡异客》，吴为、陈宁译，四川科学技术出版社2006年版，第101页。

⑨ 参见［英］哈耶克：《自由秩序原理》，邓正来译，生活·读书·新知三联书店1997年版，第1页。又参见梁治平：《寻求自然秩序中的和谐》，中国政法大学出版社2002年版，第24—25页。

大多时候是，一个人问，另一个人答。① 但在某些亦幻亦真的领域，只能自问自答。

6

孔子的三位一体理论："友直，友谅，友多闻"（友谊论）；"乐节礼乐，乐道人之善，乐多贤友"（快乐论）；"戒之在色……戒之在斗……戒之在得"（儆戒论）。②

7

孔子不事鬼神，也不是奥古斯丁意义上的教父，但他有宗教感情："祭神如神在。"③

从事科学研究和科幻创作需要宗教感情。

爱因斯坦认为，"宇宙宗教感情是科学研究的最强有力、最高尚的动机"，"恰恰在每个时代的异端者中间，我们倒可以找到那些洋溢着这种最高宗教感情的人，他们在很多场合被他们的同时代人看作是无神论者，有时也被看作是圣人"。④

杨振宁在一次记者采访时表达了"最深的宗教感"，

---

① 参见［古希腊］柏拉图：《智者》，詹文杰译，商务印书馆2012年版，第3页。

② 《论语·季氏》。

③ 《论语·八佾》。

④ ［德］爱因斯坦：《宗教和科学》，载《爱因斯坦文集（第一卷）》，许良英、范岱年编译，商务印书馆1976年版，第281—282页。

指出那是一种"神圣的、庄严的气氛",一种"这本不应该让凡人看见的感觉","这里边(指对自然和物质的探索)有极美的、神秘的、可能有大威力的东西——同时也是非常美妙的"。①

刘慈欣一方面声称自己是"坚定的无神论者",另一方面又痛斥"中国科幻缺乏宗教感情"。"科幻的宗教感情,就是对宇宙神秘的深深的敬畏感。"② "在理论物理这个领域要想有所建树,需要一种宗教般的执着,这很容易把人引向深渊。"③

8

刘慈欣不愿奢谈"用压死人的巨著也说不清的题目"和泛神论者斯宾诺莎④,但他确实拜访过位于小城莱茵斯

① 杨振宁著,翁帆编译:《曙光集》,生活·读书·新知三联书店2008年版,第157页。
② 刘慈欣:《"SF教"》,载《最糟的宇宙,最好的地球——刘慈欣科幻评论随笔集》,四川科学技术出版社2016年版,第31页。刘慈欣称这种宗教感情为"SF教"(SF:"Science Fiction"的缩写)。"在'科学边界'的学者们进行讨论时,常用到一个缩写词:SF,它不是指科幻,而是上面那两个词(射手-shooter、农场主-farmer)的缩写。这源自两个假说(射手假说和农场主假说),都涉及宇宙规律的本质。"(刘慈欣:《三体》,重庆出版社2008年版,第20页)潘雨廷先生认为:"有神论我不同意,但不可以无神论为先入之见,否则学问不会提高。无神论之弊与有神论同。"(张文江记述:《潘雨廷先生谈话录》,复旦大学出版社2012年版,第281页)
③ 刘慈欣:《三体》,重庆出版社2008年版,第17页。
④ 刘慈欣:《"SF教"——谈科幻小说对宇宙的描写》,载《最糟的宇宙,最好的地球——刘慈欣科幻评论随笔集》,第31页。

堡的斯宾诺莎故居①，并通过书桌上的光学透镜看到了哲人忧伤而平静的面孔。

9

博尔赫斯也不愿意撰写"压死人的巨著"或啰里啰唆的长篇小说。他慷慨地献诗给斯宾诺莎——

> 他超越了隐喻和神话，
> 打磨着坚硬的水晶：
> 上帝的全部星辰的无限图像。②

在博尔赫斯看来，那些不懂西班牙文的读者不仅不会难以理解这首诗，反而"让这首诗更美好"③。

10

斯宾诺莎看到过上帝，准确地说是上帝的背影。

---

① "今天，那幢房子还在，那条路名还用着这位哲学家（斯宾诺莎）的名字。"〔［美］杜兰特：《哲学的故事》（上册），金发燊译，生活·读书·新知三联书店 1997 年版，第 216 页〕又参见［美］I. B. 辛格：《市场街的斯宾诺莎》，傅晓微译，译林出版社 2018 年版，第 1—8 页。同斯宾诺莎一样，辛格也是犹太人。

② ［阿根廷］博尔赫斯：《斯宾诺莎》，载《另一个，同一个》，王永年译，上海译文出版社 2017 年版，第 148 页。

③ ［阿根廷］博尔赫斯：《诗艺》，陈重仁译，上海译文出版社 2015 年版，第 155 页。博尔赫斯用西班牙文写作。

斯宾诺莎曾经和上帝住在同一座旅馆。紧邻的房间。他们相互且同时听到了对方雄壮的鼾声。①

11

斯宾诺莎说:"上帝的精灵嘘入了预言家。"②

终身未婚的斯宾诺莎倘若娶妻,恰宜的对象是卡珊德拉③——预言家娶预言家才称得上门当户对,"同声相应,同气相求"④。

12

斯宾诺莎被革除犹太教籍只因他公开说了一句现在看来再平常不过的真话:"自然本身就是上帝的力量,不过是另一名辞而已。"⑤

杨冬自杀前仍有一个最后的问题顽固地留在潜意识中:"大自然真是自然的吗?"⑥ ——这把简单的问题复杂化了。

---

① 参见〔荷兰〕斯宾诺莎:《神学政治论》,温锡增译,商务印书馆1963年版,第26页。

② 〔荷兰〕斯宾诺莎:《神学政治论》,温锡增译,商务印书馆1963年版,第26页。

③ 卡珊德拉是希腊神话中的特洛伊公主,阿波罗的祭司,因神蛇以舌为她洗耳而获得预言能力。

④ 《易·乾》。庄子也说:"同类相从,同声相应,固天之理也。"(《庄子·渔父》)

⑤ 〔荷兰〕斯宾诺莎:《神学政治论》,温锡增译,商务印书馆1963年版,第32—33页。

⑥ 刘慈欣:《三体Ⅲ·死神永生》,重庆出版社2010年版,第18页。

杨冬之所以自杀,用其母叶文洁的话来说就是,"让她太早接触了那些太抽象、太终极的东西"①。

将抽象、终极的东西简化是诗人的基本技能。"诗是什么?诗是思想的浓缩","我们寻求的方程式其实就是自然的诗篇"。②

诗是哲人的事业。这样说是为了劝诫风花雪月的诗人:别费劲了,你们进不了天国!

哲学是男人的事业。这样说有点大男子主义(因而违背政治正确,尽管波伏娃和阿伦特并不这么想),但也是为了保护"对镜贴花黄"③的美丽少女和端庄少妇,防止她们在镜中看到自己的骷髅相。

13

既然"每一个自在的事物莫不努力保持其存在"④及唯一性,那么,景阳冈的老虎就只想做景阳冈的老虎,昆仑山就只想做昆仑山,《国际法辞典》就只想做《国际法辞典》,莫言就只想做莫言,绝不存在"很多莫言,只有

---

① 刘慈欣:《三体》,重庆出版社 2008 年版,第 52 页。

② 杨振宁著,翁帆编译:《曙光集》,生活·读书·新知三联书店 2008 年版,第 156 页。

③ 《木兰诗》,载郭茂倩编:《乐府诗集》,万卷出版公司 2009 年版,第 34 页。

④ [荷兰]斯宾诺莎:《伦理学》,贺麟译,商务印书馆 1983 年版,第 105 页。

一个刘慈欣"① 的问题。最多只能说，"一千个读者心中有一千个莫言"。但循此逻辑，则亦可以说，"一千个读者心中有一千个刘慈欣"，"一千个读者心中有一千个《繁星若尘》② "，"一千个读者心中有一千个拷刑吏③"，"一千个读者心中有一千个《三体》"。

14

"抬起头来往高处仰望，竟看不到墙冠。这墙直挺挺地平整地耸立着，把苍穹劈成两半。"④ ——简直比巴别塔还高！有几个俄罗斯人总想"翻墙爬过去"，甚至把墙推倒⑤，尽管每次都以失败和绝望而告终。

---

① 陈慕雷：《很多莫言，为什么只有一个刘慈欣?》，载李广益、陈颀编《〈三体〉的 X 种读法》，生活·读书·新知三联书店 2017 年版，第 196—205 页。莫言指出："要有一种世界性的眼光和胸怀，只有知道别人已经写了什么，我们才可能写跟别人不一样的东西。"（莫言：《碎语文学》，作家出版社 2012 年版，第 282 页）莫言同其他中国作家是很不一样的，他荣膺诺贝尔文学奖当然不是像某些人认为的那样纯属侥幸。

② ［美］阿西莫夫：《繁星若尘》，叶李华译，江苏凤凰文艺出版社 2015 年版。

③ 参见［美］吉恩·沃尔夫：《新日之书：拷刑吏之影》，栾杰译，新星出版社 2014 年版。

④ 参见［俄］安德烈耶夫：《墙》，载《红笑》，靳戈译，译林出版社 2000 年版，第 17 页。

⑤ 参见［俄］安德烈耶夫：《墙》，载《红笑》，靳戈译，译林出版社 2000 年版，第 17 页。

15

高墙下的诅咒，深渊里的求告——俄罗斯小说和哲学的精神症候。

刘慈欣曾公开推荐俄罗斯小说《战争与和平》《静静的顿河》，并坦承，"俄罗斯的文学对我影响很大，当然对我这个年级的人影响也都很大"。① 在短篇小说《全频带阻塞干扰》的题词中，刘慈欣写道："以深深的敬意献给俄罗斯人民，他们的文学影响了我的一生。"② 《三体》在讨论"个人对历史的作用"时，有明显的俄罗斯文学和哲学的痕迹。③

---

① 参见 2015 年 12 月 1 日陈鲁豫对刘慈欣的采访。http：//phtv. ifeng. com/a/20151202/41516471_ 2. shtml，访问日期：2020 年 6 月 7 日。

② 刘慈欣：《全频带阻塞干扰》，载《带上她的眼睛——刘慈欣科幻短篇小说集 I》，四川科学技术出版社 2015 年版，第 185 页。

③ 参见刘慈欣：《三体 II · 黑暗森林》，重庆出版社 2008 年版，第 80—81 页。又参见 [俄] 普列汉诺夫：《论个人在历史上的作用问题》，王荫庭译，商务印书馆 2010 年版。又参见 [俄] 托尔斯泰：《战争与和平》，草婴译，上海文艺出版社 2007 年版，第 1204—1218 页。

让刘慈欣钦佩不已的鲁迅也受俄罗斯精神影响。①

现在的年轻人很少读厚重、凝滞的俄罗斯文学和哲学了。读也读不懂。因为他们活得太幸福——幸福的权利不容置疑。②

16

在生活日益丰裕和便利，或者说"生活第一，哲学第二"的时代，机械降神不仅有可能发生，而且"变成任意的发生"③。

---

① 参见张典：《鲁迅与俄罗斯精神》，载《俄罗斯文艺》2002年第5期。又参见汪晖：《反抗绝望——鲁迅及其文学世界》，河北教育出版社2000年版，第5页。刘慈欣在《乡村教师》中写道："昨天讲了鲁迅的《狂人日记》，你们肯定不大懂，不管懂不懂都要多看几遍，最好能背下来，等长大了，总会懂的。鲁迅是个很了不起的人，他的书是每一个中国人都应该读读的，你们将来也一定要找来读读。"（参见刘慈欣：《乡村教师》，载《带上她的眼睛——刘慈欣科幻短篇小说集Ⅰ》，四川科学技术出版社2015年版，第123页）鲁迅的《狂人日记》受果戈理同名小说（参见《果戈理中短篇小说集》，刘淑梅译，北方文艺出版社2012年版，第151—170页）的影响。他还翻译了果戈理的代表作《死魂灵》（长江文艺出版社2012年版）。

② "幸福的极端不容怀疑，只有一个问题：到那时我们是不是都已经死了。"（［法］让·波德里亚：《冷记忆：2000—2004》，张新木、姜海佳译，南京大学出版社2013年版，第56页）

③ ［俄］舍斯托夫：《深渊里的求告》，方珊、方达琳、王利刚选编，山东友谊出版社2005年版，第1、244页。

17

常伟思①：一个经常进行伟大思考、思考如何伟大的军人。他的笑容高深莫测，认为整个人类历史只是偶然。②

托马斯·卡莱尔想结识却不曾谋面的知音。

托马斯·卡莱尔绝对且极端地说（纯粹的人往往绝对、极端），世界历史就是"伟人的历史"，伟人是"领袖""创造者"，"世界上存在的一切成就，本是来到世上的伟人的内在思想转化为外部物质的结果，也是他们思想的实际体现和具体化"，"其闪烁的光芒照亮了世界的黑暗"。③

18

名可名，非常名。

叶哲泰：叶，飘零的落叶，折射个体和人类命运；哲

---

① 常伟思是《三体》中的人物，中国人民解放军太空军司令员。

② 刘慈欣：《三体》，重庆出版社 2008 年版，第 12 页。

③ ［英］卡莱尔：《论历史上的英雄、英雄崇拜和英雄业绩》，周祖达译，商务印书馆 2010 年版，第 1 页。普列汉诺夫说："卡莱尔在其论英雄的名著中称伟大人物为创始者（Beginner）。这是非常恰当的称呼。伟人正是创始者，因为他比别人看得远些，他的欲望比别人强烈些。"（［俄］普列汉诺夫：《论个人在历史上的作用问题》，王荫庭译，商务印书馆 2010 年版，第 55 页）悉尼·胡克对卡莱尔却不以为然，他说："这个小册子对当时来说充满了激昂慷慨的精神力量，到处闪耀着精辟见解的光芒，但是它是矛盾的、夸张的、印象主义的。"（［美］悉尼·胡克：《历史中的英雄》，王清彬等译，上海人民出版社 1964 年版，第 11 页）

泰，哲学泰斗，物理学家才是真正深邃的哲人①，现在学院—人文派的哲学家太浅薄。泰，否极泰来（宇宙重生）；但也有可能是"否"极而"泰"未至。

叶文洁：允文允武，高洁傲岸（她曾在红岸基地工作）。

汪淼：汪洋，浩淼；《浩淼的蓝色远方》②；梦之海③。

丁仪：丁，四（维）之意（丁排在甲乙丙之后为四）；仪，仪式感，宇宙仪式感（宇宙社会学的一个环节）。丁仪的绰号为"六分仪"，心仪荒凉之境的物理学家④。

白沐霖：白白沐浴了上天的甘霖（无耻之徒）。

白Ice：白冰，人类所知只是冰山一角，邪恶是人性的

---

① "科学实际是介于哲学与物理两者之间的。"（［法］亨利·庞加莱：《科学简史》，刘霞译，中国文联出版社2019年版，第216页）

② 《浩淼的蓝色远方》是一部科幻电影（赫尔佐格执导，2005年），它"探讨了许多人类存在的哲学问题"。（刘慈欣：《我最喜欢的科幻电影》，载《刘慈欣谈科幻》，湖北科学技术出版社2014年版，第97页）

③ "梦之海"是"摩西劈开红海的反演"。（刘慈欣：《梦之海》，载《梦之海——刘慈欣科幻短篇小说集Ⅱ》，四川科学技术出版社2015年版，第9页）

④ 丁仪喜欢在沙漠中散步、讲课，他说："我喜欢荒凉的地方，生命对物理学是一种干扰。"（刘慈欣：《三体Ⅲ·死神永生》，重庆出版社2010年版，第405页）

冰山一角（海明威和刘慈欣的冰山理论①）；白哀思，在冰冷的太空之中，哀思无益。

史强：又称"大史"（大死）；"如死之坚强"（《圣经·雅歌》8：6）。在大史看来，三体人虽然把人类看作虫子，但"虫子从来就没有被真正战胜过"②。

东方延绪：东方延续，东方文明生生不息（刘慈欣有世界和宇宙情怀，但他毕竟是中国人）。

张援朝：张，普通一姓；援朝，抗美援朝。

云天明：拨开云雾见天日，守得云开见月明。"不畏浮云遮望眼，自缘身在最高层。"（王安石《登飞来峰》）

程心：并非成心给地球惹麻烦，德不配位而已（位：执剑人）。人类的脆弱希望。

关一帆：关闭仅存的、唯一的飞船（船帆）。

艾AA：艾，A也。三个A，对应三体、三颗太阳（恒

---

① "真正写成文字的，只是冰山的一角。"（刘慈欣：《三体Ⅱ·黑暗森林》，重庆出版社2008年版，第64页）"人类和邪恶的关系，就是大洋与漂浮于其上的冰山的关系，它们其实是同一种物质组成的巨大水体，冰山之所以被醒目地认出来，只是由于其形态不同而已，而它实质上只不过是这整个巨大水体中极小的一部分。"（刘慈欣：《三体》，重庆出版社2008年版，第70页）

② 刘慈欣：《三体》，重庆出版社2008年版，第296页。

星）。A，字母表中的第一个，即"阿莱夫"①。

维德：看清"降维打击"和"零道德宇宙"② 真相的战士。不宜做"维护道德"解，须逆向阐释（反讽）。

罗辑：逻辑，logos（希腊语），理性的力量。

庄颜：庄严。庄重而严洁的天使。

章北海：章，彰也；北，北极星；海，星辰大海。贝加尔湖古称"北海"。唐代诗人汪遵《北海》（"汉臣曾此作缧囚，茹血衣毛十九秋"）讲的是苏武故事。章北海像苏武一样坚毅、孤绝。

给小说人物起名字是一门艺术。曹雪芹是这方面的祖师爷。③

---

① "阿莱夫是希伯来字母表中的第一个字母"，"在犹太教神秘哲学中，这个字母指无限的、纯真的神明"，"在集合论理论中，它是超穷数字的象征"。（［阿根廷］博尔赫斯：《阿莱夫》，王永年译，上海译文出版社2015年版，第197—198页）又参见［美］阿米尔·艾克塞尔：《神秘的阿列夫א：数学、犹太神秘主义教派以及对无穷的探索》，左平译，上海科学技术文献出版社2008年版。

② "在这部长篇（《三体Ⅱ·黑暗森林》）里，我力图在导致人类文明彻底毁灭的大灾难的背景下，重新审视人类已有的价值和道德体系，并试图描述一个由无数文明构成的零道德宇宙。"（刘慈欣：《重返伊甸园》，载《最糟的宇宙，最好的地球——刘慈欣科幻评论随笔集》，四川科学技术出版社2016年版，第218页）

③ "曹雪芹先取贾（假）姓。名称有关联，又无关联，如秦可卿（情可亲），秦钟（情种）。元春入宫，迎春、探春、惜春则在家。贾政，官也。王熙凤，要弄权称霸的。黛玉，是忧郁的。宝钗，是实用的。妙玉，出家了。尤三姐，女中尤物也。柳湘莲，浪子也。"（木心讲述：《文学回忆录》，广西师范大学出版社2013年版，第499页）

19

道可道，非常道。"道"是客观的，又是主观的（认识和认识论）。

"天不变，道亦不变"① 的意思是，天如果变了，道亦必须变。

天（宇宙）时刻在变。倘若人类的认识和认识论（所谓"道"）跟不上节奏②，不是天的错。

20

钥匙的统治。可让渡的住宅楼的钥匙。不可让渡的天国之门的钥匙③。可让渡（准确说是褫夺）的"自然选择"号飞船控制室的钥匙——"章北海感到父亲的灵魂从冥冥中降落到飞船上，与他融为一体，他按动了操作界面上那个最后的按钮，心中默念出那个他用尽一生的努力所追求的指令：'自然选择'，前进四"④!

---

① ［汉］董仲舒：《天人三策》，载《春秋繁露·天人三策》，岳麓书社 1997 年版，第 320 页。

② "宇宙的最不可理解之处在于它是可以理解的"；"宇宙的最可理解之处在于它是不可理解的"。（刘慈欣：《乡村教师》，载《带上她的眼睛——刘慈欣科幻短篇小说集Ⅰ》，四川科学技术出版社 2015 年版，第 140 页）

③ 参见 ［俄］舍斯托夫：《深渊里的求告》，方珊、方达琳、王利刚选编，山东友谊出版社 2005 年版，第 135 页。

④ 刘慈欣：《三体Ⅱ·黑暗森林》，重庆出版社 2008 年版，第 351 页。

21

像亚当一样，达尔文也是一个初人。"初人"这个概念不应仅仅限于时间意义上最初诞生的人。

22

美国人为什么喜欢把猴子送入太空？难道因为外星人喜欢把香蕉作为礼物送给《天外来客》①？

23

"人类真可怜，他们都会送命的。"

"我们不会死，我们才可怜。"②

这句对话摘自弗诺·文奇的长篇科幻小说《深渊上的火》（译成中文达52万字）。这句对话比整部小说还精彩。

24

"有三颗太阳，它们在相互引力的作用下，做着无法预测的三体运动"，"'三日凌空'是三体世界最恐怖的灾难"。③

---

① 《天外来客》是尼古拉斯·罗伊格执导的一部科幻电影（1976年）。

② ［美］弗诺·文奇：《深渊上的火》，李克勤译，北京联合出版公司2019年版，第3页。

③ 刘慈欣：《三体》，重庆出版社2008年版，第133、135页。

"三体问题的物理原理很单纯，其实是一个数学问题。"①

"你不知道庞加莱吗?"②

25

我很想问问卢梭:"你知道梅文鼎和薛凤祚③吗?"

26

我不会愚蠢地问刘慈欣:"你知道洛伦兹、梅因、卡多佐、滋贺秀三和耶林吗?"④

---

① 刘慈欣:《三体》,重庆出版社 2008 年版,第 141 页。

② 刘慈欣:《三体》,重庆出版社 2008 年版,第 142 页。刘慈欣原注:"十九世纪法国数学家,曾证明了三体问题在数学上不可解,并从三体问题出发,在微分方程问题上创造了新的数学方法。"庞加莱当然不只是一位数学家,而是"最后一位通才"(同时是物理学家、天文学家、哲学家),他"在三体问题上取得惊人的进展";"三体问题通常被认为是 n 体问题最重要的情形,因为地球、月球和太阳提供了一个 n=3 的情形的例子"。([美]埃里克·坦普尔·贝尔:《数学大师——从芝诺到庞加莱》,徐源译,上海科技教育出版社 2018 年版,第 581、592 页)

③ 梅文鼎(1633—1721)和薛凤祚(1599—1680)都是清代的天文学家、数学家。"那个时代最优秀的天文学家是梅文鼎、薛凤祚。"([美]席文:《科学史方法论》,任安波译,北京大学出版社 2011 年版,第 86 页)

④ 洛伦兹(1853—1928),荷兰物理学家。梅因(1822—1888),英国法制史学家。卡多佐(1870—1938),美国法学家,曾担任美国最高法院法官(1932—1938)。滋贺秀三(1921—2008),以研究中国法律史著称的日本法学家,生前为东京大学教授。耶林(1818—1892),德国法学家。

27

在阅读小说《三体》之前就能将"光速不变原理""洛伦兹变换""阴极射线""富克斯函数""银河与气体理论"① 和"运动系统中的电动力学"讲得头头是道的法学院一年级新生具备成为大音乐家、人工智能专家或国家领导人的潜质。

28

庞加莱在爱因斯坦之前就提出了相对性原理:"根据相对性原则,物理现象的规律应该是同样的,无论是对于固定不动的观察者,或是对于做匀速运动的观察者。我们不能,也不可能,辨别我们是否正处于这样一个运动状态。"②

只是将庞加莱视作爱因斯坦(相对论)的先驱,是否构成不公正对待?

当然没有。正如怀特海指出的:"科学的历史告诉我们,非常接近真理和真正懂得它的意义是两回事。每一个

① 参见〔法〕彭加勒:《科学与方法》,李醒民译,商务印书馆2010年版,第199—211页。"庞加莱"也译为"彭加勒"。

② 转引自杨振宁著,翁帆编译:《曙光集》,生活·读书·新知三联书店2008年版,第378页。

重要的理论都被它的发现者之前的人说过"①，"脱离被理解的事物的纯抽象的理智概念是一种神话"②。

29

地球的山川载得动所有的人类愁绪，却未必经受得住一粒水滴③或一根粗糙的彩色线条的打击。

30

一个老旧的冰箱装得下整个文明的变迁史。④

---

① 转引自杨振宁著，翁帆编译：《曙光集》，生活·读书·新知三联书店2008年版，第379页。"他（庞加莱）被认为是法国当时最伟大的数学家。他也接近了相对论。他认为在所有的惯性系统中，光速必须是一个常数，甚至还证明在洛伦兹变换下，麦克斯韦方程依然成立。然而，他没能抛开牛顿学说关于以太的观点，认为这些扭曲只不过是电磁现象。"（［美］加来道雄：《爱因斯坦的宇宙》，徐彬译，湖南科学技术出版社2016年版，第45页）

② ［英］怀特海：《思维方式》，刘放桐译，商务印书馆2004年版，第39页。

③ 在《三体》中，水滴是由强互作用力（SIM）制成的宇宙探测器，其表面绝对光滑，其原子核被强互作用力锁死，无坚不摧。在末日之战中，仅一粒水滴就摧毁了人类太空武装力量的2013艘战舰。

④ 美国2019年科幻剧《爱，死亡和机器人》讲过一个"冰箱里的微型文明"的故事（第一季第十六集）。

31

在希尔伯特①驾驶的数学列车上就座的有歌德、李善
兰②、一个悲观的现代希腊人和几组精心加工过的词汇③。

32

每一届奥运会上都有极端民族主义者。

每一束光线都曾踏过银河系。④

每一颗思者的灵魂都看到过人马座 α 星的 A 类闪烁，
并都在两株连最末端枝杈都一模一样的大榕树下徘徊过。⑤

33

成功地切割了空间⑥也好，为无限美好的女子深爱也

---

① 希尔伯特（1862—1943），德国数学家，曾于 1900 年在巴黎举行
的国际数学家大会上做报告，提出了未来需要解决的二十三个数学问题，
后统称"希尔伯特数学问题"。

② 李善兰（1811—1882），清代数学家、天文学家，著有《则古昔斋
算学》。

③ 恩斯特·马赫说："其实那些精心选择和加工过的词汇不一定可以
让我们的想法变得更加精辟。"（转引自［法］亨利·庞加莱：《科学简
史》，刘霞译，中国文联出版社 2019 年版，第 215 页）

④ 参见［法］庞加莱：《科学简史》，刘霞译，中国文联出版社 2019
年版，第 65 页。

⑤ 参见刘慈欣：《思想者》，载《梦之海——刘慈欣科幻短篇小说集
Ⅱ》，四川科学技术出版社 2015 年版，第 157—158 页。

⑥ 参见［法］彭加勒：《科学的价值》，李醒民译，商务印书馆 2010
年版，第 48 页。

罢，都无法改变"直视着夕阳"① 的他是一个孤儿的现实。

34

奥古斯丁·孔德说，了解太阳的构成是无用的，因为这种知识对社会学毫无用处。②

眼光短浅的人不会去读庄子（尤其是他的《逍遥游》），不会像褐蚁那样去创建帝国③，不会躲在无稽崖④下研究宇宙社会学。

35

"隐公理"从未刻意隐藏。空间也并非空的。法学家的空间和几何学家的空间⑤更不是一码事。

---

① 参见刘慈欣：《球状闪电》，四川科学技术出版社 2004 年版，第 12 页。

② 参见［法］彭加勒：《科学的价值》，李醒民译，商务印书馆 2010 年版，第 107 页。

③ "褐蚁和几百个同族带着幸存的蚁后向着太阳落下的方向走了一段路，建立了新的帝国。"（刘慈欣：《三体Ⅱ·黑暗森林》，重庆出版社 2018 年版，第 1 页）

④ 无稽崖是《红楼梦》中虚构的地名。

⑤ "空间是由我们的感官揭示给我们的吗？也不是，因为我们的感官能够向我们表明的空间绝对不同于几何学家的空间。"（［法］昂利·彭加勒：《科学与假设》，李醒民译，商务印书馆 2006 年版，第 3 页）

36

不要期冀读者和偶然性的宽恕①。读者和偶然性对作者的多情都是无动于衷的。

不要试图抑制自己的冲动和激情。生命和进化的本质是创造性冲动②。"没有势不可挡的激情，我们就不能思考时间和自然的创造性流变的神秘性。"③

37

《三体》写道："三体是一个混沌系统，会将微小的扰动无限放大，其运行规律从数学本质上讲是不可预测的。"④

---

① "我希望读者宽恕我。"（［法］彭加勒：《最后的沉思》，李醒民译，商务印书馆 1995 年版，第 3 页）

② "宇宙延续着。我们越是研究时间，就越是会领悟到：绵延意味着创新，意味着新形式的创造，意味着不断精心构成崭新的东西。""有机体存活于一种延续的东西当中，如同作为整体的宇宙，如同每个有意识生命分别采取的存在方式那样。"（［法］柏格森：《创造进化论》，肖聿译，译林出版社 2011 年版，第 11、15 页）

③ ［英］怀特海：《自然的概念》，张桂权译，译林出版社 2011 年版，第 61 页。"在科学与历史之间，存在着关于能的神的冲动作用。将死的科学事实变成活的历史剧的则是世界之中的宗教冲动。"（［英］怀特海：《思维方式》，刘放桐译，商务印书馆 2004 年版，第 93 页）科幻小说是历史剧的一种形式，但不再是传统的历史剧。

④ 刘慈欣：《三体》，重庆出版社 2008 年版，第 176—177 页。

38

气象学家固然难以准确预报明天的天气①，但天气也难以准确预测气象学家明天是否会发怒。

39

上帝不仅掷骰子，还玩轮盘赌——有赢，但也有输。②

也就是说，上帝并非全知全能。认为上帝全知全能是不完美的人们的完美想象。偶然性仅仅是无知的量度。③

40

总是与庄子一个人玩太无趣。蝴蝶一度想飞入张三、李四和汤姆的梦里，无奈他们从不做梦。

---

① "气象预报是一件随机性很大的事，大气系统是一个超复杂的混沌系统，精确预测它的行为几乎是不可能的。"（刘慈欣：《混沌蝴蝶》，载《带上她的眼睛——刘慈欣科幻短篇小说集Ⅰ》，四川科学技术出版社2015年版，第161页）

② 陀思妥耶夫斯基之所以无限接近上帝，恰恰因为他曾经与上帝对赌，并在赢了以后断然离开，蜗居在彼得堡地下室夜以继日地写作。参见［俄］陀思妥耶夫斯基：《赌徒》，载陈燊主编《地下室手记》，河北教育出版社2010年版，第531页。又参见［俄］列昂尼德·茨普金：《巴登夏日》，万丽娜译，南海出版公司2012年版，第123页。（"这最后一次，他应该赢"，"他赢了，连赢了两局！"）《巴登夏日》是列昂尼德·茨普金根据陀思妥耶夫斯基生平创作的小说。

③ 参见［法］昂利·彭加勒：《科学与方法》，李醒民译，商务印书馆2010年版，第47页。

它决定远行。从商丘①出发，不间断地飞，一直飞到亚马孙雨林。

它吮饱了亚马孙丛林的花蜜和果液，准备干点大事——扇动翅膀，引发得克萨斯州的一场龙卷风。然而，它还没来得及扇动翅膀，就被一个印第安土著给拍死了。

41

蝴蝶死后转世成了有史以来最大的一枚导弹，从贝尔格莱德发射，从北约盟军驻南欧的司令部上空呼啸而过，射向尾巴翘得比天还高的五角大楼。②

42

如此巨大、智能的导弹能否被成功拦截具有偶然性。

---

① 商丘是庄子的故乡。

② 刘慈欣的《混沌蝴蝶》是一篇反帝反霸权的科幻小说，表达了对饱受苦难的南斯拉夫人民的同情（南斯拉夫于1991年开始解体，2006年黑山独立）。小说结尾意味深长、讽刺地写道："克拉克将军一脸严肃，'中校，我不但记得你的名字，还知道你已结了婚，还知道，嗯，你的妻子不是凯瑟琳中校。''是的，将军，可……这儿也不是美国啊。'克拉克将军想放声大笑，但忍住了，他实在不愿意破坏这幽静的美景。"（刘慈欣：《混沌蝴蝶》，载《带上她的眼睛——刘慈欣科幻短篇小说集Ⅰ》，四川科学技术出版社2015年版，第161页）。此处的克拉克将军指美国四星上将韦斯利·克拉克（1944— ），曾担任北约盟军最高司令，靠空袭赢得1999年科索沃战争，同时轰炸了中国驻南斯拉夫大使馆。巧合的是，代表美国与中国签署1953年《朝鲜停战协定》的将军也叫克拉克（马克·韦恩·克拉克，1896—1984）。不得不佩服刘慈欣的精巧设计。

但刘慈欣诞生在中国，昆德拉诞生在捷克，里尔克生来就不快乐①，却是必然的。

偶然性往往具有魔力，意味着戏剧性，必然性则不然。②

此岸的浪子必然地放浪，彼岸的诗人偶然（也是徒然）地叹息："谁能为我们这个星球的永世长存提供保障？一旦太阳系发生某种革命③，它是很难挺过去的……对大自然而言，一旦这个星球消失了，它也无所谓。"④

43

理性无法调节偶然与必然、偶然与偶然的冲突，却具备使科学与诗歌、天才与精神病相互适应的力量。⑤

---

① "如果我哭喊，各级天使中间有谁/听得见我？"（［奥地利］里尔克：《杜伊诺哀歌》，载《里尔克读本》，冯至、绿原等译，人民文学出版社 2011 年版，第 93 页）

② 参见［捷克］昆德拉：《不能承受的生命之轻》，许钧译，上海译文出版社 2010 年版，第 59 页。

③ "革命"一词本是一个天文学术语，指"有规律的天体旋转运动"。参见［美］汉娜·阿伦特：《论革命》，陈周旺译，译林出版社 2007 年版，第 31 页。

④ ［俄］赫尔岑：《彼岸书》，张冰译，四川人民出版社 2016 年版，第 44 页。

⑤ 参见［美］理查德·罗蒂：《偶然、反讽与团结》，徐文瑞译，商务印书馆 2003 年版，第 50 页。俄国天才作家陀思妥耶夫斯基患有精神病。

44

三种物理学家：在散装收音机中长大的；倾慕史湘云①的；擅长创造无意识理论和意识形态的。

45

三种法学家：参与《拿破仑法典》编撰的；追随拿破仑出征的；发着银光在宇宙之海中旋转的②。

46

茫茫大士和渺渺真人携石入凡尘，却放纵他"历尽离合悲欢、炎凉世态"③ ——这是不对的，应该用宗教般的热忱把他打造成"战斗神"④ 或"斗战胜佛"⑤，促其摆脱"对初始条件的敏感依赖性"⑥。

---

① 史湘云是《红楼梦》中的人物，是一位富有浪漫色彩的豪爽女性，同《三体》中的史强有几分神似（有一种观点认为史强是史湘云的直系后裔）。

② 参见刘慈欣：《三体Ⅲ·死神永生》，重庆出版社 2010 年版，第313 页。

③ ［清］曹雪芹著，蔡义江评注：《增评校注红楼梦（全六辑）》，作家出版社 2007 年版，第4 页。

④ 参见［德］汉斯-魏尔纳·舒特：《寻求哲人石——炼金术文化史》，李文潮、萧培生译，上海科技教育出版社 2006 年版，第95 页。

⑤ "斗战胜佛"指孙悟空。

⑥ ［美］詹姆斯·格莱克：《混沌学——一门新科学》，张彦等译，社会科学文献出版社 1991 年版，《中译本序言（二）》。

47

既然是精明强干的人，何不去解决激光核聚变的问题呢？

何不去对《周期三意味着混沌》一文①进行数学和诗学分析呢？

何不去探索非线性历史②和非线性世界呢？

何不去完善"统一场论"呢？

何不去穿越"引力透镜"③呢？

何不驾驶"旅行者2号"④去迎接咆哮的红斑呢？

---

① 詹姆斯·约克《周期三意味着混沌》一文证明了，"在任何一维系统中，如果出现了三周期的规则循环，则该系统还会呈现其他任何周期的规则循环，以及完全混沌的循环"。（［美］詹姆斯·格莱克：《混沌学——一门新科学》，张彦等译，社会科学文献出版社1991年版，第65页）又参见［美］E.N.洛伦兹：《混沌的本质》，刘式达、刘式适、严中伟译，气象出版社1997年版，第18页。

② "我提出了一个内涵较为宽泛的'复线历史'（bifurcated history）的概念来替代线性历史的观念。"（［美］杜赞奇：《从民族国家拯救历史：民族主义话语与中国现代史研究》，王宪明译，社会科学文献出版社2003年版，第3页）

③ "广义相对论告诉我们有些地方，其中巨大星系使空间弯曲，并使遥远天体的光偏转以创造宇宙奇迹。天文学家们把这些星系称为'引力透镜'，这是因为它们像我们眼睛的晶状体一样可使光偏转和会聚。"（［法］郑春顺：《混沌与和谐——现实世界的创造》，马世元译，商务印书馆2002年版，第14—15页）

④ "旅行者2号"探测器于1977年8月20日在肯尼迪航天中心发射升空，2018年12月10日，它飞离太阳风层，成为第二个进入星际空间的探测器（"旅行者1号"是第一个，于2012年8月25日进入星际空间）。

何不去阻止"偶发性机器"和"谵妄机器"的异质发生呢?①

何不去保护脆弱的恐龙免遭厄运呢?

48

"月球不屈从于计算"②,人类却屈从于算计。目前的人工智能处于"计算"与"算计"之间的过渡阶段。

49

三体系统内的混沌——复杂的行星轨道(轨迹)犹如难以计数的蝶翅交互叠加——牛顿爵士折翅于此。"如果牛顿是有序的先知,那么庞加莱就是混沌的先知。"③ 一个人只要充任过一次先知,就可以三次不认主④——此时,主已经不介意这个人是否认他——这个人也已经是主了——主是"不确定的",而非特指那个名叫耶稣的木匠之子。

---

① 参见〔法〕菲利克斯·加塔利:《混沌互渗》,董树宝译,南京大学出版社 2020 年版,第 47 页。

② 〔法〕郑春顺:《混沌与和谐——现实世界的创造》,马世元译,商务印书馆 2002 年版,第 97 页。

③ 〔法〕郑春顺:《混沌与和谐——现实世界的创造》,马世元译,商务印书馆 2002 年版,第 111 页。

④ 彼得三次不认主。参见《圣经·马太福音》(26:69-75)。

50

与其谈论能指，不如谈论混沌互渗的实体;①

与其谈论法国知识分子与 60 年代的思想遗产，不如谈论生态哲学的对象和机器界的全球命运;

与其谈论性差异的伦理、时尚的哲学和同性恋民族主义，不如谈论《欢乐颂》的余音②、纯粹的统一性③、精微的思想经验④、诗学—存在论的催化作用，以及锈迹斑斑的镰刀的陈旧记忆。

51

在马克斯·玻恩看来，像原子这样的微观体系远比太阳系这样的宏观体系更为长寿，短暂的宏观体系趋向无穷的极限和混沌，而在永恒的微观世界里没有混沌。⑤

或许正因如此，一个汉字，一首五言诗，甚至一部字

---

① 参见［法］菲利克斯·加塔利:《混沌互渗》，董树宝译，南京大学出版社 2020 年版，第 139 页。

② 参见刘慈欣:《欢乐颂》，载《梦之海——刘慈欣科幻短篇小说集 Ⅱ》，四川科学技术出版社 2015 年版，第 291 页。

③ 参见［德］谢林:《布鲁诺》，庄振华译，北京大学出版社 2020 年版，第 141 页。

④ 参见［英］怀特海:《观念的冒险》，周邦宪译，贵州人民出版社 2000 年版，第 12 页。

⑤ 参见［美］C.格里博格、J.A.约克编《混沌对科学和社会的冲击》，湖南科学技术出版社 2001 年版，第 136—137 页。

典，都是明晰的，但穷尽所有汉字的排列组合拼成的"所有可能的诗"却无比混沌，因为，诗的数量太大（超过 10 的 172 次方），构成了一个宏观的诗云宇宙——"如果一个原子存储一首诗，用光宇宙中的所有原子，还存不完他的量子计算机写出的那些诗"①。尽管其中肯定会有诗比李白和雪莱写得还好，却无法检索出来。

52

阴影里的颤动，阴影外的舞蹈——系统像人一样，也有两面性。②

53

普里戈金试图寻找位于确定性世界与纯机遇的变幻无常世界这两个异化图景之间某处的一个"中间"描述。③

难道他也热衷于"执两用中"？④

若非因为知道他是诺贝尔化学奖得主，我还以为他是一位巧言令色的平庸政客。无论是在政治哲学还是在宇宙

---

① 刘慈欣：《诗云》，载《梦之海——刘慈欣科幻短篇小说集Ⅱ》，四川科学技术出版社 2015 年版，第 61 页。

② 参见［比利时］普里戈金：《从存在到演化》，沈小峰等译，北京大学出版社 2007 年版，第 27 页。

③ 参见［比利时］普里戈金：《确定性的终结——时间、混沌与新自然法则》，湛敏译，上海科技教育出版社 2009 年版，第 146 页。

④ 《礼记·中庸》："执其两端，用其中于民，其斯以为舜乎？"

论哲学中，"统一"（哪怕是拉郎配式的"统一"）都比"中庸"之道（呈现为"中庸"表象的实质"统一"不在此列）更趋近事实真相。但普里戈金锻造的"确定性混沌"一词的确好极（可授予其诺贝尔文学奖）——契合文学大师钱锺书和博尔赫斯擅长的矛盾修辞法："所谓矛盾修饰法的修辞方法，是用一个貌似矛盾的性质形容词来修饰名词；相信神秘直觉的诺斯替教徒所说的暗光、炼金术士所说的黑太阳均属这一类。"① 普里戈金不可能读过钱锺书的《围城》（他也不会感兴趣；他的婚姻太幸福，与妻子伉俪情深），但绝不会错过博尔赫斯。大科学家都不会忽略博尔赫斯。②

54

刘慈欣总结和创造的"宏细节"一词属于"矛盾修辞法"。

细节的，但又是恢宏的。刘慈欣曾以科幻小说《奇点焰火》为例，说明何谓"宏细节"："短短两百字……却在时空上囊括了我们的宇宙自大爆炸以来的全部历史，包括生命史和文明史，还展现了我们的宇宙之外的一个超宇宙的图景。这是科幻所独有的细节，相对于主流文学的'微

---

① ［阿根廷］博尔赫斯：《阿莱夫》，王永年译，上海译文出版社2015年版，第120页。

② 参见柯遵科：《博尔赫斯与科学史》，商务印书馆2020年版。

细节'而言，我们不妨把它称作'宏细节'"；"在这些细节中，科幻作家笔端轻摇而纵横十亿年时间和百亿光年空间，使主流文学所囊括的世界和历史瞬间变成了宇宙中一粒微不足道的尘埃。"①

55

陀思妥耶夫斯基的小说（尤其是《罪与罚》《白夜》《地下室手记》）让认真的读者沉浸其中，几乎分不清白天和黑夜、时间和空间，似乎彼得堡的一个平常的夜晚比尼罗河还要长，一条忧郁的小巷可以三十三个世纪保持原样（安德列·别雷的飘忽无定的文字也给人以类似印象②）。爱因斯坦说他从陀思妥耶夫斯基那里学到的东西比向任何物理学家学到的都要多。③博尔赫斯也承认，是"爱因斯坦""相对论""时间佯谬""熵""玻尔兹曼常

① 刘慈欣：《从大海见一滴水——对科幻小说中某些传统文学要素的反思》，载《刘慈欣谈科幻》，湖北科学技术出版社 2014 年版，第 47 页。关于"宏细节"，又参见刘慈欣：《重返伊甸园》，载《最糟的宇宙，最好的地球——刘慈欣科幻评论随笔集》，四川科学技术出版社 2016 年版，第 217 页。

② "讲一位可敬的人，他的智力游戏及存在的飘忽无定性"；"在像他那样的人组成的无限的人群流动中，向无限的大街顺流而去"；"唯有对国家平面几何学的爱，才使他担任多方面的重要职务"；"整个彼得堡就是 n 次幂的大街的无限"。（［俄］安德列·别雷：《彼得堡》，靳戈、杨光译，广州出版社 1996 年版，第 6、15、18、19 页）

③ 参见［比利时］普里戈金：《确定性的终结——时间、混沌与新自然法则》，湛敏译，上海科技教育出版社 2009 年版，第 144 页。

数""滞留时间的流程""人类登月""肇始于混沌概念的不稳定系统动力学"等，而非日常生活经验或其他诗人和小说家的作品，构成了他创作的主要灵感来源。①

56

爱因斯坦和博尔赫斯是一对双生子。爱因斯坦和"死因斯坦"是另一对双生子。（爱本能和死本能的辩证）

57

一切都在流动、都不确定，除了"教条的公马"②、乏味的时代③和暗中侦察科学疯子的疯人院院长④（一个崇尚禁欲主义的女人）。

58

刘慈欣说："中国的科学权威是很大⑤，但中国的科学

① 参见［阿根廷］博尔赫斯：《永恒史》，刘京胜、屠孟超译，上海译文出版社 2015 年版，第 22—23 页。又参见［阿根廷］博尔赫斯：《探讨别集》，王永年等译，上海译文出版社 2015 年版，第 268 页。

② 参见［俄］瓦西里·格罗斯曼：《一切都在流动》，董晓译，群众出版社 2016 年版，第 25 页。

③ 参见刘慈欣：《三体Ⅱ·黑暗森林》，重庆出版社 2008 年版，第 40—41 页。

④ 参见［比利时］普里戈金、［法］斯唐热：《从混沌到有序》，曾庆宏、沈小峰译，上海译文出版社 1987 年版，第 56 页。

⑤ 比如说，"人文科学""社会科学"都缀上了"科学"的字眼，似乎只有这样才能凸显本学科的"科学性"和存在的正当性。

精神还没有。"

"怎么可以所有的科幻作品，98%以上都是反科学的呢？"

"科学是人类最可依赖的一个知识体系。我承认在精神上宗教确实更有办法，但科学的存在是我们生存上的一种需求。"①

上述言论未免有些愤激。但不愤激不足以给人留下深刻印象。

59

刘慈欣是中国人，杨振宁是中国人，他们都很具有科学精神，因此"中国的科学精神还没有"的命题不能成立。

60

刘慈欣对科幻作品中的人文主义滥情进行了无情的批评——不是不讲人文主义，而是不能滥，更不能走向"反科学"。

---

① 刘慈欣：《为什么人类还值得拯救？》，载《最糟的宇宙，最好的地球——刘慈欣科幻评论随笔集》，四川科学技术出版社 2016 年版，第178—180 页。

61

科学与人文两种文化（或科学家与人文知识分子）的巨大差异：

"一极是文学知识分子，另一极是科学家，特别是最有代表性的物理学家。二者之间存在着互不理解的鸿沟——有时（特别是在年青人中间）还互相憎恨和厌恶"；这两类人"几乎完全没有相互交往，无论是在智力、道德或心理状态方面都很少共同性，以至于从柏灵顿馆（英国皇家学会等机构所在地）或南肯辛顿到切尔西（艺术家聚居的伦敦文化区）就像是横渡了一个海洋"。①

62

在一个日益专业化、学院化的时代，大家越来越没有动力和能力去关注和感悟另一个截然不同的领域。研究焦点极大收缩；大学关于聘用和晋升标准的定义越来越机械、笨拙（获得并保有一个职位越来越难）；在指定的专业期

---

① ［英］C.P.斯诺：《两种文化》，纪树立译，生活·读书·新知三联书店 1994 年版，第 2、4 页。译文略有修正。20 世纪 20 年代的中国，在人文知识分子（以张君劢为代表）与科学家（以丁文江为代表）之间曾爆发一场思想内战。参见张君劢等：《科学与人生观》，辽宁教育出版社 1998 年版。又参见罗志希：《科学与玄学》，商务印书馆 1999 年版。又参见［美］费侠莉：《丁文江：科学与中国新文化》，丁子霖、蒋毅坚、杨昭译，新星出版社 2006 年版，第 82—119 页。

刊上发表文章比出书（不管其智识水平如何非凡）更重要。①

不唯中国如此，这是世界性的普遍现象——美国早就如此。②

汪晖指出，"只有那些具有特殊敏感性的知识分子才会把学院的空间当作反思的场所，并致力于反思性的知识活动"。③ 反思性的知识分子必须做好很难申请到科研经费和无法晋升职称的心理准备。此外，跨越知识疆界是充满风险的航行，有可能在抵达彼岸之前就折戟沉沙。

63

从科学跨向人文较易，从人文跨向科学塞难。④ 这更凸显了后者的紧迫性。

对于跨越知识疆界和总体性人才的培养而言，精英大学推行的通识教育只是杯水车薪、聊胜于无而已。

---

① 参见［美］费曼：《发现的乐趣》，朱宁雁译，北京联合出版公司2016年版，第252页。又参见［英］佩里·安德森：《大国协调及其反抗者》，章永乐等译，北京大学出版社2018年版，第175页。

② 美国作家约翰·威廉斯的小说《斯通纳》（杨向荣译，上海人民出版社2016年版）就讲了一个尽管兢兢业业但到死都未晋升为正教授的可怜的大学老师的故事。

③ 汪晖：《颠倒》，中信出版社2016年版，第100页。

④ 截至2021年，中国获得雨果奖（科幻最高奖项）的两位作家都有理科知识背景。刘慈欣在大学修的是计算机专业，郝景芳是清华大学物理系本科毕业，后又取得经济学博士学位。

64

不得不面对的现实是：文人相轻既发生在人文知识分子之间，人文知识分子与自然科学家之间，还发生在自然科学家（如数学家与物理学家、物理学家与物理学家）之间。① 更不用说国家之间、东西方之间无法避免的误解和敌意。

65

冯友兰曾经撰文《为什么中国没有科学》。② 陈方正和托比·胡弗曾经反思"现代科学为什么诞生于西方"。③

---

① "数学家与物理学家之间的罗曼史在30年代寿终正寝，彼此分道扬镳。这些人彼此不再搭腔了。他们只有文人相轻。"（［美］詹姆斯·格莱克：《混沌学——一门新科学》，张彦等译，社会科学文献出版社1991年版，第44页）

② 冯友兰：《为什么中国没有科学》，载田文军编《极高明而道中庸——冯友兰新儒学论著辑要》，中国广播电视出版社1995年版，第151—177页。

③ 参见陈方正：《在自由与平等之外》，北京大学出版社2005年版，第197—221页。又参见陈方正：《继承与叛逆：现代科学为何出现于西方》，生活·读书·新知三联书店2009年版。又参见［美］托比·胡弗：《近代科学为什么诞生在西方》（第二版），周程、于霞译，北京大学出版社2010年版。

可是，如果在 2666 年①，在古老而弥新的中国，出现了一位堪以比肩牛顿和爱因斯坦的伟大科学家（甚至更伟大），他触发了一场全新的科技革命，东西方的智者们是不是又该转而反思"现代科学为什么诞生在中国（和东方）"之类的问题了？

如果没有长历史意识和宇宙尺度上的时间观，便不可能提出让上帝惊艳的问题。

如果问题提错了（或太褊狭），其论证（尽管看似严谨）和结论（尽管看似深邃）又有多大意义？

至于将现代科学的诞生归因于西方的政（文）教体制和中世纪以来的法律革命②，简直让人不知所云。

66

无论哪一个民族，都不应吹嘘"我们是生来就有智慧

---

① 2666＝1666+1000。1666 年被称为"牛顿年"。牛顿的贡献包括发明微积分，完成光分解实验，以及万有引力的开创性工作。在 2666 年，已经有极少数人能控制每晚做梦的频次，并在第二个梦中对第一个梦用三种方式进行解析（参见［智利］罗贝托·波拉尼奥：《2666》，赵德明译，上海人民出版社 2012 年版，第 55 页）。

② 参见［美］托比·胡弗：《近代科学为什么诞生在西方》（第二版），周程、于霞译，北京大学出版社 2010 年版，第 114—140、308—335 页。又参见［美］伯尔曼：《法律与革命——西方法律传统的形成》，贺卫方、高鸿钧、张志铭等译，中国大百科全书出版社 1993 年版，第 101—199 页。

的民族"，或对"现代科学"要求"一种永久的专利"。①

科学界的民族沙文主义比其他类型的民族沙文主义更加荒唐可笑。

67

尽管没有希腊式的形式逻辑体系，以及通过系统实验寻找因果关系，古代中国却做出了伟大的发明，这让爱因斯坦惊奇不已。②

68

谁能想到中国元代的一位饮膳太医竟然起了"忽思

① 参见〔英〕李约瑟：《文明的滴定——东西方的科学与社会》，张卜天译，商务印书馆 2018 年版，第 43 页。

② 参见爱因斯坦：《西方科学的基础和中国古代的发明——1953 年给 J.E.斯威策的信》，载许良英、范岱年编译《爱因斯坦文集（第一卷）》，商务印书馆 1976 年版，第 574 页。又参见张文江记述：《潘雨廷先生谈话录》，复旦大学出版社 2012 年版，第 92 页。又参见〔英〕李约瑟：《文明的滴定——东西方的科学与社会》，张卜天译，商务印书馆 2018 年版，第 32 页。"机械论世界观根本没有在中国思想中发展起来。中国思想家普遍持有一种有机论观点，认为现象与现象按照等级秩序彼此关联。但这并不妨碍中国做出伟大的科学发明，比如前面提到的地震仪。在某些方面，这种自然哲学甚至会有益于科学发明。"（〔英〕李约瑟：《文明的滴定——东西方的科学与社会》，张卜天译，商务印书馆 2018 年版，第 10—11 页）

慧"① 这样一个启发人在绝望时沉思智与慧的名字。

69

恺撒如果不会发射 C082 反舰导弹，也没有资格加入"潜艇游戏"②。

上帝如果不懂几何学，也会被柏拉图拒之门外。

老聃如果不擅长房中术、炼丹术及药物技术③，也会遭到玉皇大帝冷落，吃不到即使吃了也无法长生不老的蟠桃。

70

古典中国之所以统一且强大，除了因为"单音的象形文字的发明"，还因为它有"富贵不能淫、贫贱不能移、威武不能屈"的浮士德精神，它发明的火药也被用来破城，并非仅仅用来制作鞭炮。④

---

① 忽思慧，古代医家名。于元仁宗延祐年间（1314—1320）充任饮膳太医，于元文宗天历三年（1330）编撰成《饮膳正要》一书。"如果举一个生物学的例子，我们可以回忆一下，公元 14 世纪的饮膳太医忽思慧凭借经验出色地发现了营养缺乏病。"（［英］李约瑟：《文明的滴定——东西方的科学与社会》，张卜天译，商务印书馆 2018 年版，第 37 页）

② 参见刘慈欣：《超新星纪元》，重庆出版社 2009 年版，第 231 页。

③ 参见［英］李约瑟：《中国古代科学思想史》，陈立夫等译，江西人民出版社 1999 年第 2 版，第 163 页。

④ 参见［英］李约瑟：《古代中国科学对世界的影响》，载王钱国忠编《李约瑟文献 50 年（1942—1992）》，贵州人民出版社 1999 年版，第 365—366 页。

71

李约瑟对"中国停滞说"表示怀疑:"静止这滥调一向出于西方的一种误解。"①

如果不得不承认中国停滞过,难道欧洲没有停滞过?

72

停滞的欧洲,进步的中国——停滞的中国,停滞的欧洲——停滞的中国,进步的欧洲——停滞的欧美,进步的中国——停滞的地球②,进步的三体——停滞的太阳系,停滞的三体——进步的太阳系,进步的三体——停滞的宇宙③,死寂的宇宙——为什么梵天④出现在宇宙灰烬堆里?

73

文明之间的"激发性传播":没有技术渗入,只有相

---

① [英]李约瑟:《古代中国科学对世界的影响》,载王钱国忠编《李约瑟文献 50 年(1942—1992)》,贵州人民出版社 1999 年版,第 365 页。

② 两个质子"锁死人类的科学";"在三体舰队到达前的四个半世纪,因为这两个质子的存在,人类的科学将不可能有任何重大进展";"两个质子到达地球之日,就是人类科学死亡之时"。(刘慈欣:《三体》,重庆出版社 2008 年版,第 246 页)

③ "程心和关一帆再次进入时间真空。这与他们在穿梭机中穿越低光速时十分相似,这里的时间流速为零,或者说没有时间。"(刘慈欣:《三体Ⅲ·死神永生》,重庆出版社 2010 年版,第 495 页)

④ 梵天是印度婆罗门教的创世之神。

关思想得到传播。①

　　风车是波斯人发明的（水平架设），这个概念传到中国仍呈现为水平架设，但传到欧洲就成了垂直架设。正因如此，各文明的风神面孔不同：波斯是辛巴达，中国是风婆婆，欧洲是身跨瘦马的堂吉诃德。②

　　"三体文明呢?"

　　"三体文明的风神是科学执政官制造的智子一号③。"

74

　　20 世纪上半叶，中国思想界激发出一种唯科学主义倾向，科学理性取得霸权地位并逐步扩张，与此相异的精神活动被讥讽为"非科学的"。④ 为了防止被贴上"非科学的"标签，也是为了争夺话语权（话语背后是利益），那些很难被科学化的学科也千方百计论证自己是一门科学。

-----

　　① 参见［英］李约瑟原著，柯林·罗南改编：《中华科学文明史》，上海交通大学科学史系译，上海人民出版社 2010 年第 2 版，第 63 页。
　　② 辛巴达是《一千零一夜》中的航海家。风婆婆是《西游记》中的人物。堂吉诃德是塞万提斯笔下的骑士，曾大战风车。
　　③ "智子一号随时可以启动空间维度控制功能。"（刘慈欣：《三体》，重庆出版社 2008 年版，第 285 页）
　　④ 参见段治文：《中国现代科学文化的兴起（1919—1936）》，上海人民出版社 2001 年版，第 67—73 页。又参见［美］郭颖颐：《中国现代思想中的唯科学主义（1900—1950）》，雷颐译，江苏人民出版社 1998 年版，第 109—167 页。又参见汪晖：《现代中国思想的兴起》（下卷 第二部 科学话语共同体），生活·读书·新知三联书店 2004 年版，第 1403 页及以下。

科学既强奸，又被强奸。①

主义一旦"唯"起来，就极易畸变为意识形态教条。"唯科学主义观点不同于科学观点，它并不是不带偏见的立场，而是一种带有严重偏见的立场，它对自己的题目不加思考，便宣布自己知道研究它的最恰当的方式。"②

75

2104 年 3 月 21 日，在纪念《拿破仑法典》颁布三百周年的学术研讨会上，来自耶鲁大学的耶林教授发表了题为《法学是一门科学吗?》的演讲，最后的结论是：

"法学就是在法律事物（Dinge des Rechets）中的科学意识。这种意识，必须往法哲学的面向发展，以便探求现实世界法律之起源与效力所赖以成立之最终基础；它必须在法律史的面向上，追溯自己曾经走过的所有道路，好能使自己从一个阶段迈向下个阶段，以臻于更高之圆满；它也必须在教义学的面向上，将所有我们借着对法律之认识与掌握，而获致之暂时性的高点与终点，汇集于经验与事实，并且基于实际使用之目的安排这些素材，进行科学式

---

① 刘慈欣曾嘲讽几部"表现被科技强奸之前的美好生活"的电影。参见刘慈欣：《三体》，重庆出版社 2008 年版，第 97 页。
② ［英］哈耶克：《科学的反革命》，冯克利译，译林出版社 2003 年版，第 6 页。

的铺陈。"①

然而，在讨论环节，青岛仿生人制造工厂的法律部主任基尔希曼博士表达了完全不同的观点（当时引发争议、遭到鄙夷，后来却彪炳史册）：

"法学尽管是一门科学，却不像其他科学那样能够并且应当对现实以及人们的生活产生影响。法学作为'科学'，从理论上说是无价值的。严格来说，它并非'科学'，不符合'科学'一词的真正定义。自然科学有着高贵的尊严，它只关心自然、永恒、绝对的东西。自然科学的任何创造都必须实实在在，武断地伪造是行不通的。自然科学——尤其是数学、物理学和天文学——带领人们领略大海的波涛、地球深处的奥妙、微观世界的神奇，开启了宇宙空间的大门。法学是什么呢？法学的成就是什么呢？我满怀热情地寻找，找到的却只是空洞的理念、贫乏的精神、僵化的教义、自以为是的注释，它号召民众为权利而斗争，却成了法律掮客——律师——的合谋。②

---

① ［德］鲁道夫·冯·耶林著，［德］奥科·贝伦茨编注：《法学是一门科学吗？》，李君韬译，法律出版社 2010 年版，第 86 页。

② 参见［德］尤利乌斯·冯·基尔希曼：《作为科学的法学的无价值性——在柏林法学会的演讲》，赵阳译，商务印书馆 2016 年版，第 7—8、42、55—56 页。基尔希曼（1802—1884）的演讲是在 1847 年。基尔希曼曾长期担任法官、检察官、议员等职，最终因其"左倾"政治观点和对"左倾"政治活动的积极参与而被解除司法职务并被剥夺退休金。

"拿破仑以及更早的查士丁尼、秦始皇，这三位并非学者①的立法者，比所谓的法学家们高明得太多了。他们是为万世立法的大立法者，从不纠缠于琐碎的细节。《拿破仑法典》独立于民法学而存在，法律独立于法学而存在。一个民族可以没有法学，但却一天也不能没有法律。法律是生活现象，而非法学现象。面对变动不居的生活现实，法学这个学科在不断发展中总是落伍，最起码慢了半拍，永远追不上现实。法学每每证明自己的无能，从不曾对现实有透彻的感悟。年轻的法学学子不得不在不同派系之间逡巡，在认识真理之前被激情误导，因此走上弯路或歧路，也就不足为奇了。然而，法学家们却信心满满地以为自己可以指导立法，真不知是谁给了他们这个自信，简直幼稚、荒唐、可笑。自《拿破仑法典》颁布已经三百年过去了，法学家的灵魂却未有实质性改进。法学已然罹患重症，成了法律向前发展的障碍。一旦法学思维支配了统治精英，必将贻害无穷。②

---

① 刘慈欣对"对学者的使命感"抱"一种嘲笑的态度"，并暗示学问可能会僵化一个人。（参见刘慈欣：《三体Ⅱ·黑暗森林》，重庆出版社2008年版，第135、189页）"年轻人，虽然没有上升到理论高度，但你的思想比这位学者要深刻得多。"（刘慈欣：《镜子》，载《梦之海——刘慈欣科幻短篇小说集Ⅱ》，四川科学技术出版社2015年版，第225页）

② 参见［德］尤利乌斯·冯·基尔希曼：《作为科学的法学的无价值性——在柏林法学会的演讲》，赵阳译，商务印书馆2016年版，第11、17、56页。

"法学必须面向未来！未来！未来！重要的话说三遍！

"除了必须将法律代码化、网络空间的主权竞争①、联合国人工智能公约②、人造医生的侵权责任③、杀人机器人的量刑、虚拟财产④、人与仿生人的婚姻、阿尔法天网⑤等迫在眉睫的问题纳入研究视野之外，还应聚焦于如下只是看似遥远的议题：（1）如果为了建造宇宙升降机和空间轨道塔，不得不拆除耶路撒冷圣墓教堂、曲阜孔庙，而众信徒（教徒）却加以反对，国际法庭是否可以裁决强制执行？⑥（2）是否应该对光速飞船的研制加以法律限制？⑦如果不加以限制的话，大国是否应该向小国无偿转让光速飞船技术？（3）如果通过技术手段能让部分人先得到永生（不死）的机会，哪些人应该享受特权？政客？富翁？艺

① 参见［美］劳伦斯·莱斯格：《代码2.0：网络空间中的法律》（修订版），李旭、沈伟伟译，清华大学出版社2018年版，第311页。

② 参见［美］约翰·弗兰克·韦弗：《机器人是人吗？》，刘海安、徐钱英、向秦译，上海人民出版社2018年版，第151页。

③ 参见［意］乌戈·帕加罗：《谁为机器人的行为负责？》，张卉林、王黎黎译，上海人民出版社2018年版，第92页。

④ 参见胡凌：《虚拟遗产风波》，载《法律和社会科学》2016年第1辑（总第15卷）。

⑤ 参见冯象：《我是阿尔法：论法和人工智能》，中国政法大学出版社2018年版，第187页。

⑥ 类似情节参见［英］亚瑟·克拉克：《天堂的喷泉》，李敏译，科学普及出版社1996年第2版，第70页。

⑦ "研制光速飞船本身就是对联邦宪法和法律的粗暴践踏，光速飞船的出现带来的危险并不仅仅是航迹，它可能使掩体世界刚刚安定下来的社会活动又出现动荡，这是绝对不能容忍的。"（刘慈欣：《三体Ⅲ·死神永生》，重庆出版社2010年版，第373页）

术家？智商超过爱因斯坦的孩童？抑或抽签决定？是否会因此引发伦理和社会灾难？① （4）如果有一天仿生人进化得比人类更加智慧，人类是否应该主动让出统治地位？"

76

"现在是 2020 年，不是 2104 年，您在痴人说梦吗？"

"有睁着清朗的双眼说梦的吗？我只是沉醉于超感官知觉②、读心术和信念疗法③不能自拔。"

77

真的存在比星盘还有爱的长青哲学吗？

---

① "让部分人先得到永生的机会将带来无法预料的社会灾难，而禁止这种技术同样是一场灾难，两者都关系到至高无上的生存权。"（刘慈欣：《技术奇点二题》，载《最糟的宇宙，最好的地球——刘慈欣科幻评论随笔集》，四川科学技术出版社 2016 年版，第 209 页）

② "在某些案例中，人会出现超感官知觉；还有人会发现在视觉上美到无与伦比的世界；对另外一些人，裸露的存在和非概念化的既定之物的荣光、无穷的价值与意义，亦向其敞露。'自我'终至泯灭，最后出现一种'混沌知识'：万物相容、万有即一。我认为，这是一种有限的心智，是最接近于'感知宇宙中所有地方发生的一切'的状态。"（［英］赫胥黎：《知觉之门》，庄蝶庵译，北京时代华文书局 2017 年版，第 25 页）

③ 参见 ［英］赫胥黎：《长青哲学》，王子宁、张卜天译，商务印书馆 2018 年版，第 39—40 页。

真的存在道德谱系学吗?①

真的存在比不需要进行性和阶级意识启蒙的美丽新世界②还美的美学吗?

78

美学的基本要素不是"共相"和"殊相"③,不是"理性主义的残余"④,不是"造型""构图设计"和"赋予形式"⑤,不是"完整、和谐、鲜明"⑥,不是"精密"

---

① "我们必须批判道德的价值,首先必须对这些价值的价值提出疑问。"(〔德〕尼采:《论道德的谱系·善恶的彼岸》,谢地坤、宋祖良、程志民译,漓江出版社2007年版,第7页)"公元前10000年:道德的谱系学——地球把自己当作什么?"(〔法〕德勒兹、加塔利:《资本主义与精神分裂(卷2):千高原》,姜宇辉译,上海书店出版社2010年版,第53页)

② 参见〔英〕赫胥黎:《美丽新世界》,宋龙艺译,北京理工大学出版社2013年版,第21页。

③ 参见〔意〕克罗齐:《美学原理》,朱光潜译,商务印书馆2012年版,第35页。又参见〔英〕A. N. 怀特海:《过程与实在》(卷一),周邦宪译,贵州人民出版社2006年版,第66页。

④ 参见〔意〕克罗齐:《作为表现的科学和一般语言学的美学的历史》,王天清译,中国社会科学出版社1984年版,第166页。

⑤ 参见朱光潜:《西方美学史》,人民文学出版社1979年第2版,第212页。

⑥ 阿奎那:"美有三个要素:第一是一种完整或完美,凡是不完整的东西就是丑的;其次是适当的比例或和谐;第三是鲜明,所以鲜明的颜色是公认为美的。"(北京大学哲学系美学教研室编《西方美学家论美和美感》,商务印书馆1980年版,第65页)

或"客观唯心主义在方法上的完成"①，不是"压抑的反升华"②，不是严肃性的愉悦③，不是"假扮游戏"④，不是"视域融合""符号秩序"或"解构的快感"⑤，而是——科学与诗。

科学可以入诗。科学本身就是诗，最高的诗。

刘慈欣说："没有一个民族的创世神话如现代宇宙学的大爆炸理论那般壮丽"，"还有广义相对论诗一样的时空，量子物理中精灵一样的微观世界"；"但科学的想象和美被禁锢在冷酷的方程式中，普通人需要经过巨大的努力，才能窥视它的一线光芒"。⑥

至美之境对慧眼、法眼和天眼赤裸敞开，对俗眼却是关闭的。

---

① ［英］鲍桑葵：《美学史》，刘超编译，北京出版社 2012 年版，第141、153 页。

② ［美］赫伯特·马尔库塞：《审美之维》，李小兵译，广西师范大学出版社 2001 年版，第 60—80 页。

③ 参见［英］H.A.梅内尔：《审美价值的本性》，刘敏译，商务印书馆 2001 年版，第 26、79 页。

④ "产生具象派艺术作品的活动以及赋予其艺术作品意义的活动应看作是与儿童假扮游戏的延续"，"假扮游戏是想象活动的一种"。参见Wartenberg 编著：《什么是艺术》，李奉栖、张云、胥全文等译，重庆大学出版社 2011 年版，第 249、251 页。

⑤ 参见牛宏宝：《西方现代美学》，上海人民出版社 2002 年版，第510、691、720 页。

⑥ 刘慈欣：《我的科幻之路上的几本书》，载《最糟的宇宙，最好的地球——刘慈欣科幻评论随笔集》，四川科学技术出版社 2016 年版，第170 页。

王国维诗："偶开天眼觑红尘，可怜身是眼中人。"

超越"有我之境"和"无我之境"的人才能体悟科学之美，才能做到精实而超逸①，才有机会与不知源于何处的罗摩相会②——在那里，能看到神秘的柱面海、偏离源头好几公里的弧形瀑布、三等分的环形建筑群（罗摩人似乎把"好事成三"的理念发挥到极致了）、古希腊式的阶梯、酷似伊卡洛斯的晶体和篱笆，以及蜘蛛、凤凰、众神、库克船长和宇宙快递员的眼睛。③

79

爱伦·坡不仅是侦探小说的鼻祖，还是一位科学诗人，他在《十四行诗——致科学》的开头写道："科学哟！你

---

① "《忆云词》亦精实有余，超逸不足，皆不足与容若比。"（王国维：《人间词话（插图本）》，凤凰出版社2012年版，第111页）

② 在刘慈欣看来，克拉克的《与罗摩相会》"体现了科幻小说想象世界的能力"，"整部作品就像一套宏伟的造物主设计图，展现了一个想象中的外星世界，其中的每一块砖都砌得很精致。同《2001：太空漫游》一样，外星人始终没有出现，但这个想象世界本身已经使人着迷。如果说凡尔纳的小说让我爱上了科幻，那么，克拉克的作品就是我投身科幻创作的最初动力"。（刘慈欣：《我的科幻之路上的几本书》，载《最糟的宇宙，最好的地球——刘慈欣科幻评论随笔集》，四川科学技术出版社2016年版，第170页）在克拉克的小说中，"罗摩"是外星智慧文明发射的不明飞行物。"罗摩"这个名字源自古印度神话（参见［印度］蚁垤：《罗摩衍那》，季羡林译，吉林出版社2016年版）。

③ ［英］阿瑟·克拉克：《与罗摩相会》，刘壮译，江苏凤凰文艺出版社2018年版，第68、99、134—136、141、165、185页。

这时间的忠实女儿! /你变更一切, 用双眼的凝视。"① 如果时间可逆, 爱伦·坡肯定希望永远活在 1847 年之前 (他钟爱的表妹于 1847 年 1 月病逝); 如果芬尼根愿意代他守灵, 他就有闲暇在天空之域一边观察拍翅南飞的三只乌鸦②, 一边继续修改他的《乌鸦》一诗③; 如果有缘成为冷静的空想小说家, 他决不做热衷于商业炒作的史学家

① [美] 爱伦·坡:《爱伦·坡诗选: 英汉对照》, 曹明伦译, 外语教学与研究出版社 2013 年版, 第 65 页。译文有修正。

② 参见 [爱尔兰] 詹姆斯·乔伊斯: 《芬尼根的守灵夜 (第一卷)》, 戴从容译, 上海人民出版社 2013 年版, 第 38 页。

③ 爱伦·坡《〈乌鸦〉序》: "一些没法控制的事使我一直不能在任何时候都全身心地投入诗歌创作, 而如果幸运的话, 这本应该成为我终身选择的领域。"爱伦·坡在《有关〈乌鸦〉的创作哲学》一文中详细剖析了他制作《乌鸦》的过程。([英] 柯勒律治、[美] 爱伦·坡:《老舟子行·乌鸦》, 朱湘、曹明伦译, 安徽人民出版社 2013 年版, 第 195—208 页)

（尤其还是在湛蓝星空下）①；如果有幸住进大熊星的兰波客栈②，他会像光束一样停留在超立方体的房间中③，开心地应和开普勒"那首用语言奏出的预言式的、诗一般的、令人难忘的狂想曲"④。

80

美国小说家 J.厄普代克写过一首题名为《中微子》的诗：

---

① 刘慈欣在《超新星纪元》（附记《蓝星星》）中曾试图打破史学与文学的界限，但这种创作模式在一个认证社会中可能会陷入尴尬之境："'我看你呀，可能是白费力气，从史学角度来说，你这本书太另类；从文学角度，又太写实。'她说得对，出版商也是这么说的。唉，有什么办法，这是史学界的现状逼出来的啊！"，"与其把这些人称作史学研究者，还不如叫空想小说家合适"；"刘静那个一事无成的父亲刘慈欣在公元世纪写过几篇科幻小说，大多发表在一本叫 SFW 的杂志上（我考证过，是《科幻世界》杂志，即现在垄断超媒体艺术市场的精确梦幻集团的前身）……真是垃圾，小说里的那头鲸居然长着牙"。（刘慈欣：《超新星纪元》，重庆出版社 2009 年版，第335—337 页）刘慈欣在调侃知识界的同时调侃了自己，有趣！关于史学与文学、史学家与文学家价值观的差异，还可参见［美］约瑟芬·铁伊：《时间的女儿》，徐秋华译，华夏出版社 2003 年版，第 222 页。
② "我的客栈就是大熊星/我的星辰在天边发出窸窸窣窣的响声。"（［法］阿尔蒂尔·兰波：《流浪》，载《兰波作品全集》，王以培译，作家出版社 2011 年版，第 65 页）
③ 参见［美］基普·索恩：《星际穿越》，苟利军、王岚、李然等译，浙江人民出版社 2015 年版，第 310 页。
④ ［美］爱伦·坡：《我发现了——一首散文诗》（又名《我发现了——一篇关于物质和精神之宇宙的随笔》），载《爱伦·坡暗黑故事全集（下册）》，曹明伦译，湖南文艺出版社 2013 年版，第 261 页。

它们不晓得什么是最厚的墙，

不留意响亮的铜和坚硬的钢，

它们挑逗牲口棚中的种畜，

并不分哪一等级，

穿透我们，你和我的机体。

就像无痛苦的断头刑，

它们从我们头上下落到脚直到草坪。

夜间它们进入尼泊尔，

将穿过情侣互相搂抱的半睡态躯体。①

中微子群诞生于宇宙大爆炸的最初一瞬间。

由泡利②最早直觉地洞察到、由费米③命名的"中微子"（neutrino，意大利文，意为"小的中子"）不分物种，一视同仁④，穿透邂逅的一切实体：从骑在马上的苏格兰民族英雄威廉·华莱士、断头台上的英王查理一世到紧紧相拥的梁山伯与祝英台，从1267年的襄阳城墙、1453

---

① 转引自［法］郑春顺：《混沌与和谐——现实世界的创造》，马世元译，商务印书馆2002年版，第181页。

② 泡利（1900—1958）：美籍奥地利物理学家。

③ 费米（1901—1954）：美籍意大利物理学家，1938年诺贝尔物理学奖得主。

④ "科学赋予人们的世界观中最了不起的一点就是它的一视同仁（普适性）"，"说得透彻一些，尽管我们说自己是万物之灵，其实人类只是生物进化进程的一部分"。（［美］理查德·费曼：《发现的乐趣》，朱宁雁译，北京联合出版公司2016年版，第103页）

年的君士坦丁堡城墙①到 1945 年的长崎废墟和"五号屠场"②，从尼泊尔僧侣手中的一枚大头针③到喜欢游牧概念的加州人费曼④和钢铁侠。它非常类似《三体》中的水滴，但不像后者那么"庞大"，而且无害（中微子与其他构成普通物质的粒子几乎不发生相互作用）。

81

三个长得一模一样的约翰·塞巴斯蒂安·巴赫使劲推着一辆缀满拉丁文字母的跑车（它的量子发动机坏了）。

走下跑车的普希金突然向上坠落。

又一位飞翔的俄罗斯人（而非荷兰人）温柔地举起高加索山。

需索无尽的酵母遭到陨石的殴打。

欧罗巴公牛取消了与太阳的首次幽会，只为偷窥透明的亚细亚美人。

———————

① 《三体Ⅲ·死神永生》以 1453 年君士坦丁堡的陷落开场（第 1—13 页）。

② 美国作家冯古内特的小说《五号屠场》（虞建华译，译林出版社 2008 年版）描写的是 1945 年 2 月英美空军对"欧洲最美丽的文化古城"德累斯顿的狂轰滥炸，共杀死十三万五千多平民，是广岛原子弹轰炸死亡人数的两倍。

③ 参见［英］布莱恩·考克斯、杰夫·福修：《量子宇宙》，伍义生、余瑾译，重庆出版社 2013 年版，第 93 页。

④ 参见［美］拉夫·莱顿：《费曼的最后旅程》，新新闻编译中心译，湖南科学技术出版社 2005 年版，第 136 页。费曼（1918—1988，1965 年诺贝尔物理学奖得主）曾长期在加州理工学院担任物理学教授。

明亮隐于幽暗之后，墨色藏在狼奶之中。

攻击过政治哲学家霍布斯的北极狼迷路了。

心绪不佳的信使迷路了。①

妄图袭击南海小渔船的尼米兹航母迷路了。②

并没有贪吃善恶果的夏娃小姐迷路了。

偷偷溜进伊甸园的蛇先生迷路了。③

黄昏在遍布穷艺术家的巴黎和"可以在海上自由活动"的机器岛迷路了。④

从张之洞⑤的书房窗户射出的光线迷路了。

奔突的地火迷路了。⑥

就连曾经戏耍人类英雄的米诺斯迷宫也在四维空间中迷路了。

---

① 参见刘慈欣：《信使》，载《带上她的眼睛——刘慈欣科幻短篇小说集 I 》，四川科学技术出版社 2015 年版，第 247 页。

② 参见刘慈欣：《球状闪电》，四川科学技术出版社 2004 年版，第 216—226 页。

③ 参见 [日] 金森修：《巴什拉——科学与诗》，武青艳、包围光译，河北教育出版社 2002 年版，第 182 页。

④ 参见 [法] 波德莱尔：《巴黎的忧郁》，胡小跃译，江西人民出版社 2016 年版，第 82 页。又参见 [法] 凡尔纳：《机器岛》，名家编译委员会译，北京日报出版社 2016 年版，第 247 页。

⑤ 张之洞（1837—1909）：晚清名臣，创办了汉阳铁厂，著有《劝学篇》等。

⑥ 参见刘慈欣：《地火》，载《带上她的眼睛——刘慈欣科幻短篇小说集 I 》，四川科学技术出版社 2015 年版，第 70 页。"地火在地下运行，奔突；熔岩一旦喷出，将烧尽一切野草，以及乔木，于是并且无可朽腐。"（鲁迅：《野草·题辞》，载《鲁迅散文诗歌全集》，北京燕山出版社 2011 年第 2 版，第 93 页）

米诺斯迷宫今天一个游客都没有。游客都去格林尼治天文台谛听汪淼的表弟王淼（他是中山科技大学天文与空间科学研究院的占卜学教授）关于 KS 定理与"爱菠萝"悖论①的奇妙演讲了。

82

一粒铀原子像幽灵一样在罗马大学的上空游荡。一个女人像天使一般在罗马斗兽场废墟地下 92 米的深处歌唱。②

83

如果一个人被困于地心的逼仄空间而又不死③，靠读什么书打发时间呢？

《时间简史》（霍金）；《哈姆莱特》（莎士比亚）；《新

---

① 参见李淼：《〈三体〉中的物理学》，四川科学技术出版社 2015 年版，第 74—75、140—148 页。

② "铀的原子序数是 92，这个元素特别令人注目。"（［美］埃米里奥·赛格雷：《原子舞者——费米传》，杨建邺、杨渭译，上海科学技术出版社 2006 年版，第 87 页）

③ "现在，'落日六号'内部已完全处于失重状态，飞船已下沉到 6300 公里深处，那里是地球的最深处，她是第一个到达地心的人。她在地心的世界时那个活动范围不到 10 平方米的闷热的控制舱"，"飞船里中微子通信设备的能量很快就要耗尽"，终于，"联系中断了"。（刘慈欣：《带上她的眼睛》，载《带上她的眼睛——刘慈欣科幻短篇小说集 I》，四川科学技术出版社 2015 年版，第 41—42 页）

科学》（维柯）；《四体》（欣慈刘①）。

<h1 style="text-align:center">84</h1>

"我知道我是在什么时候开始不走运的，在什么时候我的双翅给剪掉的，在什么时候永远不能再飞上天空的。"②

鸟一旦被囚禁，就会患上幽闭恐惧症。

鸟在被囚禁之前，已患上幽闭恐惧症。

此处的"鸟"并非人类的象征或隐喻，就像"囚"字中的"人"只是一个符号而已。

如果你动辄对文字和符号进行属灵式的解读，就不能像普通人那样生活了。如果你以科学或幻想决定一生，就不能像普通人那样生活了。③

自由鸟拍一拍想象的翅膀，飞走了。

它才不在乎什么"怀疑的自由"，什么"苏俄并不自由"，什么"没有任何政府有权决定科学原理的真理性"。④

---

① 时间、空间和字符都可以反演："了始开缩坍，了始开移蓝，色蓝的丽美静宁为变宙宇……"（刘慈欣：《宇宙坍缩》，载《带上她的眼睛——刘慈欣科幻短篇小说集I》，四川科学技术出版社 2015 年版，第 30 页）

② ［美］库尔特·冯内古特：《囚鸟》，董乐山译，百花洲文艺出版社 2017 年，第 84 页。

③ 参见木心讲述：《文学回忆录》，广西师范大学出版社 2013 年版，第 1077 页。

④ 参见 ［美］理查德·费曼：《费曼讲演录》，王文浩译，湖南科学技术出版社 2016 年版，第 42—44 页。

85

"五月花"号帆船①和"五月花"号航天飞机②都不存在物活论（泛灵论）障碍。③

86

就连虔敬的高维空间也无法让他沉静下来，何况"落叶遍地凋零的森林"④。

就连强势扩张了三个世纪的伊甸帝国都碎裂了，何况一块敲门砖。⑤

就连《周易参同契》也无法指明未来，何况《基督教地形学》《自由的车轮》和《中世纪的超自然现象及平民宗教》⑥。

---

① 1620 年，"五月花"号帆船搭载 102 名英国移民抵达北美新大陆。参见［美］布莱福特：《"五月花号公约"签订始末》，王军伟译，华东师范大学出版社 2006 年版。

② 参见刘慈欣：《三体Ⅱ·黑暗森林》，重庆出版社 2011 年版，第118 页。

③ 参见［法］加斯东·巴什拉：《科学精神的形成》，钱培鑫译，江苏教育出版社 2006 年版，第 155—175 页。又参见［日］金森修：《巴什拉——科学与诗》，武青艳、包围光译，河北教育出版社 2002 年版，第 122 页。

④ ［法］巴什拉：《空间的诗学》，张逸婧译，上海译文出版社 2013年版，第 239 页。

⑤ 参见房誉：《爱、生命与希望——简明银河社会分析史》，中国戏剧出版社 2013 年版，第 323 页。

⑥ 参见［意］托马斯·马卡卡罗、克劳迪奥·M.达达里：《空间简史》，尹松苑译，四川文艺出版社 2019 年版，第 59—61 页。

87

倘若不吞食兴奋剂，现代精神刽子手依赖什么保持兴奋？

（1）在死水中沐浴①；（2）点燃"性化的火"②；（3）捍卫并夸大梦想的权利；（4）揭开社会生活的病理学面具；（5）留住诗意和形而上学瞬间。③

88

"善观诸法自相共相无碍而转"④，"恒转如暴流，阿罗汉位舍"⑤，"擐大甲胄，以宏誓功德而自庄严"⑥，讲的是刘慈欣。

"对崇高的事物具有感情的那种心灵方式，在夏日夜晚

---

① "封闭的水域把死亡拥抱在怀中。水使死亡成为本原。水同死者一起在它的实体中死去。"（[法]加斯东·巴什拉：《巴什拉文集（第4卷）·水与梦》，顾嘉琛译，商务印书馆2019年版，第119页）

② 参见[法]加斯东·巴什拉：《巴什拉文集（第10卷）·火的精神分析》，顾嘉琛译，商务印书馆2019年版，第56页。

③ 参见[法]加斯东·巴什拉：《巴什拉文集（第8卷）·梦想的权利》，顾嘉琛译，商务印书馆2019年版，第176、193页。

④ 潘雨廷：《易与佛教 易与老庄》，辽宁教育出版社1998年版，第69页。

⑤ 《成唯识论·论第八识》，载林国良《佛典选读》，广西师范大学出版社2006年版，第184页。

⑥ 《无量寿经·愿力宏深》，陈林译注，中华书局2010年版，第158页。

的寂静之中，当闪烁的星光划破了夜色昏暗的阴影而孤独的皓月注入眼帘时，便会慢慢被引到对友谊、对鄙夷世俗、对永恒性的种种高级的感受之中"①，讲的是刘慈欣。

"是他让我在完全有理由怀疑的时代里坚信一种高严的哲学"②，讲的也是刘慈欣。

或许，刘慈欣从未读过上述文字，也对之不屑一顾。他行走在自己的雨中。

或许，在"奇点临近"之类的奇论③极易遭到误解的氛围里，在"碎布缝缀的百纳被"④ 被冷落的绝境中，在宁静之音消失、色彩日益伧俗和幻想王国告急⑤的当下，不该撰述这样一本多余的书。可是，对于一个既成不了罗汉又不会设计星舰的书生而言，不写书又去干什么呢？

---

① ［德］康德：《论优美感和崇高感》，何兆武译，商务印书馆 2001 年版，第 3 页。

② ［法］皮埃尔·布尔迪厄：《科学之科学与反观性——法兰西学院专题讲座（2000—2001 学年）》，陈圣生、涂释文、梁亚红等译，广西师范大学出版社 2006 年版，第 5 页。

③ 参见 ［美］库兹韦尔：《奇点临近》，李庆诚、董振华、田源译，机械工业出版社 2016 年版，第 223—236 页。

④ "碎布缝缀的百纳被"象征无限的宇宙空间或观测者的宇宙视界。参见 ［美］B.格林：《隐藏的现实：平行宇宙是什么》，李剑龙、权伟龙、田苗译，人民邮电出版社 2013 年版，第 31—33 页。

⑤ 参见 ［德］米切尔·恩德：《永远讲不完的故事》，李士勋译，二十一世纪出版社 2009 年版，第 27、103、195 页。

二、立法者：秦始皇与智子

1

秦始皇虽然不能"用三定律和微积分准确预测太阳的运行"①，却深谙征服和统治世界的技艺。"车同轨""书同文"绝非仅仅为中国这片狭小疆域而备，而是着眼于"天下"和"全球"（环球同此凉热），进而推衍至涵括半人马三星和鲸鱼座 T 星在内的寥廓空间——尽管很难成功。

秦始皇宣告"朕为始皇帝，后世以计数，二世三世至于万世，传之无穷"②，目的是为愚钝的臣下和民众设定一个理想的机械图景，以免他们惶惶不安，失去稳定性预期和生活方向。他当然晓得这不可能，因为有"始"就必然有"终"。不管是大秦还是银河帝国，都不可避免有终结之时。"焚书坑儒"的寓意是，没有不可焚的书，没有不

---

① 刘慈欣：《三体》，重庆出版社 2008 年版，第 155 页。
② 司马迁：《史记·秦始皇本纪》，岳麓书社 1983 年版，第 56 页。

可坑的儒。物与人都不是永恒的。

秦始皇若非刚毅而智深，便不配称作"立法者"，更没资格为"始"（和"终"）下定义。

如果秦始皇还活着，他会邀请史蒂文·温伯格①共赴泰山之巅，观赏云海日出；他会同保尔·戴维斯商榷"To be or not to be"②的三体文译法和某些不可逆过程的细节③；他会对着滔滔的尼罗河哀叹埃及、拜占庭和莫卧儿的死去以及西方文明泰坦尼克式的没落④，慨然歌曰：逝者如斯夫！

2

秦始皇还活着呢，他只是换了一个名字，蛰隐在朝堂、山林或"科学边界"⑤之中。

---

① 史蒂文·温伯格（1933— ）：美国物理学家，1979 年诺贝尔物理学奖得主，著有《最初三分钟：关于宇宙起源的现代观点》（王丽译，重庆大学出版社 2015 年版）等。

② 参见刘慈欣：《三体》，重庆出版社 2008 年版，第 5 页。

③ 参见［澳大利亚］保尔·戴维斯：《宇宙的最后三分钟——关于宇宙归宿的最新观念》，傅承启译，上海科学技术出版社 1995 年版，第 111 页。

④ "每一个文化皆有其孩提、青年、壮年与老年时期。"〔［德］斯宾格勒：《西方的没落》（第一卷），吴琼译，上海三联书店 2006 年版，第 105 页〕"无论怎样努力避免，一个文明总是要老的。"（刘慈欣：《赡养上帝》，载《梦之海——刘慈欣科幻短篇小说集Ⅱ》，四川科学技术出版社 2015 年版，第 262 页）

⑤ "'科学边界'是一个在国际学术界很有影响的学术组织，成员都是著名学者。"（刘慈欣：《三体》，重庆出版社 2008 年版，第 1 页）

3

"巨大的金属废墟上开出了一朵娇柔的花……"①

你能否想象它是一朵食人花。② 一朵躲过了陨石撞击、火山爆发和殖民战争等劫难的食人花。

也可能是冷眼旁观桃园三结义的一朵桃花。③

4

用科学方法找出科学的局限性是可能的④，用法学方法找出法学的局限性却一点希望都没有。

5

叔本华的遗书写得有文采，春秋时期的杀戮有底线（"春秋无义战"⑤ 的说法并不准确），沉浸于终极问题和理论图像的人的影子却越来越模糊。杨冬的未婚夫丁仪说："她像一颗星星，总是那么遥远，照到我身上的光也总是冷的。"⑥ ——杨冬既是自己的光，又是自己的黑洞。

---

① 刘慈欣：《三体》，重庆出版社2008年版，第6页。

② 食人花（大王花）的花形似日轮、巨口，但并不食人，它生长在亚马孙河的原始森林和沼泽地带。

③ 参见罗贯中：《三国演义》，春风文艺出版社1994年版，第5页。

④ 参见刘慈欣：《三体》，重庆出版社2008年版，第9页。

⑤ 《孟子》，方勇译注，中华书局2010年版，第284页。

⑥ 刘慈欣：《三体》，重庆出版社2008年版，第14页。

6

将引力与电磁力统一起来是困难的①，就像让哲人（如叔本华）或哲人气质的女科学家（如杨冬）② 走进幸福的婚姻一样困难。

7

不仅爱因斯坦和霍金是搞应用的俗人③（诺贝尔物理学奖没有颁给霍金不是因为他搞的是理论物理学，而是因为他搞的应用物理学的"实用"程度不够），"采菊东篱下"的陶渊明、"在巴比伦河畔坐下来哭泣"的拜伦④、"潦倒不通世务"的贾宝玉、变形为甲壳虫的卡夫卡、写科幻小说的刘慈欣，也都是搞应用的俗人。

当年在娘子关电厂操控计算机和给手下布置任务的刘

---

① 爱因斯坦后半生致力于建立统一场论。参见［美］阿伯拉罕·派伊：《"上帝难以捉摸……"：爱因斯坦的科学与生活》，方在庆译，广东教育出版社1998年版，第7页。

② 我还想到了至今未婚的颜宁教授（1977—　，生物学家，普林斯顿大学教授，清华大学兼职教授，美国国家科学院外籍院士）。

③ 参见刘慈欣：《三体》，重庆出版社2008年版，第16页。

④ 拜伦的《在巴比伦河畔我们坐下来哭泣》是刘慈欣特别喜欢的一首诗。参见刘慈欣：《在2000年度中国科幻银河奖颁奖会暨北师大科幻联谊会上的发言》，载《最糟的宇宙，最好的地球——刘慈欣科幻评论随笔集》，四川科学技术出版社2016年版，第47页。又参见［英］拜伦：《拜伦诗选：英汉对照》，杨德豫译，外语教学与研究出版社2011年版，第100—101页。

慈欣不是搞应用的俗人，相反，那时的他是一位兢兢业业
的雅人。

8

丁仪一边和汪淼打台球，一边向汪淼形象地解释普适
的物理规律并不存在的道理：

"第一次，白球将黑球撞入洞内；第二次，黑球走偏
了；第三次，黑球飞上了天花板；第四次，黑球像一只受
惊的麻雀在房间里乱飞，最后钻进了您的衣袋；第五次，
黑球以接近光速的速度飞出，把台球桌沿撞出一个缺口，
击穿了墙壁，然后飞出地球，飞出太阳系，就像阿西莫夫
描写的那样。这时您怎么想?"①

阿西莫夫笔下的台球杀了人②，逃到了外太空。然而，
作为一般实体的台球和台球桌并不是魔鬼。提高了中粒子
对撞能级的高能加速器也不是魔鬼（尽管它把冷酷的物之
理以及宇宙现实呈现给我们）。倒是反对建造高能加速器和

---

① 参见刘慈欣：《三体》，重庆出版社 2008 年版，第 16 页。
② "他还坐在椅子里，两臂仍然交叉着，但是沿着前臂、胸口和后背
洞穿了一个台球大小的窟窿。事后，在尸检解剖时发现，他大半个心脏都
被冲掉了。"（［美］阿西莫夫：《台球》，寿纪琛译，载《阿西莫夫科幻精
品集》，内蒙古文化出版社 1998 年版，第 1252 页）

登月计划，一心只考虑经济效益的政治工程师①，在扮演好心魔鬼的角色。

9

法国哲学家甘丹·梅亚苏以阿西莫夫的短篇科幻小说《台球》为例，分析了虚构的两种形态：科学虚构（science-fiction）和科学外（世界的）虚构〔fiction（des mondes）hors science〕。前者幻想的未来仍然"有着某一科学认识会主导世界的可能性"，仍然滞留在"科学的密壁"里，而对于后者而言，"科学是不可能的"，是一种"科外幻的想象"，"一个在未来演变得太过混沌而不再能容许任何科学原理仍在现实中实现的世界的虚构"。②

甘丹·梅亚苏在建构一种超级—混沌理论？③

在阿西莫夫的小说《台球》中，台球成为谋杀的手段。然而，如果失重场中的台球可以从任意方向中冲出来

---

① "工程师说：'人类是现实的动物，上世纪中叶那些由理想主义和信仰驱动的外太空探索是没有长久生命力的。'（水娃反问道）'理想和信仰不好吗？''不是说不好，但直接创造经济效益更好……朋友，别中了霍金的毒，他那套东西一般人玩儿不了的！'"（刘慈欣：《中国太阳》，载《带上她的眼睛——刘慈欣科幻短篇小说集Ⅰ》，四川科学技术出版社2015年版，第279页）

② ［法］甘丹·梅亚苏：《形而上学与科学外世界的虚构》，马莎译，河南大学出版社2017年版，第1、5—6、20页。

③ 参见甘丹·梅亚苏的另一论著《有限性之后：论偶然的必然性》（吴燕译，河南大学出版社2018年版）。

（"测不准原理决定了一个从任何方向进入场中的物体会随心所欲地飞出去"①），那么就无法给"谋杀者"（理论物理学家普利斯教授）定罪。警察最后的处理结果也正是如此，教授被无罪释放了。可是，又如何解释"我"（小说叙述者）的观察："有一点可以确实。普利斯在球台旁边所做的一切都绝不会是偶然的。他是个行家，台球准确无误地干了他想让它干的事。"②

偶然性能被必然地操控吗？若是，那还称得上"偶然"？

合理的解释或许是，阿西莫夫为了增加戏剧性，把无法操控的"偶然"变成了可以操控的"偶然"。要知道，阿西莫夫既是谨严的科学家，又是想象力发达的小说家，他自由出入于这两种充满张力的角色之间，随心所欲、一本正经地戏耍了读者。戏耍读者（准确说是"玩猜谜游戏"）是所有写作者的乐趣，而调和必然性与偶然性的矛盾是大艺术家的大能。与思辨的哲学家不同，混沌的艺术家不会在科学虚构与科学外（世界的）虚构之间划定一条清晰的界限。

---

① ［美］阿西莫夫：《台球》，寿纪琛译，载《阿西莫夫科幻精品集》，内蒙古文化出版社 1998 年版，第 1255 页。

② ［美］阿西莫夫：《台球》，寿纪琛译，载《阿西莫夫科幻精品集》，内蒙古文化出版社 1998 年版，第 1255 页。

10

还以台球游戏为例。如果说阿基米德是白球，则他撬起的地球是黑球。

如果说首先提出台球运动"偶然性"问题的大卫·休谟①是白球，则回应休谟问题的康德②、波普尔③、甘丹·梅亚苏、丁仪、罗素……都是黑球。

罗素有点愤懑地说，休谟"代表着十八世纪重理精神的破产"，"重要的是要揭明在一种完全属于，或大体属于经验主义的哲学的范围之内，是否存在对休谟的解答。若不存在，那么神志正常和精神错乱之间就没有理智上的差别了。（对于）一个相信自己是'水煮荷包蛋'的疯人，也只可能以他属于少数派理由而谴责他，或者更不如说（因为我们不可先假定民主主义），以政府不跟他意见一致为理由而指责他。这是一种无可奈何的观点，人不得不希望有个逃避开它的方法才好"。④

让人无可奈何的观点——如休谟的怀疑论、偶然论以

---

① 参见［英］休谟：《人类理解研究》，关文运译，商务印书馆1957年版，第30页。

② 参见［德］康德：《纯粹理性批判》，蓝公武译，商务印书馆1960年版，第108页。

③ 参见［英］卡尔·波普尔：《客观知识——一个进化论的研究》，舒炜光、卓如飞、周柏乔等译，上海译文出版社1987年版，第1—13页。

④ ［英］罗素：《西方哲学史》（下），马元德译，商务印书馆1976年版，第210—212页。

及对归纳主义的否定——是可怖的。

而难以逃避开的打击（如来自三体文明的水滴攻击）不仅可怖，而且致命。"宇宙不是童话。"①

11

罗素还说："整个十九世纪和二十世纪以来的非理性发展，是休谟破坏经验主义的自然结果。"② 然而，休谟绝不会认为自己能起这么大的"破坏"作用，但如果非要套到他的头上，他是欣欣然接受的，毕竟，他也有虚荣心。

12

汪淼是纳米技术专家。纳米技术不仅意味着能够制造出相当于麦克莱伦电动机 1/64000 大小的电动机，可以把整套 24 卷《不列颠百科全书》写到一枚大头针的针头上③，而且意味着在将来某一天，一平方公里的水面就足以构成浩瀚的海洋，因为那时人类的体积缩小了十亿倍，世界进入"微人类"时代。

---

① 刘慈欣：《三体Ⅲ·死神永生》，重庆出版社 2010 年版，第 145 页。

② 转引自［英］卡尔·波普尔：《客观知识——一个进化论的研究》，舒炜光、卓如飞、周柏乔等译，上海译文出版社 1987 年版，第 1 页。

③ 参见［美］理查德·费曼：《发现的乐趣》，朱宁雁译，北京联合出版公司 2016 年版，第 142 页。费曼被称为"纳米技术之父"（也有人把斯莫利或埃里克·德雷克勒斯称为"纳米技术之父"），曾定期举办"费曼纳米技术奖"比赛。

"生命进化的趋势是向小。大不等于伟大，微小的生命更能同大自然保持和谐。巨大的恐龙灭绝了，同时代的蚂蚁却生存下来。现在，如果有更大的灾难来临，一艘像您着陆舱这样大小的飞船就可能把全人类运走。在太空中一块不大的陨石上，微人也能建立起一个文明，创造一种过得去的生活。"①

13

汪淼是摄影爱好者。"为了消除背景上城市的俗艳色彩，他只使用黑白胶片，没想到竟自成一派，渐渐小有名气，作品入选了两次大影展，还加入了摄影家协会。"②

使用黑白照片更具有抽象力量，这是不少摄影艺术家的共识。法国摄影大师布列松说："我在黑白之中发现情感：黑白转换，这是抽象派的艺术，这是不普通的"，"彩

---

① 刘慈欣：《微纪元》，载《带上她的眼睛——刘慈欣科幻短篇小说集I》，四川科学技术出版社 2015 年版，第 181 页。刘慈欣在另一处写道："一个由小个体组成的生物群落所需的生存空间和资源很少，因而生存能力更强"，"为了给未来的超级文明创造一个充分发展的空间，人类可能要把自己的个体缩减到细菌尺度！这个想法听起来疯狂（实现它仅靠基因工程是远远不够的，还需要更为复杂的技术，诸如纳米机械和其他许多我们现在还无法想象的技术），但与超越光速和空间折叠相比，它至少没有违反已知的物理学基本定律"。（刘慈欣：《文明的反向扩张》，载《最糟的宇宙，最好的地球——刘慈欣科幻评论随笔集》，四川科学技术出版社 2016 年版，第 81—82 页）

② 刘慈欣：《三体》，重庆出版社 2008 年版，第 19 页。

色照片的表现力更弱，它只能吸引商人和杂志”。①

刘慈欣把汪淼设计成摄影爱好者，不仅仅是推动故事情节的需要，更是基于他对摄影的哲学理解。“摄影是绝对的个别，是极端的偶然”，“照片充满着偶然性，是偶然性的轻盈透明的外壳”②；摄影缩小了科技与魔术的差异，使我们认识到无意识的视像③；“影像的意义是魔法性的”，“魔法般地重新建构了我们的‘现实’”④；摄影拥有“追忆的力量”，是“通过抽象的方法发现事物背后的本质”⑤；摄影是“一门挽歌艺术”“一门黄昏艺术”，所有照片都“使人想到死”⑥；照片是“普遍人类境遇的证据”，“它没有指控任何人，或者说，它指控的是所有人”⑦。

---

① ［法］克莱蒙·舍卢、朱莉·琼斯编《观看之道：亨利·卡蒂埃-布列松访谈录（1951—1998）》，秦庆林译，中国摄影出版社2016年版，第59页。

② ［法］罗兰·巴尔特：《明室：摄影札记》，赵克非译，中国人民大学出版社2011年版，第6页。

③ 参见［德］瓦尔特·本雅明：《摄影小史》，载《迎向灵光消逝的年代：本雅明论艺术》，许绮玲、林志明译，广西师范大学出版社2004年版，第14页。

④ ［巴西］威廉·弗卢塞尔：《摄影哲学的思考》，毛卫东、丁君君译，中国民族摄影艺术出版社2017年版，第10—11页。

⑤ 参见［法］克莱蒙·舍卢、朱莉·琼斯编《观看之道：亨利·卡蒂埃-布列松访谈录（1951—1998）》，秦庆林译，中国摄影出版社2016年版，第37页。

⑥ 参见［美］桑塔格：《论摄影》，黄灿然译，上海译文出版社2010年版，第22—23页。

⑦ 参见［英］约翰·伯格著，杰夫·戴尔编《理解一张照片：约翰·伯格论摄影》，任悦译，中国美术学院出版社2018年版，第45页。

在《三体》中，智子能侦察整座地球，它实质上是一部"总体性"的高能摄影机。

而《三体》是刘慈欣侦察、窥探地球的"总体性"的高能摄影机，一如《狂人日记》是鲁迅窥探华夏、《红楼梦》是曹雪芹窥探时间、《鲁滨孙漂流记》是笛福窥探空间的高能摄影机。刘慈欣是一个生产性而非消费性的作者。他不断反思文学作品的创作技术，质问文学作品与时代的生产关系之间的关系。"文学的权限不再基于专业的教育，而是基于多面技术教育，并以此成为共同财富。"①

14

人类的城市不是"似乎建立在流沙上"②，而是确确实实建立在流沙上。

15

"飞刃"是用"分子建筑术制造的"③。它是一把锋利的"时之刃"④，能使不可逆的时间倒流。

---

① ［德］瓦尔特·本雅明：《作为生产者的作者》，王炳钧、陈永国、郭军等译，河南大学出版社2014年版，第11页。
② 刘慈欣：《三体》，重庆出版社2008年版，第19页。
③ 刘慈欣：《三体》，重庆出版社2008年版，第31页。
④ 《波斯王子：时之刃》是迈克·内威尔执导的一部电影（2010年）。"时之刃"是一把魔法匕首，拥有它的人将获得控制时间的能力。

16

"整个宇宙将为你闪烁"①，这句话是 2008 年的刘慈欣写给 2015 年的刘慈欣的，也是 2015 年的刘慈欣写给 2063 年的刘慈欣的。②

17

"整个荒原笼罩在红色光芒之中。被激起的遮天蔽日的尘埃散去后，汪淼看清了那两个顶天立地的大字：三体。"③

此处的"荒原"是博尔赫斯拄着拐杖彳亍于冰岛时践踏过的荒原（冰岛是"世界的尽头"④）；是无名的裘德冒雨前去见上帝而不得的荒原，"那个日子漆黑一片，得不到天堂上帝的青睐，得不到阳光的照耀"⑤；是艾略特写下《大风夜狂想曲》时所流亡的荒原，"记忆将一大堆扭曲的

---

① 刘慈欣：《三体》，重庆出版社 2008 年版，第 35 页。
② 刘慈欣于 2008 年出版《三体》第一部，2015 年获雨果奖。2063 年是刘慈欣诞辰一百周年。
③ 刘慈欣：《三体》，重庆出版社 2008 年版，第 37 页。
④ ［阿根廷］博尔赫斯：《致冰岛》，载博尔赫斯《老虎的金黄》，林之木译，上海译文出版社 2017 年版，第 108 页。
⑤ ［英］托马斯·哈代：《无名的裘德》，方华文译，上海三联书店 2015 年版，第 391 页。

事物/高高抛起、晒干"①。

"晒干"？三体人为了活命，不正是在乱纪元将自己晒干，变成"脱水者"的吗？

刘慈欣既然是科学时代的玄学派诗人，那他肯定读过艾略特的《玄学派诗人》一文，并驾驶一只三桅船②，去寻找距离地狱之门不远的"南极庭院"③。在南极附近的海域，他作为一名潜行者④，一名"永恒的人质"，一名"时间的俘虏"⑤，在探索深海世界的过程中克服了心灵的危机。

---

① ［英］艾略特：《荒原：艾略特文集·诗歌》，汤永宽、裘小龙等译，上海译文出版社 2012 年版，第 23 页。

② 波德莱尔《航行》："我们的灵魂是一只三桅船，寻找它的伊卡里岛。"（转引自［英］艾略特：《玄学派诗人》，载《艾略特文学论文集》，李赋宁译，百花洲文艺出版社 1994 年版，第 16 页）

③ 刘慈欣：《地球大炮》，载《梦之海——刘慈欣科幻短篇小说集Ⅱ》，四川科学技术出版社 2015 年版，第 120 页。

④ 刘慈欣说塔可夫斯基执导的电影《潜行者》（1979）是一部"看不懂"的电影（刘慈欣：《我最喜欢的科幻电影》，载《刘慈欣谈科幻》，湖北科学技术出版社 2014 年版，第 97 页）。关于这部电影的哲理意蕴，可参见［苏］塔可夫斯基：《雕刻时光》，陈丽贵、李泳泉译，人民文学出版社 2003 年版，第 181—217 页。

⑤ "别睡，别睡，艺术家/不要对睡梦屈服/你是永恒的人质/你是时间的囚徒"。（［俄］帕斯捷尔纳克：《夜》，载《帕斯捷尔纳克诗全集》，顾蕴璞等译，上海译文出版社 2014 年版，第 865 页）

18

刘慈欣是没有博士学位的博士。朝拜"拉撒路·龙"①的东方三博士②中有一位是刘慈欣。

"另两位是?""你问我问谁啊。"

19

剩余的时间还有很多,足够到凡尔纳游览过的地心游览一千次,足够让不断轮回的周文王反复"冒充伟大的先知"③,足够从时间之河的另一端向在二百年前雨夜的太空城中熟睡的女儿表达无尽的爱意④,足够把二战时期的所有莫尔斯电码翻译成"海洋猎犬"号潜艇上的希腊水手能读懂的吐火罗文⑤,足够让麦田里的守望者(一个叫塞林

---

① "拉撒路·龙"是美国科幻小说家罗伯特·海因莱因《时间足够你爱》(张建光译,四川科学技术出版社2015年版)一书中的人物(被尊称为"老祖")。

② "当希律王的时候,耶稣生在犹太的伯利恒。有几个博士从东方来到耶路撒冷,说:'那生下来作犹太人之王的在哪里?我们在东方看见他的星,特来拜他。'"(《圣经·马太福音》2:1-2)"三个观星者马上趋赴/这祥光的召唤。"([俄]鲍里斯·帕斯捷尔纳克:《日瓦戈医生(精装珍藏版)》,黄燕德译,湖南文艺出版社2012年版,第519页)

③ 刘慈欣:《三体》,重庆出版社2008年版,第38页。

④ 参见刘慈欣:《给女儿的一封信》,载《最糟的宇宙,最好的地球——刘慈欣科幻评论随笔集》,四川科学技术出版社2016年版,第274页。

⑤ 关于"莫尔斯电码",参见刘慈欣:《三体》,重庆出版社2008年版,第34页。关于"海洋猎犬"号潜艇,参见[美]赫尔曼·沃克:《战争风云》,施咸荣等译,上海译文出版社1997年版,第543页。

格的小伙子）① 再次观察到"前不见古人后不见来者念天地之悠悠独怆然而涕下"的七彩字样隐隐约约浮现于六个太阳②闪耀的天空，足够使奴隶制再次获得合法性地位③，足够使放射性暂停④，足够让已经活了四百岁的奥兰多将自己的作息规律调整得同周围正常人的时间节奏一致⑤，足够把一位面无血色的本笃会修士⑥进化成波斯驻美国公使（此时美国已沦为半殖民地半封建社会），足够让瓦格纳与过去的自己和奥丁时代的女武神重逢⑦，足够把一切"交换誓约"⑧烧成灰烬。

---

① 参见［美］J.D.塞林格：《麦田里的守望者》，施咸荣译，译林出版社2008年版。

② 参见刘慈欣：《时间移民》，载《梦之海——刘慈欣科幻短篇小说集Ⅱ》，四川科学技术出版社2015年版，第392页。

③ "奴隶制度能够而且的确在很多时候和很多地方存在着，只要法律允许它的存在。"（［美］罗伯特·海因莱因：《时间足够你爱》，张建光译，四川科学技术出版社2015年版，第162页）

④ 参见［英］杰夫·戴尔：《潜行者：关于电影的终极之旅》，王睿、袁松译，浙江文艺出版社2017年版，第87、123页。

⑤ 参见［英］弗吉尼亚·伍尔夫：《奥兰多》，任一鸣译，上海译文出版社2014年版，第245页。

⑥ 参见［英］王尔德：《坎特维尔的幽灵——一段万物有灵论的浪漫传奇》，载《坎特维尔的幽灵——王尔德奇趣短篇小说选》，李家真译，外语教学与研究出版社2009年版，第187页。

⑦ 参见［美］托马斯·沃尔夫：《时间与河流》，刘积源译，江苏文艺出版社2013年版，第131页。

⑧ 参见［意大利］乔治·阿甘本：《剩余的时间——解读〈罗马书〉》，钱立卿译，吉林出版集团有限责任公司2011年版，第140页。

20

正是追随者的存在①，才使得释迦、伽利略和《易经》一次次重生（或曰复活）。

21

周文王说："我也是勉强吃饱，要保证我能走到朝歌，而不是你。"②

朝歌——朝，朝向，朝拜；歌，歌者；朝歌，朝"歌者"方向进发之意。"歌者"真正出现是到了《三体Ⅲ》第五部，小说终曲处。"歌声中，歌者用力场触角拿起二向箔，漫不经心地把它掷向弹星者。"③

朝歌——地名，在今河南淇县，周文王生前曾被囚于附近的羑里城（在今河南汤阴北，"文王拘而演《周易》"④），曹孟德死后继续在那里慷慨以歌（"慨当以慷，忧思难忘"⑤）。那里还有一座我一度迷失其中的文字

---

① "我常常忘了颠倒，要靠追随者提醒。"（刘慈欣：《三体》，重庆出版社 2008 年版，第 38 页）

② 刘慈欣：《三体》，重庆出版社 2008 年版，第 39 页。

③ 刘慈欣：《三体Ⅲ·死神永生》，重庆出版社 2010 年版，第 394 页。

④ 司马迁：《报任安书》，载〔清〕吴楚材等编《古文观止》，岳麓书社 2002 年版，第 259 页。

⑤ 曹操：《短歌行》，载《曹操集》，中华书局 2012 年版，第 5 页。曹操墓（安阳高陵）在今安阳市安丰乡西高穴村。

迷宫。①

朝歌——一处媲美太虚幻境的所在。"其山多奇峰峭壁而斗出霄汉之外，瀑布千丈飞落于云霞之表。"② 峰下是一幢难以用人类语言描述的圣殿③（里边有一间是猫屋④），瀑布旁是一位正在捏泥人的美丽少女⑤。不远处的汩汩清泉唱着薄伽梵歌⑥，穿越恒纪元的阳光，穿越狭长的太行峡谷，直奔娘子关电厂。

22

"在外面的大地上，人们早已开始陆续脱水，重新变成人干以度过漫漫长夜。"⑦

---

① 指位于安阳的中国文字博物馆。安阳是殷墟所在地，甲骨文的故乡。

② ［宋］郭熙：《林泉高致》，周远斌点校，山东画报出版社 2010 年版，第 32 页。

③ 指耶路撒冷的圣殿。参见 ［英］西蒙·蒙蒂菲奥里：《耶路撒冷三千年》，张倩红、马丹静译，民主与建设出版社 2015 年版，第 3 页。

④ "让·热内的戏剧《阳台》在格林尼治村上演，它把世界描写成一间巨大的猫屋，在那里混乱统治着一切，人是孤独的，被抛弃在一个无意义的宇宙里。"（［美］鲍勃·迪伦：《像一块滚石：鲍勃·迪伦回忆录（第一卷）》，徐振锋、吴宏凯译，江苏人民出版社 2006 年版，第 87 页）

⑤ 她"伸手掬起带水的软泥来，同时又揉捏几回，便有一个和自己差不多的小东西在两手里"。（鲁迅：《补天》，载《鲁迅小说全集》，北京燕山出版社 2011 年第 2 版，第 287 页）此处指女娲造人。

⑥ 《薄伽梵歌》是古印度史诗《摩诃婆罗多》中的一部宗教哲学诗。参见 ［古印度］毗耶娑：《薄伽梵歌》，黄宝生译，商务印书馆 2010 年版。

⑦ 刘慈欣：《三体》，重庆出版社 2008 年版，第 47 页。

23

天不生仲尼，万古如长夜。天不生牛顿，万古如长夜。天不生庄子，"知无涯者"依旧不可阻挡地诞生。①

天不生刘慈欣，在短期内——三年？更有可能是三十三年——就没有人将自己全身抹成"一种超脱的淡蓝色"，"在太空深渊中跳着某种诡异的舞蹈"。②

24

进入长夜的旅程太过漫长。在这期间，是结婚、做爱、生子，还是立德、立言、立功，是诈骗、窒息、受苦③，还是"问问浪花，问问星辰，问问飞鸟，问问时钟"④，是

---

① 此处的"知无涯者"是指早逝的印度天才数学家拉马努金(1887—1920)。"拉马努金是'魔法师'而不是'寻常的天才'"，"神秘，魔法，漆黑一片；寻常思想不可及的隐秘操纵；拉马努金的工作始终像是施了魔法似的——理性重重地撞上了自己的极限"。（［美］罗伯特·卡尼格尔：《知无涯者——拉马努金传》，胡乐士、齐民友译，上海科技教育出版社 2008 年版，第 290 页）。"知无涯"一词出自《庄子·养生主》。

② 刘慈欣：《三体》，重庆出版社 2008 年版，第 48 页。

③ 参见［法］塞利纳：《茫茫黑夜漫游》，沈志明译，人民文学出版社 2015 年版，第 109 页。

④ ［美］尤金·奥尼尔：《进入黑夜的漫长旅程》，王朝晖、梁金柱译，北京理工大学出版社 2015 年版，第 125 页。

眼睁睁地看着女性成为地球的主宰①，还是率军由北往南长驱直入②，是把悲伤撒向无边的海洋③，还是变身为一个隐形的神父④，站在地球静止轨道（又称"克拉克轨道"）上沉思何以梦与梦的联系被割断⑤，全凭自己决定。

25

"记得在大三的一次信息课中，教授挂出了两幅大图片，一幅是画面庞杂精细的《清明上河图》，另一幅是一张空旷的天空照片，空荡荡的蓝天上只有一缕似有似无的白云。教授问这两幅画中哪一幅所包含的信息量更大，答案是后者要比前者大一至两个数量级！《三体》正是这样，

① 特斯拉在1926年写道："拿人类的未来与蜜蜂这种注重奉献的族群形态相比，这恐怕已经超出了许多人的想象力。但随着女性智力的不断提高，在她们成为主宰之后来考虑人类的繁衍，其最终表现形态可能会与蜜蜂极其相似。这个结论看似极其荒诞，但却有可能变成现实。"（［美］尼古拉·特斯拉：《人类的未来与蜜蜂》，载《特斯拉自传》，夏宜、倪玲玲译，北京时代华文书局2014年版，第189页）
② 参见［英］萨曼·鲁西迪：《午夜之子》，刘凯芳译，北京燕山出版社2015年版，第391页。
③ 参见［英］弗吉尼亚·伍尔芙：《存在的瞬间》，刘春芳、倪爱霞译，花城出版社2016年版，第62页。
④ 英国作家威尔斯和切斯特顿都写过《隐形人》。参见［英］乔治·威尔斯：《隐身人》，郑红娟、范锐、汤成顺译，四川文艺出版社2020年版。又参见［英］切斯特顿：《隐形人》，载《布朗神父探案集》，马建玲译，长江文艺出版社2011年版，第60—77页。
⑤ "这时地球静止，时间停滞，梦与梦间的相互联系也被割断，消弭于无形。"（［美］亨利·米勒：《北回归线》，袁洪庚译，译林出版社2013年版，第207页）

它的海量信息是隐藏在深处的。"①

<h1 style="text-align:center">26</h1>

大师及其作品的一种境界：留白，或者说妥帖的留白。

国画大师黄宾虹说："古人作画，用心于无笔墨处，尤难学步，知白守黑，得其玄妙，未易言语形容。"② 讲的正是"留白"的奥妙。

现代西方绘画（立体派、抽象派、构成主义、毕加索、杜尚、康定斯基等等）尽管与中国传统绘画大有不同，但也有"留白"的意味。简单的几个点、几条线就能构成一幅韵味无穷的作品。"所有这些大小不一的构成，按几何性质，都源于点又归于点"；"在大自然的天然境界里，点的积聚现象司空见惯，并且都自有其目的性、有机性和必然性"，"这些形式往往是因为自然界中的复合体的分裂解体而产生，可以说这是回归几何原初型式的开端"。③

绘画是艺术家亲近和描绘宇宙/空间的一种方式。宇宙/空间是混沌的，中西艺术大师在这一点上很容易达成共

---

① 刘慈欣：《三体》，重庆出版社 2008 年版，第 49 页。

② 转引自罗淑敏：《一画一世界：教你读懂中国画》，广西师范大学出版社 2012 年版，第 111 页。"沙漠和天空都在暮色中迷蒙一片，像国画中的空白。"（刘慈欣：《三体Ⅱ·黑暗森林》，重庆出版社 2008 年版，第 457—458 页）

③ ［俄］康定斯基：《点线面》，余敏玲译，重庆大学出版社 2011 年版，第 30 页。

识。但是，与中国传统绘画渺渺茫茫的意象①有异，现代西方绘画引入了机械学、光学、相对论、四维等要素，创造了一个更具现代性的艺术宇宙。② 杜尚曾这样剖析自己的经典画作《下楼梯的裸女》：

"这不是一个典型的裸体，而是一个建筑学上的裸体。想象一下开始移动的各个不同的平面；比如，大楼的高墙开始跳舞，上升，而不是安全地固定在那里。这个芭蕾舞是第四维的一种状态……移动的身体收缩了，这是一个光学法则。"③

当代中国青年建筑师梁琛的装置作品《阿莱夫》④ 接近这一美学原则。

27

老子说："万物生于有，有生于无。"⑤ 传道者说："虚

---

① 现代绘画大师林风眠（及其弟子木心）仍没有超越这一点。参见王骁编：《二十世纪中国西画文献——林风眠》，文化艺术出版社2010年版。

② "艺术与科学本是同源"，"它们之间的关系越来越变成不再是必须要非此即彼，不可兼得"。（［英］约翰·D·巴罗：《艺术宇宙》，徐彬译，湖南科学技术出版社2010年版，第5页）

③ 参见［法］卡罗琳·克劳丝：《杜尚》，陆汉臻译，北京大学出版社2010年版，第17页。

④ 《阿莱夫》：梁琛个展，麓湖·A4美术馆（中国，成都，2019.4.27—2019.7.28）。其作品灵感来自博尔赫斯的同名短篇小说。

⑤ 《道德经·第四十章》。

空的虚空，虚空的虚空，凡事都是虚空。"①

然而，我们感官所感觉到的"无"和"虚空"并不是"空"的（亚里士多德长期否认虚空的存在，他认为，在逻辑上空间不可能是一种物质，因此是一种非存在②）。"现在'空'空间本身开始受到探测了"，"真空的能量渗透进宇宙的每一根纤维"，"这种无所不在的、不能清除的真空能量已被检测到，从而证实它具有明确的物理存在性"。③

在地球人发现真空能量、引力波、暗物质和反物质之前不等于它们不存在。

在地球人发现三体人之前不等于他们不存在。

在眼睛发现美之前不等于美不存在。在评论家和读者发现《三体》的瑰玮之前不等于《三体》的瑰玮不存在。

28

虽然照片"空旷的天空"包含的信息量更大，但并不

---

① 《圣经·传道书》（1：2）

② 参见［英］弗兰克·克洛斯：《虚空：宇宙缘起何处》，羊奕伟译，重庆大学出版社 2016 年版，第 11 页。

③ ［英］约翰·D·巴罗：《无之书：万物由何而生》，何妙福、傅承启译，上海科技教育出版社 2003 年版，第 12 页。

等于说《清明上河图》包含的信息量不够大①，更没有否定《清明上河图》是一幅杰作。

在很多时候，词语、符号和意象的密集十分必要（想一想巴赫的《马太受难曲》、米开朗琪罗的《西斯廷穹顶》、托尔斯泰的《战争与和平》、普鲁斯特的《追忆似水年华》、斯坦利·罗宾逊的"火星三部曲"②和《三体》等等作品的"密集"）。非此不足以庄严、恢宏、厚重。当代中国科幻在整体上不成气候的原因（和表现）之一，恰恰在于作者群体的科学素养较差，作品包含的信息量太单薄，不够"硬核"。

留白的前提是博裕。浅出的前提是深入。"若轻"的前提是"重"过。

某些"留白"，真的只是白开水。

大师及其作品的一种境界：深入浅出，化繁为简（简洁是智慧的灵魂）。

---

① 相关解读参见［日］野岛刚：《谜一样的清明上河图》，张惠君译，社会科学文献出版社2014年版。又参见余辉：《隐忧与曲谏——〈清明上河图〉解码录》，北京大学出版社2015年版。又参见冶文彪：《清明上河图密码大全集》（全六册），上海文艺出版社2019年版。

② 参见"火星三部曲"（《红火星》《蓝火星》《绿火星》），王凌霄等译，重庆出版社2017年版。刘慈欣的评价是："最硬的科幻之一，像亲历一个超级工程的工程师写的回忆录，描述人类开拓一个新世界的伟大历程。"（刘慈欣：《科幻阶梯阅读荐书榜》，载《最糟的宇宙，最好的地球——刘慈欣科幻评论随笔集》，四川科学技术出版社2016年版，第251页）

大师及其作品的另一种境界：深入深出；密集背后隐藏着更密集的东西——意象、哲理、艺术及其他就连作者本人也无法预期的信息。大师的作品总是能让人温故知新。① 让有能力温故知新的人温故知新。

29

汪淼"仿佛进入了一间护林人的林间小屋"，"三只凳子是古朴的树桩"。②

这三只凳子（树桩），一只由姮娥所赠，以示对守桩待兔精神的奖励（兔是外星人电磁波的隐喻③）；一只由爱因斯坦所赠（他与三只凳子的故事广为人知）；还有一只由查泰莱夫人的情人所赠，他是一名充满野性然而绝不粗鲁的护林人，他在情书中说过一句特别有哲理的话："我爱这种淡似清水和雨水的坚守"，"人只有在经过全力抵抗后，才会挖掘出自身的超能量"。④

---

① 博尔赫斯说："谁都看不了两千本书。我活了四个世纪只看了五六本。再说，重要的不是看，而是温故知新。"（［阿根廷］豪尔赫·路易斯·博尔赫斯：《一个厌倦的人的乌托邦》，载《沙之书》，王永年译，上海译文出版社 2015 年版，第 95 页）

② 参见刘慈欣：《三体》，重庆出版社 2008 年版，第 51 页。

③ 美国科幻电影《超时空接触》（1997）就讲了一个女科学家矢志不渝地监听宇宙波段的故事。

④ ［英］D.H.劳伦斯：《查泰莱夫人的情人》，雍穆贝勒译，中国华侨出版社 2010 年版，第 268—269 页。

30

强烈建议下一部根据刘慈欣小说（最好是《全频带阻塞干扰》）改编的科幻电影由主演过《超体》的斯嘉丽·约翰逊主演。①

超体，超级实（身）体之意。人的灵魂固然没有极限，但肉体同样如此。

否则，脱水成人干的三体人就没法活下来，通过基因工程把非洲冈比亚人改造成天使②的计划也不可能成功。

31

关公战秦琼是可能的，叶文洁与张择端③握手是可能的，丹麦美人鱼出现在清明上河园的水池中是可能的，天空呈狰狞网格状是可能的④，聋子听见远在天边的大爆炸的声音是可能的，瞎子看见"隐隐现现的繁星"和"掠过如今神秘莫测的蓝天的飞鸟"⑤是可能的，包拯（包青天）

---

① 《超体》是吕克·贝松执导的一部科幻电影（2014）。

② 这些经过基因重组的冈比亚人是"全人类的未来"。（刘慈欣：《天使时代》，载《带上她的眼睛——刘慈欣科幻短篇小说集Ⅰ》，四川科学技术出版社2015年版，第333页）

③ 张择端（1085—1145）：北宋画家，存世作品有《清明上河图》。

④ 参见刘慈欣：《三体》，重庆出版社2008年版，第51页。

⑤ ［阿根廷］豪尔赫·路易斯·博尔赫斯：《关于他的失明》，载《老虎的金黄》，林之木译，上海译文出版社2016年版，第34页。

通过超弦计算机的镜像模拟和现实检索①进行破案和反贪也是可能的。凡是不可能的都是可能的。

32

若非因为在孤独时编导了"一出流血的喜剧"《孤独天使》②，在去纽约和地狱的路上虚构了一篇令人发怵的小说《在路上》（塞万提斯也写过《在路上》，又名《堂吉诃德》）③，在垮掉的年代摹写了一部严肃的对话录《垮掉的一代》（其修辞技巧仅次于柏拉图的《高尔吉亚篇》）④，杰克·凯鲁亚克便真的成了"垮掉的一代"的杰出代表，若此，他便也无法理解音乐诗人鲍勃·迪伦《答案在风中飘》中的唱词："一个人究竟要走多少路才能够长大成人？一只白鸽究竟要飞过多少海才可以安睡沙滩？炮弹究竟要毁灭多少次才会被禁止，直到永远？"⑤

---

① 参见刘慈欣：《镜子》，载《梦之海——刘慈欣科幻短篇小说集Ⅱ》，四川科学技术出版社 2015 年版，第 216—222 页。

② 参见［美］杰克·凯鲁亚克：《孤独天使》，娅子译，重庆出版社 2008 年版，第 49 页。

③ 参见［美］杰克·凯鲁亚克：《在路上》，王永年译，上海译文出版社 2011 年版，第 35、83 页。

④ 参见［美］杰克·凯鲁亚克：《垮掉的一代》，金绍禹译，上海译文出版社 2012 年版。

⑤ 参见袁越：《摇滚诗人是怎样炼成的》，载《三联生活周刊》2016 年第 43 期，第 40 页。木心对凯鲁亚克的评价是"大智若盗"。（参见木心讲述：《文学回忆录》，广西师范大学出版社 2013 年版，第 1008 页）

33

如果在"除了疯狂还是疯狂"① 的年代干过几件非凡的疯子才能干出的事——比如说，对着正在运算的 CPU 忏悔，对着托尔斯泰的《忏悔录》忏悔，亲吻即将被洪水淹没的姑娘的玉手，在打倒反动学术权威的同时摧毁堕落的学术体制……那他就是一个正常的野蛮人，一个脱离了低级趣味的野蛮人，一个纯洁高贵的野蛮人。

脱缰的幻觉、失重的真理和无形的夜色一起笼罩过来。②

"必须进行一场革命，才能把人类重新带回到常识的轨道上来。"③ 三体人卢梭对包括潘恩④、列宁和叶文洁在内的地球人代表说。

34

如果"失落的一代"⑤ 中的杰出代表成了具有"钢铁

---

① 刘慈欣：《三体》，重庆出版社 2008 年版，第 58 页。

② 参见［法］米歇尔·福柯：《疯癫与文明》，刘北成、杨远婴译，生活·读书·新知三联书店 2007 年第 3 版，第 103 页。

③ ［法］卢梭：《论科学与艺术的复兴是否有助于使风俗日趋纯朴》，李平沤译，商务印书馆 2011 年版，第 9 页。

④ 托马斯·潘恩（1737—1809）：美国革命家、思想家，著有《常识》等。

⑤ 参见［法］潘鸣啸：《失落的一代：中国的上山下乡运动（1968—1980）》，欧阳因译，中国大百科全书出版社 2010 年版。

般的内心"的伟大政治家，那还叫"失落"？

35

在长期失眠与半睡眠状态之间受苦的人有福了，在他的记忆之海中翻腾的牛鬼、蛇神以及望月的犀牛有福了。

36

"石破天惊逗秋雨。"① 行走在秋雨中的叶文洁下定决心，反击逗弄她的"破石的天"。

37

岳父对叶哲泰说："琳琳太聪明了，可是搞基础理论，不笨不行啊。"②

"太聪明""笨"，讲的都是人事、人际关系（情商）。

搞基础理论必须智商高、情商低。当然，并不是真的情商低。否则就不可能看清"月光中羽毛般轻盈的身影"和"仰望星空的少女的眼睛"③，更不可能嗅到灵魂量子④、广义相对论和仙后座上的仙后的如兰香气。

---

① 唐代诗人李贺《李凭箜篌引》中的诗句。
② 刘慈欣：《三体》，重庆出版社2008年版，第61页。
③ 刘慈欣：《思想者》，载《梦之海——刘慈欣科幻短篇小说集Ⅱ》，四川科学技术出版社2015年版，第167页。
④ 参见［法］郑春顺：《星空词典》，李涵译，北京联合出版公司2019年版，第122页。

"机关算尽太聪明"未必会"误了卿卿性命"①，但确实只有返得了璞、归得了真的人才有可能发现宇宙之真，搞好基础理论。

如果是真聪明，就不会被聪明误——我这样说，很不聪明。

38

纵使"欧姆定律改叫电阻定律，麦克斯韦方程改名成电磁方程，普朗克常数叫成了量子常数"②，欧姆、麦克斯韦和普朗克在地下有知也不会介意的（他们不在意名号，只"臣服于实在，臣服于科学的本真目的"③），在农贸市场卖辣椒、茄子和砀山酥梨的阿婆对此则是无感的（她只关心自己的孙女能否考上清华），两手空空的"无脐"的"未来考古学家"④更不会把它当回事。

39

科幻小说家写道："人群散去后，她站在那里，身体和

---

① 参见［清］曹雪芹著，蔡义江评注：《增评校注红楼梦（全六辑）》，作家出版社 2007 年版，第 72 页。

② 刘慈欣：《三体》，重庆出版社 2008 年版，第 61 页。

③ ［英］迈克尔·波兰尼：《科学、信仰与社会》，王靖华译，南京大学出版社 2020 年版，第 51 页。

④ 参见［法］让·博德里亚尔：《完美的罪行》，王为民译，商务印书馆 2014 年版，第 24—25 页。

四肢仍保持着老校工抓着她时的姿态，一动不动，像石化了一般。"① "要我相信一个变成石头的人还能动，还能思想，只是思想比血肉之躯时慢上千百万倍，这难以让我想象。"②

人存在石化的问题，石头却不存在。石头只存在能否风化成石猴③，进而成人成圣成佛的问题。

40

叶文洁父亲的烟斗④是走向地平线的烟斗，它在被盖上七封印后，不可避免地要涉及理不清的情感、图像和词语网络。⑤

41

"一棵如巴特农神庙的巨柱般高大的落叶松轰然倒下"⑥ 算不上什么，就是巴特农神庙轰然倒下也不算什么。

现存的巴特农神庙（遗迹）经历过多次重修，不复是

① 刘慈欣：《三体》，重庆出版社 2008 年版，第 65 页。
② 燕垒生：《瘟疫》，载《瘟疫——燕垒生科幻佳作选》，四川科学技术出版社 2012 年版，第 8 页。
③ "山上有一仙石，石产一卵，见风化一石猴。"（［明］吴承恩：《西游记》，三秦出版社 1992 年版，第 2 页）
④ 参见刘慈欣：《三体》，重庆出版社 2008 年版，第 65 页。
⑤ 参见［法］米歇尔·福柯：《这不是一只烟斗》，邢克超译，漓江出版社 2012 年版，第 49 页。
⑥ 刘慈欣：《三体》，重庆出版社 2008 年版，第 67 页。

德谟克利特①在那里讲过学、尼采吊唁过的神庙了。

古典时代的哲人近乎静观之神。

当下有教养的市侩亟须摆脱政治性和警察式的哲学。②

42

"能感到大树的剧痛"③ 的女人即使不是天使，也不会是女巫，更不会是魔鬼——最多对"善恶对立说"产生一种复仇的快意。安·比尔斯编撰的《魔鬼辞典》对"善恶对立说"的解释是："古代波斯人的一种学说，认为善与恶处在一种持续不断的矛盾斗争之中。在善甘于失败之后，波斯人就永远站在得胜的恶的一边了。"④ 此处的"波斯人"，在现代语境中应置换为好莱坞导演。

"伟大"的好莱坞导演会像"伟大的琐罗亚斯德"那样因真诚而被选中，并"向马兹达创造的不易到手的灵光

---

① 德谟克利特（约公元前460—370）：古希腊哲学家，率先提出原子论（万物由原子构成）。

② "整个现代哲学思考都是政治性的和警察式的，都被政府、教会、学院、习俗、时尚以及人的怯懦束缚在学术的表面。"（［德］尼采：《希腊悲剧时代的哲学》，周国平译，译林出版社2011年版，第56页）

③ 刘慈欣：《三体》，重庆出版社2008年版，第68页。

④ ［美］安·比尔斯编：《魔鬼辞典》，莫非译，中国盲文出版社2002年版，第192页。

致敬"① 吗？

这个问题很难回答，也不是少女时期的叶文洁所关心的。

少女叶文洁没有明星梦，却像所有少女一样有一个公主梦，冀盼英俊的王子为她的美丽而眩惑②，把她从困厄之中救拔出来。当她以为邂逅了真爱时（那个人对她说："我看得出来你的感觉，在这里也就我们俩有这种感觉。"③），却转眼即遭到可耻的背叛。抒情的情感世界让位于残酷的生存斗争。④

43

"知识分子毛病就是多。"⑤ 而且无能。他们动辄自诩"超越自己"和"扼住命运的咽喉"，却常常在怯懦的回忆

---

① 参见［伊朗］贾利尔·杜斯特哈赫选编：《阿维斯塔——琐罗亚斯德教圣书》，元文琪译，商务印书馆2010年版，第322页。阿胡拉·马兹达是古波斯马兹达教（琐罗亚斯德教的前身）信徒信奉的正神，与迪弗·亚斯尼（"魔鬼崇拜者"）相对立。

② "卡拉富一时因其（图兰朵）美丽而眩惑，陷入迷惘中不能自己。"（罗基敏、梅乐亘：《浦契尼的图兰朵》，广西师范大学出版社2003年版，第59页）

③ 刘慈欣：《三体》，重庆出版社2008年版，第69页。

④ 参见［法］米兰·昆德拉：《被背叛的遗嘱》，余中先译，上海译文出版社2012年版，第55、250页。

⑤ 刘慈欣：《三体》，重庆出版社2008年版，第68页。

中继续怯懦下去。①

44

在一个寂静的春天，杀虫剂杀死了童话中的森林。②

在一个寂静的春天的夜晚，叶文洁独自躺在大兴安岭深处一个小木屋里借着烛光静静地阅读《寂静的春天》。

45

在一个黑色的春天，客居巴黎的美国作家想象自己正在时间停止了的中国沸腾。③

在一个黑色的春天的夜晚，正在中国访问的法国作家在日记中写道："小石窟：墙上有医治癫狂病（＝'魔鬼狂妄之言'）的药方。"④

---

① 参见张贤亮：《绿化树》，载《张贤亮精选集》，北京燕山出版社2013年第2版，第111、167页。

② 参见［美］蕾切尔·卡森：《寂静的春天》，江月译，新世界出版社2014年版，第27页。

③ "我在中国，这里没有钟，也没有日历。""在沸腾的高峰时间，我坐着喝开胃酒，浮想联翩。"（［美］亨利·米勒：《黑色的春天》，杨恒达、职茉莉译，译林出版社2013年版，第138页）

④ ［法］罗兰·巴尔特：《中国行日记》，怀宇译，中国人民大学出版社2012年版，第160页。

46

在一个温暖的春天，一头大象闯入 M 矩阵与对偶之网。①

在一个春暖花开的夜晚，荷尔德林写信给海子："不要疯，也不要自杀；活在珍贵的人世间，去承受先验的痛苦……"②

47

"雷达峰有许多神秘的传说：一次下大雪，那个天线立起来，这方圆几里的雪立刻就变成了雨！"③

雪本来就是雨的精魂。④

流动的雨是凝固的雪的情欲释放。

---

① "多年来，物理学家也像盲人那样在黑暗里摸索，认为那些不同的弦理论本来就是不同的。但现在经过第二次超弦革命的发现，物理学家认识到 M 理论就是统一 5 个弦理论的那头大象。"（［美］B.格林：《宇宙的琴弦》，李泳译，湖南科学技术出版社 2002 年版，第 299 页）

② 参见西川编《海子诗全集》，作家出版社 2009 年版，第 61、1068 页。又参见［德］荷尔德林：《就主客体、个体与整体之间关系的一些看法：致伊萨克·冯·辛克莱尔》，载《荷尔德林书信选》，张红艳译，中华工商联合出版社 2018 年版，第 163 页。

③ 刘慈欣：《三体》，重庆出版社 2008 年版，第 71 页。

④ "是的，那是孤独的雪，是死掉的雨，是雨的精魂。"（鲁迅：《雪》，载《鲁迅散文诗歌全集》，北京燕山出版社 2011 年版，第 112 页）

48

森林"成了水晶宫"①，成了地下室。

一个来自未来、不事体系、拥有许许多多曼弗雷德精神（世界性悲哀）的人②，决心做一件每隔一些年份（大概六十年③吧）才会有人重复的事：发现另一个"来自未来、不事体系、拥有许许多多曼弗雷德精神（世界性悲哀）的人"，带他一起拜访水晶宫、地下室和黑暗森林。

49

"年轻人都这样，书越读得多越糊涂了。"④ 一位长者语重心长地说。

人生识字糊涂始？

这里的"年轻人"肯定不包括二十六岁的刘慈欣（他在那年完成长篇处女作《中国2185》）和六岁的莫扎特（他那年首次作曲，并开始在欧洲巡演）。

刘慈欣没有莫扎特那么早熟，甚至可以说成熟得很晚，但他从未忘记自己年轻时读的书、少儿时读的书："从父亲

---

① 刘慈欣：《三体》，重庆出版社2008年版，第71页。
② 参见［俄］陀思妥耶夫斯基：《地下室手记》，臧仲伦译，漓江出版社2012年版，第36、52页。
③ 按中国传统干支历纪年，六十年为一甲子。陀思妥耶夫斯基活了六十岁（1821—1881）。
④ 刘慈欣：《三体》，重庆出版社2008年版，第76页。

箱子底下翻出一本繁体字版的《地心游记》结识了科幻，那时还在上小学。初中开始写科幻小说，但直到 1998 年都没发表过作品。"①

50

"叶文洁没有看军代表，她看到了父亲的血。"②

她还看到了 1793 年的恐怖主义者——他们极为敏感，对血兴奋，"幻想通过消灭贵族来实现人类的幸福"③。

51

"她认识这风，这风也认识她。"④

这是甜蜜的风，悲哀的风，拂过陶渊明面孔的风，是拒绝自我辩解的风（任何辩解都是残酷的反仪式行为⑤），是具有唯我主义设计色彩的风（任何设计都是唯我主义的），是取缔了幸福的客观性的风，是"被灌输在日常生活的结构和缝隙之中，弥漫于知识和真理的日常社会制度

---

① 刘慈欣：《〈异度空间〉采访刘慈欣》，载《最糟的宇宙，最好的地球——刘慈欣科幻评论随笔集》，四川科学技术出版社 2016 年版，第 51 页。

② 刘慈欣：《三体》，重庆出版社 2008 年版，第 78 页。

③ ［法］路易·博洛尔：《政治的罪恶》，蒋庆、王天成、李柏光等译，译林出版社 2014 年版，第 58 页。

④ 刘慈欣：《三体》，重庆出版社 2008 年版，第 82 页。

⑤ 参见［美］埃利奥特·阿伦森：《社会性动物》，郑日昌、张珠江、王利群等译，新华出版社 2001 年版，第 220 页。

之中”的风（权力和风的同一性）。①

52

“现在除了死后不知是否存在的另一个世界，她最想去的地方就是这样与世隔绝的峰顶了，在这里，她有一种久违的安全感。”②

是谁说的，“高处不胜寒”？

然而，登上极峰的人不仅不会“不胜寒”，而且有安全感。

极峰的空间极小，落不下直升机；人极少，且多是冻僵的活人（冻僵是“冬眠技术”发明之前的一种冬眠技术）。

“一个人如果在一生中经历了艺术的极峰，思想的极峰，爱情的极峰，性欲的极峰，真是不虚此生。”③ 这样说的人，最起码在极力登峰（尽管未必成功）。

53

它是一口丧钟，知道为谁而鸣——

---

① ［美］马歇尔·萨林斯：《甜蜜的悲哀：西方宇宙观的本土人类学探讨》，王铭铭、胡宗泽译，生活·读书·新知三联书店 2000 年版，第 41 页。

② 刘慈欣：《三体》，重庆出版社 2008 年版，第 84 页。

③ 木心讲述：《文学回忆录》，广西师范大学出版社 2013 年版，第 880 页。

为无法自焚的军用地图。①

为后视镜内不断变小的布满弹痕的停车牌标志。②

为突变为"裸体主义"的纯粹理性和政治理性。③

为幽灵倒计时的尽头。④

为拒绝被生擒的龙和独角兽。⑤

为即将灭绝的猫城文明。⑥

为摔碎的"阿尔法"号热力灯⑦（它因此无缘目睹

---

① 参见 ［美］海明威：《丧钟为谁而鸣》，程中瑞译，上海译文出版社 2009 年版，第 1 页。

② 参见 ［美］弗诺·文奇：《彩虹尽头》，张建光译，四川科学技术出版社 2009 年版，第 84 页。

③ "与此相距万里之遥的我，费力地去想出那种庄严肃穆的画面"，"突然间，在场的所有人的衣服都飞了起来；大公、显要人物、主教、将军和国王自己，每个凡是娘生的人，都叉开双腿站在那里，身上一丝不挂"。（［英］托马斯·卡莱尔：《拼凑的裁缝》，马秋武、冯卉译，广西师范大学出版社 2004 年版，第 59 页）

④ 刘慈欣：《三体》，重庆出版社 2008 年版，第 93 页。

⑤ "她点点头，首先拿起《幻兽辞典》，翻开第一页。'如同我们对宇宙含义的无知一样，对龙的含义也同样无知。'她读道，'这是书的序言。'"（［日］村上春树：《世界尽头与冷酷仙境》，林少华译，上海译文出版社 2002 年版，第 95 页）

⑥ "一眼看见猫城，不知道为什么我心中形成了一句话：这个文明快要灭绝！……文明与民族是可以灭绝的，我们地球上人类史中的记载也不都是玫瑰色的。读历史设若能使我们落泪，那么，眼前摆着一片要断气的文明，是何等伤心的事！"（老舍：《猫城记》，民主与建设出版社 2020 年版，第 53 页）

⑦ 参见 ［美］杰克·威廉森：《黑太阳》，李玲、陈宁译，四川科学技术出版社 2002 年版，第 195 页。

"阿尔法狗"与柯洁的经典之战①）。

为在严厉的月光下遭受群鹰猛啄的海涅·涅克拉索夫·密涅瓦。②

54

重温1987年电影《倩女幽魂》（张国荣、王祖贤主演）。

天堂，鬼域，人间，都不存在"桃花源"。

陶渊明既然能写出经典的乌托邦小说《桃花源记》，那他一定也能成为科幻文学大师——只要他愿意。

55

墨子是量子③，孔子是原子，科尔特斯④是分子，阿兹特克帝国的人民是分母。

---

① 2017年5月23—27日，谷歌开发的人工智能机器人"阿尔法围棋"（AlphaGo）大败世界围棋第一人柯洁。（三盘全胜）

② 参见［美］海因莱因：《严厉的月亮》，卢燕飞等译，四川科学技术出版社2015年第2版，第181页。海涅（1797—1856）为德国著名诗人，涅克拉索夫（1821—1878）为俄国著名诗人，密涅瓦为罗马神话中的智慧女神。

③ 2016年8月16日，中国"墨子号"量子科学实验卫星成功发射升空。

④ 科尔特斯（1485—1547）：西班牙殖民者，率领一支探险队于1519年入侵新大陆（墨西哥），征服了阿兹特克帝国。

如果分母归零，太阳熄灭，那浑天仪①该魂归何处？

作为一台"生来即不带欲念"②的伟大机器，浑天仪自有天命和归宿，不需要我们为它操心。

56

"你知道宇宙是什么吗？是一部机器。"③

如果宇宙是一部机器，那么，梅西耶 M49④、天狼星、地球、亚洲、塔希提岛以及岛上的汽车、电脑、人脑、人、高更⑤、高更画过的番石榴和香蕉树、猴子、时间机器、原子钟、恐龙、教堂、教皇、鼓风琴、振动测量仪、蚂蚁、显微镜、寄生于蚂蚁体内的病毒、电脑病毒、电脑病毒折磨过的刘慈欣等，也都是机器。

宇宙是一台巨大的机器，一经启动，便不可能停止。

好事者问刘慈欣：倘若没有上帝站出来对"世界机器的失调和反常进行预防和修补"⑥，怎么办？

---

① "另一边是几台奇形怪状的仪器，很像古中国的浑天仪。"（刘慈欣：《三体》，重庆出版社 2008 年版，第 101 页）
② "伟大品质的真正标志是：生来即不带欲念。"（［法］拉罗什福科：《箴言录》，文爱艺译，中国城市出版社 2009 年版，第 106 页）
③ 刘慈欣：《三体》，重庆出版社 2008 年版，第 103 页。
④ 梅西耶 M49 是室女星团中最早被发现的一个成员星系。发现者是 Charles Messier（1771 年）。
⑤ 高更（1848—1903）：法国画家，曾经在塔希提岛隐居、绘画。
⑥ ［荷］E.J.戴克斯特霍伊斯：《世界图景的机械化》，张卜天译，湖南科学技术出版社 2010 年版，第 539 页。

答（面无表情）：上帝并非万能的技师，何况他早已隐退，也就是说"已死"①。

好事者：您还没有说怎么办哪！

答（脸露微笑）：香榭大道上的苏记面馆的凉拌面不错，吃一碗就能暂时忘记霍金的盛世危言②，我请客。

好事者：还请认真谈一谈怎么办！

答（一本正经）：上拱廊市场！③ 下一个黑色星期二，有一位名叫本雅明、比我还权威的宇宙学家和历史哲学家，将在那里围绕进步论、如何避免"衰亡时期"、卡巴拉神秘主义、自然之书、形式理论与实践意识、文化—历史辩证法、否定神学、灵晕、绝对完善的工具、可制造的时代精神、科技观象台、"技艺"的自动化、作为表象的传统的连续性、行动之诗、喜剧演员已经死去的世界秩序中的

---

① 参见［德］尼采：《尼采：查拉图斯特拉如是说》，杨佩昌译，中国画报出版社 2012 年版，第 206 页。

② 霍金说："宇宙是一个暴烈的地方。恒星吞没了行星，超新星在太空中发射致命射线，黑洞相互撞击，小行星每秒疾驶数百英里。我承认，这些现象并未让空间听起来非常诱人，但这些正是我们要冒险进入太空而非原地不动的原因。我们无法防御小行星碰撞。我们最后一次大碰撞大约发生在 6600 万年前，人们认为恐龙因之灭绝，而它将再次发生。这不是科幻小说，它受物理定律和概率的保证。"（［英］史蒂芬·霍金：《十问：霍金沉思录》，吴忠超译，湖南科学技术出版社 2019 年版，第 131 页）

③ "'上拱廊市场！'穿丧服的太太说，不过她现在已经不穿丧服，换上了鲜艳的粉红裙衫、粉红帽子和雪白的短斗篷，手里拿着一束鲜花。"（［俄］车尔尼雪夫斯基：《怎么办》，蒋路译，人民文学出版社 1996 年第 3 版，第 435 页）拱廊市场位于圣彼得堡涅瓦大街，十九世纪五十至六十年代，那里的一间大厅经常举行公开演讲会和辩论会。

真正英雄等等议题①发表演讲，并预言今后五百年的发展趋势，您可以去听一听。

好事者：是吗？太好了！多谢！多谢！

57

物质化了的心灵和机械的唯物论者无法理解"人是机器"这一并不比"人是一根会思想的芦苇"更加费解的命题。②

58

帕斯卡尔说："看到在同一颗心里而且就在同一时间内，既对最微小的事情这样敏感，而对最重大的事情又那样麻木得出奇；这真是一件邪怪的事。"③

如果既对最微小的事情麻木不仁，又对最重大的事情无动于衷呢？

---

① 参见［德］瓦尔特·本雅明：《〈拱廊计划〉之 N：知识论，进步论》，郭军译，载汪民安主编《生产（第一辑）》，广西师范大学出版社2004 年版，第 308—349 页。又参见瓦尔特·本雅明：《机械复制时代的艺术作品》，载汉娜·阿伦特编《启迪：本雅明文选》，张旭东、王斑译，生活·读书·新知三联书店 2014 年版，第 236—239 页。

② 参见［法］拉·梅特里：《人是机器》，顾寿观译，商务印书馆1959 年版，第 76—77 页。又参见［法］帕斯卡尔：《思想录》，何兆武译，商务印书馆 1985 年版，第 157—158 页。"伟大的始皇帝，这是机器的机械运行，不是智慧。"（刘慈欣：《三体》，重庆出版社 2008 年版，第 162 页）

③ ［法］帕斯卡尔：《思想录》，何兆武译，商务印书馆 1985 年版，第 94 页。

那就不叫邪怪，而是再正常不过的事了。

始终如一、表里合一难道不正常？没有张力的心灵更易进入无物哀的幸福状态。

日本人的心灵有一点好，那就是敏感于细物和物哀之美，不会轻易地把混沌、太极、阴阳、四方、四时、五行等宇宙学说道德化，使得宇宙观围绕皇权这个中心议题打转，成了没有宇宙的宇宙观。

什么内圣外王，什么天人之征，什么祥瑞灾异，什么"天之任德不任刑"，什么"道始于虚廓，虚廓生宇宙"① ……简直玄之又玄，仰之弥高，钻之弥坚，然而，若动辄就将它们道德化，则无法打开众妙之门、自然之门、自然法之门和其他一切窄门。四体不勤、五谷不分的玄想家"沉浸于自己的玄想中"，成了"无用的东西"。②

59

像帕斯卡尔、但丁和叶文洁一样，刘慈欣有一天突然发现整个宇宙的可怖空间包围了他，自己被附着在广漠无垠之域的逼仄一角。他了悟一切感官和灵魂，却参不透"无法逃避的死亡本身"。③

---

① 参见王爱和：《中国古代宇宙观与政治文化》，［美］金蕾译，徐峰译、校，上海古籍出版社 2011 年版，第 199—222 页。

② 刘慈欣：《三体》，重庆出版社 2008 年版，第 103 页。

③ ［法］帕斯卡尔：《思想录》，何兆武译，商务印书馆 1985 年版，第 93 页。

他将《死神永生》献给死神。

他担心自己成为第七位①被拒绝跨过冥河的智者——若此，他就没有机会同死神面对面对话了。

60

"刚刚复活的女性是最渴望爱情的。"②

刚刚复活的男人犹疑要不要舍弃爱情（但有一点他确信：自满得意的生活是卑鄙、下流且无耻的）。③

刚刚复活的索伦之眼④和红岸之眼从两个不同的方向注视着不时喷出高热、致命、剧毒岩浆的火焰山。

61

刚刚复活的汪淼扭头一看，看到墨子的"身体包含在一根高高的橘黄色火柱之中，皮肤在发皱和碳化，但双眼仍发出与吞噬他的火焰完全不同的光芒"⑤。

---

① 前六位是荷马、贺拉斯、奥维德、卢卡努斯、维吉尔、但丁（中间四位皆为古罗马的大诗人）。参见［意大利］但丁：《神曲》（地狱篇第四首），黄文捷译，华文出版社2010年版，第17—18页。

② 刘慈欣：《三体》，重庆出版社2008年版，第108页。

③ 参见［俄］列夫·托尔斯泰：《复活》，草婴译，上海三联书店2014年版，第79页。

④ 参见［英］J.R.R.托尔金：《魔戒（第3部）·王者再临》，朱学恒译，译林出版社2013年版，第172页。索伦是《魔戒》中的魔王，索伦之眼指《魔戒》中的巴拉多塔顶。旋转星云（NGC7293，宝瓶座天体）在网络上被称为"上帝之眼"或"索伦之眼"。

⑤ 刘慈欣：《三体》，重庆出版社2008年版，第110页。

然而，汪淼看到的墨子只是一个幻影。幻影不惧火焚。

也就是说，汪淼看到的"皮肤在发皱和碳化"只是一个假象（现象纷乱，眼睛和知觉经常欺骗我们①）。

墨子此刻的真实感受是，"火焰没有吞噬他的皮肉，而是不烫不灼地抚慰他，淹没了他。他宽慰地、惭愧地、害怕地意识到他自己只是一个幻影，另一个人梦中的幻影"②。

62

巴什拉所言的"火使一切变得纯洁"③是不准确的，甚至是错误的。

"有思想的人"（如墨子、塞尔维特④、布鲁诺）本来就纯洁，不需要火焚把他变得纯洁。而"有意见的人"

---

① "知觉到的东西，原来都是观念或感觉；您可以随意称呼它们。"（［英］贝克莱：《海拉斯与斐洛诺斯对话三篇：反对怀疑论者与无神论者》，关文运译，商务印书馆 2017 年版，第 60 页）又参见［英］贝克莱：《视觉新论》，关文运译，商务印书馆 2017 年版，第 6 页。

② ［阿根廷］豪尔赫·路易斯·博尔赫斯：《环形废墟》，载《小径分叉的花园》，王永年译，上海译文出版社 2015 年版，第 49 页。

③ ［法］加斯东·巴什拉：《巴什拉文集（第 10 卷）·火的精神分析》，顾嘉琛译，商务印书馆 2019 年版，第 105 页。

④ 塞尔维特（1511—1553）：西班牙医生，文艺复兴时代的神学家、自然科学家，肺循环的发现者。因思想异端被判火刑处死。

(芸芸众生)① 本来就无所谓纯洁不纯洁，也不愿欣享火焚的快乐。

火只是火。就像叶文洁只是叶文洁，尤三姐②只是尤三姐。

63

"杨卫宁只是一个她（叶文洁）见过很多的这个时代典型的知识分子，胆小谨慎，只求自保平安。"③

亦即说，知性价值没有转变为超越性价值。④

"节制"有余，而"智慧"和"勇敢"不足。⑤

陷入日常的平庸，尽管懂得，却没有勇气做到"真诚的向死而生"。⑥（那就等于没懂）

64

现实是，与外星文明的接触"对人类文化产生的效应

---

① "世上有思想的人虽少，有意见的人却多。"（［英］贝克莱：《海拉斯与斐洛诺斯对话三篇：反对怀疑论者与无神论者》，关文运译，商务印书馆 2017 年版，第 59 页）

② 尤三姐是《红楼梦》中的人物。一位火性的纯洁女子。

③ 刘慈欣：《三体》，重庆出版社 2008 年版，第 116 页。

④ 参见［法］朱里安·本达：《知识分子的背叛》，孙传钊译，吉林人民出版社 2004 年版，第 96 页。

⑤ 关于这三种美德，参见［古希腊］柏拉图：《理想国》，郭斌和、张竹明译，商务印书馆 1986 年版，第 145—152 页。

⑥ 参见［美］马克·里拉：《当知识分子遇到政治》，邓晓菁、王笑红译，新星出版社 2005 年版，第 25 页。

不是融合而是割裂，对人类不同文明间的冲突不是消解而是加剧"①。

敌对和冲突是人类的本性，是不同文明间关系的生存现实②，不会因事因时因地而转移。在共同的外星敌人及其带来的威胁面前，地球人可以暂时做到一致对外，而一旦危险解除，又会重归以前的状态。必须谨记：全球共同体的来临只是表象，充足理由律永远是"不充足"的，"非必然"的世界具有"不可挽回性"。③

65

文采和口才俱佳的丘吉尔发表的"铁幕演说"在揭露一个残酷现实的同时也给自己锻造了一道高高的铁幕。政治失意的丘吉尔因《英语民族史》一书荣膺1953年诺贝尔文学奖。颁奖词引用了他"铁幕演说"中的一句名言：上帝和机会照耀我们。④

然而，丘吉尔的眼光聚焦和囿于英语世界的小宇宙，其境界并不比伦敦金融街的乞丐高出多少（乞丐像他一样，

---

① 刘慈欣：《三体》，重庆出版社2008年版，第127页。
② "文明是最大的'我们'，在其中我们在文化上感到安适，因为它使我们区别于所有在它之外的'各种他们'。"（［美］亨廷顿：《文明的冲突与世界秩序的重建》，周琪等译，新华出版社2002年版，（第26—27页）
③ 参见［意］吉奥乔·阿甘本：《来临中的共同体》，相明、赵文、王文秋译，西北大学出版社2019年版，第123—125页。
④ 参见［英］丘吉尔：《苏联的威胁》，载《苦难与血泪——丘吉尔演讲集》，陈钦武译，江苏人民出版社2000年版，第256—257页。

也知道莎士比亚、狄更斯为谁，而且爱国——尽管不爱本国的资本家），注定无法"站到一个新的高度上"①。我们有理由断言丘吉尔肯定没有读过比尔·马修的巨著《十万光年铁幕：SETI 社会学》②。否则，他的演讲会这样开头："今天下午我怀着十分高兴的心情来到了川陀帝国谢顿理工学院，贵院授予我一个学位，我深感荣幸。事实上，三百年前我曾作为交换生在谢顿理工学院学习过，在政治、数学、心理史学、科学社会学以及其他一两个学科上受益匪浅。身为一介平民，被帝国皇帝引荐给贵院广大听众，我感到无上光荣。今天我想谈谈政治革命的升温、自由星际运动的花招、理想主义的远逝，以及三体帝国试图建立的宇宙铁幕等等话题……"③

66

元接触——仅仅证明外星文明的存在而没有任何实质内容的接触。④

① 刘慈欣：《三体》，重庆出版社 2008 年版，第 126 页。
② 参见刘慈欣：《三体》，重庆出版社 2008 年版，第 127 页。
③ 川陀是美国科幻小说家阿西莫夫在小说《基地》中虚构的一个行星，是"银河帝国"的首都。谢顿博士是《基地》的主要角色之一，一位杰出的数学家，川陀大学心理史学系荣誉教授，《银河百科全书》执行主编。参见 [美] 阿西莫夫：《银河帝国·基地》，叶李华译，江苏凤凰文艺出版社 2015 年版，第 1—91 页。又参见刘慈欣：《三体Ⅱ·黑暗森林》，重庆出版社 2008 年版，第 154 页。
④ 刘慈欣：《三体》，重庆出版社 2008 年版，第 127 页。

元遏制——实质性遏制。美国遏制战略的失败。非不为也，对手太智慧太强悍尔。①

元科学——大元帝国的科学？② 关于科学的元政治—社会学？③ 物质—实体科学？物质—实体科学是最高的科学，其应用潜力无限。"选择高技术战略研究室的只有章北海一人"，他坚定地认为，"现有理论的应用潜力可能连百分之一都还没有挖掘出来"。④

67

我们的脆弱本质和镜像本质。⑤ 在脆弱的时代，心的发明——它意味着从铜镜式的虚拟空间进入慧镜式的实存空间（那里黑得可怕，令人惊悚，并非因为埋伏着恐怖分

---

① "一国外交政策若要务实有效，绝不能建立在幻想世界的基础上，而要符合实际国际关系和权力政治形势。"（［美］尼古拉斯·斯皮克曼：《世界政治中的美国战略：美国与权力平衡》，王珊、郭鑫雨译，上海人民出版社 2018 年版，第 422 页）

② "不幸的是，除了 1281 年完成的《授时历》之外，元代大天文学家郭守敬的著作竟然一部也没有流传下来。"（［英］李约瑟原著，［英］柯林·罗南改编：《中华科学文明史》，上海交通大学科学史系译，上海人民出版社 2010 年版，第 296 页）

③ 参见［英］约翰·齐曼：《元科学导论》，刘珺珺、张平、孟建伟译，湖南人民出版社 1988 年版，第 149—162、226—244 页。

④ 刘慈欣：《三体Ⅱ·黑暗森林》，重庆出版社 2008 年版，第 111 页。

⑤ 参见［美］理查德·罗蒂：《哲学和自然之境》，李幼蒸译，商务印书馆 2003 年版，第 29 页。

子①或似隐似显的克苏鲁式②敌人，而是什么都没有）——与政府对科学的资金投入一样重要。

68

那位在龙的故乡的一根龙柱旁③居住的大士会是什么模样呢？他在媒体上呈现的不会是真面孔（媒体从不呈现真相）。

他心里在想些什么呢？

他凝神静思的模样好像罗丹④之前的一位思者，又好像来自罗马帝国的春秋时代。

他是否曾经用比工程结构的清晰还要清晰的雕塑语言来裸呈自身？⑤

他是否端详过正在撰写自传的自尊自大的爱德华·

---

① 参见［美］约翰·厄普代克：《恐怖分子》，刘子彦译，人民文学出版社 2009 年版，第 63 页。

② "我猜测邪神克苏鲁仍然沉睡在石室中，那个自太阳还很年轻时就一直庇护着它的石室。"（［美］霍华德·菲利普·洛夫克拉夫特：《克苏鲁神话（上）》，程闰闰、范娟译，重庆大学出版社 2012 年版，第 32 页）

③ 2018 年 10 月 10 日，刘慈欣创作研究工作室揭牌，地址位于山西省阳泉市龙柱公园内（园内有一根 23 米高的龙柱），与百度云计算等科技园区隔路相望。

④ 罗丹（1840—1917）：法国雕塑家，《思想者》是他的代表作之一。

⑤ 参见［美］威廉·塔克：《雕塑的语言》，徐升译，中国民族摄影艺术出版社 2017 年版，第 106 页。

吉本？①

他是否邂逅过半人半兽的白发老人？②

这个星球对于他是否已经变得难以容忍，"正如它对我们是难以容忍的一样"？③

69

在卡达谢夫的宇宙—文明等级分类④面前，人类的国家—文明等级分类（"文明""半文明""野蛮"之类⑤）不能不显得低级和自以为是。

论条款之繁复、结构之精致、品性之雄壮，地球国际法怎能比得上宇宙空间法呢？

破碎时代的诗人不仅倾心于"作为统治者的法"和

---

① 参见［英］爱德华·吉本：《吉本自传》，戴子钦译，生活·读书·新知三联书店 2002 年版，第 91 页。

② 参见［德］特奥多尔·蒙森：《罗马史》（第一卷），李稼年译，商务印书馆 1994 年版，第 165 页。

③ ［阿根廷］豪尔赫·路易斯·博尔赫斯：《事犹未了》，载《沙之书》，王永年译，上海译文出版社 2015 年版，第 59 页。

④ "苏联天体物理学家卡达谢夫曾建议，可以根据宇宙中不同文明用于通信的能量，来对它们分级。他将想象中的文明分为 Ⅰ、Ⅱ、Ⅲ 三种类型"，而"目前的地球文明只能大致定为 0.7 型——连 Ⅰ 都未达到"。（刘慈欣：《三体》，重庆出版社 2008 年版，第 128 页）

⑤ 参见刘禾主编《世界秩序与文明等级：全球史研究的新路径》，生活·读书·新知三联书店 2016 年版。又参见［英］维克托·基尔南：《人类的主人——欧洲帝国时期对其他文化的态度》，陈正国译，商务印书馆 2006 年版。又参见［美］罗伯特·路威：《文明与野蛮》，吕叔湘译，生活·读书·新知三联书店 1984 年版。

"荷马意义上的法"①，还充任星象家和医生，把人体剖分为"三个鸡蛋形的综合体（头，是星辰焦点的化身；胸膛，是大气层的洞穴；内脏，是日地层的那部分）"；还与北极光对话——"北极光是地球洒向宇宙空间的精子"。②

70

汪淼"打开电脑，穿上 V 装具，第三次进入《三体》"；他重新注册了一个 ID："哥白尼。"③

汪淼没有想到的是，哥白尼竟然借助他和七只蚂蚁④的力量再次发动思维革命。

革命酝酿地有三：王府井的哥特教堂，蒂沃里的圆形

———————

① ［德］卡尔·施米特：《大地的法》，刘毅等译，上海人民出版社2017年版，第39、43页。

② ［德］卡尔·施米特：《多伯勒的〈北极光〉》，载刘小枫、温玉伟编《施米特与破碎时代的诗人》，安尼、温玉伟、鱼顺等译，华东师范大学出版社2019年版，第3—5页。

③ 刘慈欣：《三体》，重庆出版社2008年版，第131页。

④ 古罗马著名建筑师维特鲁维曾借助七只蚂蚁在转轮的圆形凹槽中的运动轨迹来分析不同行星沿着黄道运行所需时间的差异。参见［美］托马斯·库恩：《哥白尼革命——西方思想发展中的行星天文学》，吴国盛、张东林、李立译，北京大学出版社2003年版，第51页。

神庙①，格里高利教皇在奥林匹斯山的行宫②。

革命结果：日心说被写入月球环形帝国③的历史教科书。

间接影响：同地球文明一样，三体文明也出现叛逆思想和叛军（领袖为亚里士多德④）。

后世评价：科学的、内在俗世的宇宙无中心主义，"数学家们的数学"，支配了哥白尼的思想。⑤

———————

① 参见［古罗马］维特鲁威：《建筑十书》，高履泰译，知识产权出版社2001年版，第52页。达·芬奇有一幅著名的素描《维特鲁威人》，它被认为是"当时在生理机构上最准确的画作"（［美］丹·布朗：《达·芬奇密码》，朱振武、吴晟、周元晓译，人民文学出版社2013年版，第37页）。

② 参见刘慈欣：《三体》，重庆出版社2008年版，第131—132页。

③ 月球上有一个环形山以哥白尼命名。参见［波兰］哥白尼：《天体运行论》，叶式辉译，北京大学出版社2006年版，第166—167页之间的插图。

④ 亚里士多德后来以"乳路说"（又称"天河说"）和"宣泄论"闻名于银河系。（参见［古希腊］亚里士多德：《天象论 宇宙论》，吴寿彭译，商务印书馆1999年版，第51页。又参见［古希腊］亚里士多德：《诗学》，陈中梅译注，商务印书馆1996年版，第230页）特索罗（Emanuele Tesauro）的《亚里士多德的望远镜》（已逸失，仅存片段）揭示了诗性语言的性质，就是描绘"秘密的真实秘密"（参见［意］阿·伯·奥利瓦：《叛逆的思想》，易英译，河北美术出版社2006年版，第63页）。有人说，《亚里士多德的望远镜》的如尼文版是完整的，但可惜的是，至今尚未发现认识如尼文字母的人。（"如尼文指的是一种古老的神秘符号"，"单薄而又拙朴"，"用于私密的记录"。参见［英］J.R.R.托尔金：《霍比特人》，吴刚译，上海人民出版社2013年版，第1页）

⑤ 参见［美］沃格林：《宗教与现代性的兴起（修订版）》，霍伟岸译，华东师范大学出版社2019年版，第191页。

71

"我们的世界中有三颗太阳，它们在相互引力的作用下，做着无法预测的三体运动。"①

三颗太阳：M 利坚、罗斯 R、瓷 CHINA②。

M 利坚是"有"的哲学（实用主义）；罗斯 R 是"无"的哲学（无政府主义）；瓷 CHINA 是"第三者"的哲学（统一、一统）。黑格尔说："有与无是统一的不可分的环节，而这统一又与有、无本身不同，所以对有、无说来，它是一个第三者，这个第三者最特征的形式，就是变。"③"变"也是太极哲学的关键词。太极之道，时而以柔克刚，时而以柔克柔，时而以刚克柔。

72

三角形——三条曲线围起来的无限空间④——没有人类的三种邪恶品质（残暴、贪婪和权势欲），却具有"一种立法的心灵"⑤。

---

① 刘慈欣：《三体》，重庆出版社 2008 年版，第 133 页。
② 诗人木心曾计划撰写一部长篇小说《瓷国回忆录》，未成。
③ ［德］黑格尔：《逻辑学》（上卷），杨一之译，商务印书馆 1966 年版，第 83 页。
④ 参见［德］谢林：《布鲁诺》，庄振华译，北京大学出版社 2020 年版，第 43 页。
⑤ ［意］维柯：《新科学》，朱光潜译，人民文学出版社 1986 年版，第 85 页。

73

亚里士多德对墨子说："你缺乏起码的逻辑训练。"①

对蒙娜丽莎说："你忽略了蓝色空间的意义，它解释了为什么风景在夏天要比在冬天的时候更蓝。"②

对庄颜说："你尚未意识到自己多么幸福——享受过爱情的创世之光；多么透明——像一颗被五大元素冲刷了五万年的水晶；多么神秘——你轻松就读懂了智子和三体人永远都无法理解的蒙娜丽莎的微笑、眼神及其暗示的灵魂隐形透视学。"③

74

"一轮巨大的风扇将死亡之风吹向大地。""天空在燃烧，呈现出一种令人疯狂的地狱之美。"④

死亡之风：看不见的刀锋。

---

① 刘慈欣：《三体》，重庆出版社2008年版，第134页。

② 参见［意］达·芬奇：《达·芬奇笔记》，杜莉编译，金城出版社2011年版，第153页。"蓝色空间"号是《三体》中的恒星级巡洋舰（亚洲舰队）。（参见刘慈欣：《三体Ⅱ·黑暗森林》，重庆出版社2008年版，第399—423页）

③ 罗辑曾利用自己作为面壁人的特权，带着庄颜在夜里十点钟参观卢浮宫的《蒙娜丽莎》。（刘慈欣：《三体Ⅱ·黑暗森林》，重庆出版社2008年版，第159—161页）关于灵魂隐形透视学，参见［意］达·芬奇：《达·芬奇论绘画》，戴勉编译，广西师范大学出版社2003年版，第71页。

④ 刘慈欣：《三体》，重庆出版社2008年版，第137页。

地狱之美：翩然而至的剑刃。

日本浮世绘画家完成的《地狱变》① 没有把布鲁诺、橄榄球②和钟馗③画进去，让凡·高耿耿于怀了好几个世纪。

75

对数和形的一种直觉④，隐蔽的二进制，将人们从严肃的赋格和卡农中解脱出来的三重奏鸣曲，弥撒曲，康塔塔，孤独的恐慌，耶稣式的受难，一大群嗷嗷待哺的孩子，音乐帝国的阴影，共同构成了一度认为自己一事无成的大音乐家约翰·塞巴斯蒂安·巴赫先生。⑤

76

达·芬奇从一滴水中看到史前洪水和未知文明的巨大力量。⑥

---

① 参见［日］芥川龙之介：《地狱变》，载《罗生门》，王轶超译，吉林出版集团有限责任公司 2012 年版，第 53 页。

② "这是一场宇宙橄榄球赛，运动员是三颗太阳，我们的世界就是球。"（刘慈欣：《三体》，重庆出版社 2008 年版，第 133 页）

③ 钟馗是中国民间传说中能打鬼驱邪的神。

④ 参见刘慈欣：《三体》，重庆出版社 2008 年版，第 139 页。

⑤ 参见［美］侯世达：《哥德尔、艾舍尔、巴赫——集异璧之大成》，郭维德等译，商务印书馆 1996 年版，第 11 页。又参见［法］吕克-安德烈·马塞尔：《巴赫画传》，安延军译，中国人民大学出版社 2005 年版，第 29、126 页。康塔塔（cantata），指多乐章的大型声乐套曲。

⑥ 参见达·芬奇的《水流素描图》（蒋勋：《蒋勋破解达·芬奇之美》，北京联合出版公司 2015 年版，第 72—73 页）。

沃尔特·惠特曼的神经伴随着微量电压的起伏歌唱。①

福尔摩斯一眼就瞅出华生从阿富汗来②，李贽从明朝来，乡村教师刘慈欣从另一个世界来③。

77

陀思妥耶夫斯基说："你就老老实实地接受这一事实吧，没有办法，因为二二得四是数学。是驳不倒的。"④

刘慈欣说："这不奇怪，别人也很难说出自己是如何推断出'2+2＝4'的。"⑤

刘慈欣受俄罗斯文学影响的又一例证。

同刘慈欣谈数学史，同陀思妥耶夫斯基谈东亚的罪与罚，同佛门中人谈佛⑥，同佛谈佛门中人，同肉身谈道与神，同神谈道成肉身，都是不明智的。

---

① 参见［美］乔纳·莱勒：《普鲁斯特是个神经学家：艺术与科学的交融》，庄云路译，浙江人民出版社2014年版，第26页。

② 参见［英］柯南·道尔：《红字的研究》，载《福尔摩斯探案全集》，王知一译，天津教育出版社2009年版，第7页。

③ "月光映在窗纸上，银亮亮的，使小小的窗户看上去像是通向另一个世界的门。"（刘慈欣：《乡村教师》，载《带上她的眼睛——刘慈欣科幻短篇小说集 I》，四川科学技术出版社2015年版，第111页）

④ ［俄］陀思妥耶夫斯基：《地下室手记》，臧仲伦译，漓江出版社2012年版，第11页。

⑤ 刘慈欣：《三体》，重庆出版社2008年版，第139页。

⑥ "那里的长老是我父亲的一个老友，学问很深，却在晚年遁入空门。"（刘慈欣：《三体》，重庆出版社2008年版，第140页）

78

"就像一个半生寻花问柳的放荡者突然感受到了爱情。"①

这里说的不是魏成②，也不是柳湘莲③，而是《生命是什么》的作者、爱因斯坦和哥本哈根量子的好友、猫性的薛定谔④。

所谓爱情，不专指对女人。

也涵括对神（如圣奥古斯丁），对词语（如格奥尔格⑤），对一本书（如脂砚斋⑥）。

---

① 刘慈欣：《三体》，重庆出版社2008年版，第141页。

② 魏成是《三体》中的人物，极具数学天赋。魏成，谐音"未成"。

③ 柳湘莲是《红楼梦》中的人物，风流才子，性格豪爽。因误会尤三姐为不洁之人，导致对他痴情的尤三姐自尽，他毅然斩断万根烦恼丝，随跛足道士出家去了。柳湘莲，谐音"尤相连""尤相怜"；柳，谐音"流"（流浪，浪子）。

④ "我不得不略去生平中一部分丰富的内容，也就是我与女性关系的那部分。首先，那些内容无疑会招来流言蜚语；其次，那些内容对别人几乎没有什么意义。还有非常重要的一点就是，我相信任何人在这些问题上，不可能也不能讲真话。"（[奥]埃尔温·薛定谔：《生命是什么》，仇万煜、左兰芬译，海南出版社2017年版，第194页）

⑤ "格奥尔格在《词语》一诗和《歌谣》的其余诗中所作的诗性言说，被海德格尔描述为'一种等同于离去的前往'。"（[德]F.W.赫尔曼：《格奥尔格对词语的诗性体验》，何晓玲译，载[德]格奥尔格《词语破碎之处：格奥尔格诗选》，莫光华译，同济大学出版社2010年版，附录，第274—275页）

⑥ "脂砚斋"是《红楼梦》最著名的评论家，但其姓甚名谁，却无从查考。

79

一种组合型创造力：曲线美（"螺旋结构是一种宇宙结构"①）+音乐的无调性（"音乐和科学在同一个地点开始"②）+数学与计算机的"随机蛮力"③+古典主义的阴影+后现代主义的逼迫+超越理智的猜想+超越猜想的理智。"庞加莱提出的关于探寻宇宙形状的猜想，最终也是运用不同领域的工具（微分几何学、热力学）来证明的。"④

80

歌德、庞加莱和爱因斯坦之后，综合性天才是否只能是 AI（人工智能）了？

"简洁而专制"⑤ 是综合性天才的共同特征。但仅凭"简洁"和"专制"不足以完成天才性的事业。

---

① ［英］特奥多·安德烈·库克：《生命的曲线》，周秋麟、陈品健、戴聪腾译，吉林人民出版社 2000 年版，第 519 页。

② ［美］杰米·詹姆斯：《天体的音乐——音乐、科学和宇宙自然秩序》，李晓东译，吉林人民出版社 2003 年版，第 17 页。

③ 参见刘慈欣：《三体》，重庆出版社 2008 年版，第 142 页。

④ 参见［英］马库斯·杜·索托伊：《天才与算法：人脑与 AI 的数学思维》，王晓燕、陈浩、程国建译，机械工业出版社 2020 年版，第 11 页。

⑤ 刘慈欣：《三体》，重庆出版社 2008 年版，第 143 页。

81

1895 年，赫胥黎《天演论》（《进化论与伦理学》①）的第一位中文译者严复先生在天津《直报》发表《救亡决论》一文。其中曰："变将何先？曰：莫亟于废八股。"②八股之大害首在"锢智慧"。

不错，旧八股早就废除了，但新八股却一个接一个涌现，且成了世界性现象。

如果严复先生活在当下，肯定不译书，不写政论文，更不加入海军，而是研究大数据、智慧法学和进化算法。③

82

刘慈欣说，牛顿是"仅次于上帝的人"④ ——说到牛顿心坎里去了。

木心说，莎士比亚是"仅次于上帝的人"⑤ ——说到莎士比亚心坎里去了。

---

① 参见［英］赫胥黎：《进化论与伦理学》，宋启林译，北京大学出版社 2010 年版。书后附有严复的译本《天演论》。
② 刘梦溪主编：《中国现代学术经典：严复卷》，河北教育出版社 1996 年版，第 552 页。
③ 参见刘慈欣：《三体》，重庆出版社 2008 年版，第 142 页。
④ 刘慈欣：《三体》，重庆出版社 2008 年版，第 153 页。
⑤ 木心讲述：《文学回忆录》，广西师范大学出版社 2013 年版，第 392 页。

但他们这样说不够"智慧"。

更智慧的做法是：刘慈欣说，莎士比亚是"仅次于上帝的人"；木心说，牛顿是"仅次于上帝的人"。

83

谁是"仅次于撒旦的人"？至少有三位候选人：

（1）弥尔顿，一位在失乐园跌跌撞撞的瞎子；①

（2）拉什迪，一位献诗给撒旦的莫卧儿刺客；②

（3）智子，锁死地球科技的智子。

84

牛顿差点成为一名农场主。莱布尼茨差点是因为与牛顿争夺微积分的发明权③才名闻天下。

牛顿曾大骂莱布尼茨是"无耻之徒"④ ——这就对了，

---

① 弥尔顿晚年失明。弥尔顿在史诗《失乐园》中极力美化撒旦，将他塑造为宇宙使者："魔王到那儿便歇下来，给太阳增加了一个黑点。"（［英］弥尔顿：《失乐园》，朱维之译，译林出版社 2013 年版，第 103 页）。

② 英国作家萨尔曼·拉什迪（鲁西迪）出生于印度孟买，他因《撒旦诗篇》一书被激进团体悬赏三百万美元刺杀。"吉百利投身无可避免的命运，当他眼皮沉重地滑向自己变成天使的影像，经过他挚爱的母亲，母亲另外为他取了个名字：撒旦。"（萨尔曼·拉什迪：《撒旦诗篇》，明鉴书屋 2013 年版，第 79 页）

③ 参见［美］杰森·苏格拉底·巴迪：《谁是剽窃者：牛顿与莱布尼茨的微积分战争》，张菀、齐蒙译，上海社会科学院出版社 2017 年版。

④ 刘慈欣：《三体》，重庆出版社 2008 年版，第 152 页。

天才越大，脾气越大。

和牛顿一样，莫扎特也脏话连篇，不像中国的君子那样温文尔雅。

中国的君子"微而显，志而晦，婉而成章，尽而不污，惩恶而劝善"①。所谓"尽而不污"，即骂人不带脏字。

85

1661 年，牛顿进入剑桥大学三一学院就读。几百年过去了，学院门口的苹果树还是那副傲骄的模样，上面有一个青了几百年的苹果一直拒绝坠落，似乎不愿亲吻牛顿爵士早已眠卧其下的大地。难道是想让牛顿死不瞑目？牛顿售予三一学院图书馆的西里西亚文的主祷文及"发光体"模型②早就提出抗议了。

86

数学家冯·诺依曼说他提供的并非"数学家的观点"。他还说，"逻辑和数学"只是"历史的、偶然的表达方式"。③

---

① 《左传·成公十四年》，李梦生译注本，上海古籍出版社 2004 年版，第 587 页。

② 参见［英］伊萨克·牛顿：《论宇宙的体系》，赵振江译，商务印书馆 2012 年版，第 40、144 页。

③ 参见［美］冯·诺伊曼：《计算机与人脑》，甘子玉译，北京大学出版社 2010 年版，第 1、77 页。

科幻小说家提供的难道只是"科幻小说家的观点"？科幻小说也是历史的、偶然的表达方式。

87

立法者有立法者的用处，审判官有审判官的用处，熵有熵的用处，北平胡同有北平胡同的用处，加拉大的猪有加拉大的猪的用处①，噪声有噪声的用处（"誉满天下""谤满天下"都是噪声），科萨科夫的曲子②有科萨科夫的曲子的用处，"自由、平等、博爱的哲学"有"自由、平等、博爱的哲学"的用处，锐角和黄金分割有锐角和黄金分割的用处③，程序带有程序带的用处④，"处女、处女作和处女座"有"处女、处女作和处女座"的用处（"难道宇宙的其他部分都像处女一样纯真，等着我们去探

---

① 两个被鬼附身的加拉大人央求耶稣把他们打发到猪群里去，耶稣答应了。（《圣经·马太福音》8：28—32）

② "她坐到钢琴前，曾伴我度过无数个孤独夜晚的科萨科夫的曲子像春夜的微风飘起。"（刘慈欣：《球状闪电》，四川科学技术出版社 2004 年版，第 64 页）

③ ［法］勒·柯布西埃、奥尚方：《纯粹主义》，载［西］毕加索等著、常宁生编译：《现代艺术大师论艺术》，中国人民大学出版社 2003 年版，第 135、143 页。

④ "在控制中，由于经常使用穿孔带或磁带，所以，放进这些机器中用以指示机器组合信息的操作方式的数据，统称为程序带。"（［美］维纳：《人有人的用处——控制论与社会》，陈步译，北京大学出版社 2010 年版，第 18 页）

《三体》的思想世界

索?"①），"用处"这个词有"用处"这个词的用处。

88

秦始皇指着计算机愤懑地说："欧洲人骂朕独裁暴政，扼杀了社会的创造力……"②

惹秦始皇生气的欧洲人是孟德斯鸠、魏特夫之流。③

但正如刘慈欣所言（也是常识），"人类历史上从来就没有出现过真正的独裁和专制"，"人类从来都不具备绝对独裁专断所需的技术基础"。④

89

1917 年之前的俄罗斯帝国向来被认为是专制国家，然而，单单一个十九世纪，它就诞生了普希金、莱蒙托夫、果戈理、屠格涅夫、列夫·托尔斯泰、陀思妥耶夫斯基、

---

① 刘慈欣：《三体Ⅲ·死神永生》，重庆出版社 2010 年版，第 407 页。
② 刘慈欣：《三体》，重庆出版社 2008 年版，第 162 页。
③ 关于"中国专制说"的起源与流变，参见王绍光：《政体与政道：中西政治分析的异同》，载王绍光主编《理想政治秩序：中西古今的探求》，生活·读书·新知三联书店 2012 年版，第 75—124 页。卡尔·A.魏特夫（1896—1988）：美国德裔历史学家，著有《东方专制主义》（徐式谷等译，中国社会科学出版社 1989 年版）。
④ 刘慈欣：《技术奇点二题》，载《最糟的宇宙，最好的地球——刘慈欣科幻评论随笔集》，四川科学技术出版社 2016 年版，第 210 页。"皇帝不是一个人，而是一种制度。"（苏力：《大国宪制》，北京大学出版社 2018 年版，第 442 页）

130

赫尔岑、柴可夫斯基、门捷列夫、罗巴切夫斯基①……
"社会的创造力"可曾被扼杀？怎么解释？

与伟大的俄罗斯民族一样，伟大的中华民族也是文化
民族。

"社会的创造力"大爆发之前，不能急。实干兴邦，
实干兴文。中国的文艺复兴会再一次降临。

90

"从文学角度看，《三体》也是卓越的，那二百零三轮
文明的兴衰，真是一首首精美的史诗。"②

夫子自道也！文化自信也！

小说《三体》中的《三体》游戏实际上是"戏中戏"。
莎士比亚在《哈姆莱特》中也玩过"戏中戏"。

不得不承认，刘慈欣玩得更高明。他玩的不仅是"戏
中戏"，还演绎出另一个真实的平行世界对此在世界的无缝
嵌入。高度的艺术自觉。罕见的艺术自觉。

91

《三体》是叙事游戏，语言游戏；是形式冲动，感性
冲动。

---

① 罗巴切夫斯基（1792—1856）：俄国数学家，非欧几里得几何创
始人。

② 刘慈欣：《三体》，重庆出版社2008年版，第169页。

　　《三体》是童心未泯的设计者的一次游戏冲动。游戏冲动指向的目标是："在时间中取消时间，使生成与绝对存在相协调，使变化与同一性相协调。"游戏冲动和设计游戏的过程使游戏者成为"完整的人"。①

　　伏羲在《三体》中教训梵蒂冈的教皇，哥白尼在《三体》中与貂蝉②缠绵，爱因斯坦与秦始皇在《三体》中玩游戏、打麻将，进行美学角斗③（科学美学与政治美学的角斗）——这些之所以可能，是因为时间在时间中被取消了，空间在空间中被取消了。

92

　　A："为什么不从《三体》游戏跳到另一游戏？"

　　B："不是因为《三体》完美无瑕，而是因为手头没有别的游戏可玩。"

　　A："你知道，我是一个坚定的道德决疑论者，从不否定'恐怖主义'与'反恐行动'的政治性、同一性和游戏

---

① ［德］席勒：《审美教育书简》，载《席勒散文选》，张玉能译，百花文艺出版社 2005 年第 2 版，第 203、208 页。

② 貂蝉是《三国演义》中的人物，并非历史上的真实存在。

③ "我分明听见她说：'您就是角斗士！'"（刘慈欣：《纤维》，载《带上她的眼睛——刘慈欣科幻短篇小说集Ⅰ》，四川科学技术出版社 2015 年版，第 235 页）

性。除了掷骰子，不存在公正的游戏。"①

B："这一次，人们玩游戏是为了生存。"②

93

不仅《三体》游戏，而且《三体》小说，都是为精英人士而备。③

玩《三体》游戏，读《三体》小说，都需要"深刻的思想"④。

你无法奢望一个偶尔仰望苍穹的农夫去想象刘慈欣或康德的孤独心境，并与之讨论并不纯粹的纯粹理性；无法奢望一个从未读过《伊利亚特》《创世纪》《自然哲学的数学原理》的IT副总裁去解读"三苹果"（海伦的苹果、伊甸园的苹果和牛顿的苹果）的隐喻和所指的不同，尽管他

---

① 恐怖主义战争"相当精密"，而且"排除了公正游戏"。（［法］利奥塔：《后现代性与公正游戏——利奥塔访谈、书信录》，谈瀛洲译，上海人民出版社1997年版，第61页）

② ［美］斯坦利·罗宾逊：《冰柱之谜》，转引自刘慈欣《远航！远航！》，载《最糟的宇宙，最好的地球——刘慈欣科幻评论随笔集》，四川科学技术出版社2016年版，第97页。

③ 参见刘慈欣：《三体》，重庆出版社2008年版，第169页。"至少在国内，精英思维与大众思维已经渐行渐远，两者的思维方式和利益诉求已经变得很不相同，且差别越来越大。"（刘慈欣：《重返伊甸园》，载《最糟的宇宙，最好的地球——刘慈欣科幻评论随笔集》，四川科学技术出版社2016年版，第221页）

④ 刘慈欣：《三体》，重庆出版社2008年版，第241页。

可能意识到了自己的低俗和平庸①；无法奢望奢华办公楼中的政客潜入海神的房间②去谛听远古传来的若有若无的寂静之声，尽管他曾经在失眠的寂静之夜暗暗发誓决不认命。

94

说得极端一点（其实一点都不极端），你无法奢望一位写不出《三体》的读者或评论家——涵括我——真正读懂《三体》。当然，如果罗兰·巴特提出的"作者已死"成了公认的文学原理，读者和评论家倒可以大胆地诠之释之，反正作者看不见、听不见。

文学的生产者与消费者是两种人，尽管他们共享"第六感"。③

95

"您没认错，我是爱因斯坦，一个对上帝充满信仰却被

---

① "'与《三体》相比，现实是那么的平庸和低俗。'IT 副总裁说。"（刘慈欣：《三体》，重庆出版社 2008 年版，第 169 页）

② "泰勒斯的海洋没有海神的房间。"（［美］史蒂文·温伯格：《仰望苍穹——科学反击文化敌手》，黄艳华、江向东译，上海科技教育出版社 2004 年版，第 97 页）

③ 参见［法］罗兰·巴尔特：《写作的零度》，李幼蒸译，中国人民大学出版社 2008 年版，第 41 页。

他抛弃的可怜人。"①

96

汉字中的多义字——字同，意不同（尤其因语境不同而不同）。例：

"广义相对论"与"广寒宫"的"广"字；

"爱因斯坦"与"香火因缘"的"因"字；

"光电效应"与"风光霁月"的"光"字；

"统一场"与"统一口径"的"统"字；

"普林斯顿"与"桂林杏苑"的"林"字；

"诺贝尔物理学奖"与"唯唯诺诺"的"诺"字。

97

"摩西出埃及"是人类的第一次伟大远征，"爬雪山过草地"是第二次，"飞向宇宙，寻找新的家园"② 是第三次。

98

"我出名是为了自己吗？……不出名我如何引导人们的思想?"③

---

① 刘慈欣：《三体》，重庆出版社 2008 年版，第 174 页。
② 刘慈欣：《三体》，重庆出版社 2008 年版，第 181 页。
③ 刘慈欣：《三体》，重庆出版社 2008 年版，第 185 页。

作家想出名是对的，想"引导人们的思想"却荒唐无比，因为人们不需要他引导思想，因为人们的思想是很难（近乎不可能）引导的，因为成功地引导了人们的思想的思想未必称得上思想。

99

A：孩子，驾驶"泰坦"号星舰出发吧！如果你有幸降临地球，一定要把鲜活的图灵①给我带回来。

B：我的父，我去得太晚了，我只在地球废墟中捡到《物性论》②的残稿，已经把它译为"七肢桶语言 B"③，现在读给您听。

100

小时候看电视（20 世纪 80 年代），每当室外天线运转不正常（那时有线电视的发展尚处于初级阶段），我就觉得是太阳在背后搞鬼。现在才明白，太阳本身就是"一个

---

① 图灵（1912—1954）：英国数学家、逻辑学家、人工智能之父。他因同性恋取向被英国政府定罪，被迫接受化学阉割。他不堪其辱，吞毒苹果自杀。

② 《物性论》是一部哲理诗，作者是古罗马的卢克莱修（方书春译本，商务印书馆 1981 年版）。

③ 参见［美］特德·姜：《你一生的故事》，李克勤等译，译林出版社 2015 年版，第 27 页。该小说于 2016 年被改编拍摄为电影《降临》（丹尼斯·维伦纽瓦执导）。

超级天线"①。地球文明什么时候才能利用这个超级天线进行Ⅱ型文明能级的发射呢?!

101

雷志成说："你想过这种实验的政治含义吗?"②

去政治化之所以不可能③，首先因为人在本性上是一个"政治动物"。凡隔离而自外于政治（城邦、国家或帝国）的人，"如果不是一只野兽，那就是一位神祇"。④

人（人类）的实存状态是"兽—人—神"的三位一体。

所谓神人，是对人类的兽性和自己的神性有着清醒认知的人。

102

"三十而立"的意思是，三十岁以后宜读经典（哲学和历史经典著作⑤），而非成了家立了业。

---

① 刘慈欣：《三体》，重庆出版社2008年版，第195页。

② 刘慈欣：《三体》，重庆出版社2008年版，第196页。

③ 汪晖"把60年代的消逝视为一种独特的'去政治化'过程"（汪晖：《去政治化的政治：短20世纪的终结与90年代》，生活·读书·新知三联书店2008年版，第5页）。

④ ［古希腊］亚里士多德：《政治学》，吴寿彭译，商务印书馆1965年版，第7、9页。

⑤ 参见刘慈欣：《三体》，重庆出版社2008年版，第200页。

很多人三十岁以后就无暇读经典了。读，也读成了"鸡汤"。

很多人不是"三十而立"，而是"三十而倒"。"忽喇喇似大厦倾。"①

103

帝国甚至地球有一天也会面临"忽喇喇似大厦倾"的命运，但这绝非个体之我就此消极、悲观、自弃的理由。

104

与黑洞和反物质相比，"热核炸弹不过是一支温柔的蜡烛"②。

那，与什么相比，黑洞和反物质也只是温柔的蜡烛？

不要说是"对火苗的凝视"③。虽然，在末日之战的前夜，除了凝视火苗，也实在做不了什么。

105

"不要回答！不要回答！！不要回答！！！"④

---

① ［清］曹雪芹著，蔡义江评注：《增评校注红楼梦（全六辑）》，作家出版社 2007 年版，第 72 页。

② 刘慈欣：《三体》，重庆出版社 2008 年版，第 201 页。

③ "对火苗的凝视使最初的遐想永存。这种凝视使我们脱离尘世，使遐想者的世界扩展。火苗单独地是一种伟大的在场。"（［法］巴什拉：《烛之火》，杜小真译，商务印书馆 2019 年版，第 3 页）

④ 刘慈欣：《三体》，重庆出版社 2008 年版，第 202 页。

这是一个三体人叛徒发给地球人"叛徒"叶文洁的警告信息（识别度为 AAAAA 的智能编码）。

霍金也发过类似警告："突破性信息是一个国际竞争，旨在创造可让先进文明阅读的信息。但我们需要警惕，直到我们进一步发展之前，不要回答外星生命。在我们现阶段，遭遇更先进的文明，可能有点像美洲原住民遭遇哥伦布一样——我想他们认为他们的生活因之变得更糟。"①

106

不要低估降维打击的威力！不要低估降维打击的威力！！不要低估降维打击的威力！！！

不要弄瞎眼睛！不要弄瞎眼睛！！不要弄瞎眼睛！！！②

不要不把梦不当梦！不要不把梦不当梦！！不要不把梦不当梦！！！③

———————

① ［英］史蒂芬·霍金：《十问：霍金沉思录》，吴忠超译，湖南科学技术出版社 2019 年版，第 82—83 页。

② "弄瞎的眼睛，神谕料事如神的过度和恋爱兴趣的缺席，这事实上属于同一种规则错乱。"（［法］雅克·朗西埃：《图像的命运》，张新木、陆洵译，南京大学出版社 2014 年版，第 149 页）

③ "叶文洁可以确定，刚才的一切不是梦。"（刘慈欣：《三体》，重庆出版社 2008 年版，第 203 页）

107

正确的句子是能够传递混沌威力的句子①，伟大的忏悔是在无人忏悔时向受限于空间之中的时间忏悔②。

108

"叶文洁注意到有一本彼得·辛格的《动物解放》。"③

那本书封面上的母鸡也注意到了她。

被人类置于微波装置中的兔子，被人类丢进"绝望之井"装置的恒河猴，遭受人类电击实验的老鼠，也都在垂死前注意到了她。④

109

"他们（富国）营造自己的优美环境，却把重污染工业向穷国转移，你可能知道，美国政府刚刚拒绝签署京都

---

① 参见［法］雅克·朗西埃：《图像的命运》，张新木、陆洵译，南京大学出版社 2014 年版，第 65 页。

② 参见［古罗马］奥古斯丁：《忏悔录》，周士良译，商务印书馆 1963 年版，第 95 页。

③ 刘慈欣：《三体》，重庆出版社 2008 年版，第 230 页。

④ 参见［美］彼得·辛格：《动物解放》，祖述宪译，青岛出版社 2004 年版，第 16、28、40 页。"绝望之井"是用不锈钢做成的一个垂直小室，上窄下宽，底部呈圆形，把一只幼猴关在里边达 45 天。这种禁闭导致幼猴产生"严重而持久的抑郁性病态心理行为"。我们可以想象把一个十岁的孩子丢进"绝望之井"45 天（只提供不让他饿死的有限食物）。

议定书……"①

富国言之凿凿地指责穷国污染了地球。得了便宜还卖乖？立了牌坊忘记自己是婊子？

刘慈欣不仅是一位天生的科幻作家，还是一位杰出的国际政治经济学家。他仅凭直觉就意识到，气候问题不仅仅是气候问题。② 他或许同意地质学家许靖华如下所言："我们只是刚脱离小冰川期，目前的全球暖化现象是自然趋势。而且最重要的是，全球性地球暖化对我们是好事"，"世界末日或许哪天会到来，但在你我有生之年应该不会到来"。③

其实在我们有生之年来了也没什么——对宇宙来说没什么，它不在乎。

110

一艘叫"审判日"号的巨轮④行驶在地中海（"地球之中的海"）上。上面一个人也没有。

---

① 刘慈欣：《三体》，重庆出版社2008年版，第235页。
② 参见崔大鹏：《国际气候合作的政治经济学分析》，商务印书馆2003年版。又参见［英］戴维·赫尔德、安格斯·赫维、玛丽卡·西罗斯主编：《气候变化的治理——科学、经济学、政治学与伦理学》，谢来辉等译，社会科学文献出版社2012年版。
③ ［瑞士］许靖华：《气候创造历史》，甘锡安译，生活·读书·新知三联书店2014年版，第7—8页。
④ 参见刘慈欣：《三体》，重庆出版社2008年版，第237页。

111

"地球三体叛军被称为精神贵族组织";"人类文明,终于在自己的内部孕育出了强大的异化力量"。①

凡异端,多诞生自精英阶层。教士,贵族,儒士,婆罗门,等等。

什么时候不产生异端了,天人之间失去张力了,人类文明距离死亡也就不远了。

"你的意思是,我们应该鼓励异端?"

"异端无须鼓励。异端自发产生。异端成为主流以后势必残酷地镇压新异端,直至新异端成为主流,反复循环……直至再也没有机会循环。"

112

与其接触符号②,不如入侵无边的城市③。

主要的符号,按三分法就有十种(如潜能符、实际符、熟知符;描述符、指明符、系符;感叹符、祈使符、表意符;等等)④,足以让人眼未花、意已乱,而无边的城市却

---

① 刘慈欣:《三体》,重庆出版社 2008 年版,第 239 页。

② 参见刘慈欣:《三体》,重庆出版社 2008 年版,第 242 页。

③ 参见[法]罗兰·巴尔特:《符号帝国》,汤明洁译,中国人民大学出版社 2018 年版,第 42 页。

④ 参见[美]皮尔斯:《皮尔斯·论符号 李斯卡:皮尔斯符号学导论》,赵星植译,四川大学出版社 2014 年版,第 92—99 页。

只有一个——东京。

东京：一座适宜做梦的都城。

在梦中翕张①，迷失②，涉大川③，突破次元壁，阅览新出土的科学资料④，进行"茶道谈话"⑤，遥闻笙竽之声⑥，求乐事于黑甜之外⑦。

113

面向未来的军人必须熟练操作的装备：光剑，激光枪，相位枪，中子弹，次声波，震荡炸弹，卫星激光炮，宏原子核聚变，动能武器，粒子束武器，球状闪电武器。⑧

---

① 翕，封也；张，开也。北宋首都东京，即现在的河南省开封市。

② 电影《东京迷失》是 2003 年上映的一部爱情片，由索菲亚·科波拉执导。

③ 参见张文智、汪启明整理：《周易集解》，巴蜀书社 2004 年版，第135 页。

④ 参见［日］薮内清：《中国·科学·文明》，梁策、赵炜宏译，中国社会科学出版社 1988 年版，第 177—218 页。

⑤ 指智子与程心的一次重要谈话。参见刘慈欣：《三体Ⅲ·死神永生》，重庆出版社 2010 年版，第 221—223 页。

⑥ 参见［宋］孟元老：《东京梦华录：精装插图本》，中国画报出版社 2013 年版，第 174 页。

⑦ 参见［清］李渔著，劳耕编注：《行乐第一——〈闲情偶记〉配图本》，湖北人民出版社 2002 年版，第 92 页。黑甜，"酣睡"之意。

⑧ 参见刘慈欣：《三体》，重庆出版社 2008 年版，第 250—251 页。又参见刘慈欣：《三体Ⅱ·黑暗森林》，重庆出版社 2008 年版，第 117、173页。又参见［英］布赖恩·克莱格：《100 亿个明天》，刘甸邑译，中信出版社 2017 年版，第 107—130 页。

114

为了不虚度此生，有人写作，有人叛变（如三体监听员①、叶文洁、安禄山），有人勇闯上海滩（如宋教仁、蒋介石、许文强②），有人屠杀犹太人（不止希特勒），有人与科学天才结为伉俪（如米列娃③），有人自愿承受诗人多情而无情的伤害（克拉拉、诺阿耶、杜丝)④，有人蜗在编号为"华氏451"的火星别墅里编撰《火星编年史》⑤。

115

有两类质子⑥。第一类又称智子，第二类即智慧之子。

智子常常沉默不语（因为言语道断）。⑦ 而智慧之子总是设法避开低劣的社交，以免过早成为活死人。⑧

---

① 参见刘慈欣：《三体》，重庆出版社 2008 年版，第 267 页。

② 许文强是 1980 年香港 TVB 电视剧《上海滩》的男主角。

③ 米列娃是爱因斯坦的第一任妻子。

④ 参见［德］海默·施维克：《里尔克和女性：挚爱诗心》，商丹妮等译，黑龙江教育出版社 2016 年版，第 96—134、149—152、164—166 页。其中，克拉拉是里尔克的妻子，另外两位是倾慕里尔克的女子（情人）。

⑤ 参见刘慈欣：《雷·布拉德伯里》，载《最糟的宇宙，最好的地球——刘慈欣科幻评论随笔集》，四川科学技术出版社 2016 年版，第 247 页。

⑥ 参见刘慈欣：《三体》，重庆出版社 2008 年版，第 243 页。

⑦ 参见［西班牙］葛拉西安：《智慧书》，王涌芬译，中央编译出版社 2013 年版，第 151 页。

⑧ 参见［德］叔本华：《人生的智慧》，韦启昌译，上海人民出版社 2008 年版，第 31 页。

116

巨摆是三体纪念碑，是对太阳神和上帝进行催眠的工具。①

巨摆是一个巨大的单摆，在有人没人的时候它都在不停地摆啊摆啊摆啊……

117

环境污染并非难题——地球没那么脆弱，有能力自我修复。

人类的危险来自深不可测的太空。

对科学和技术及其副作用的意识形态恐惧，对超自然力量的盲目膜拜，足以毁灭人类的未来。②

118

加速器！加速器！加速器！

加速！加速！加速！

质子的二维、三维、四维展开。"四维视角的基本粒子已经是一个宏大的世界了。"③

质子的七维、八维、九维展开。"当视角达到九维后，

① 参见刘慈欣：《三体》，重庆出版社 2008 年版，第 175、271 页。
② 参见刘慈欣：《三体》，重庆出版社 2008 年版，第 273 页。
③ 刘慈欣：《三体》，重庆出版社 2008 年版，第 278 页。

一个基本粒子内部结构的数量和复杂程度，已经相当于整个宇宙。"①

因此，不再是"一粒沙里看出一个世界"②，而是，一粒沙就是一个世界，一个宇宙。

天上不会掉馅饼，却会掉粒子。

一个点（超球体高维生物）凭空出现，逐渐扩张至最大直径，然后又收缩成一个点，最后消失。③ 来有影，去无踪。还会再来的。以"终结者"④ 的角色再临。

119

"它（智子）能穿透地层吗?"元首问。

"元首，不是穿透，而是从高维进入，它可以进入我们世界中任何封闭的空间。这也是三维中的我们和二维平面的关系，我们能轻易从上方进入平面上的一个圆，而平面上的二维生物永远不可能，除非它打破那个圆。"⑤

---

① 刘慈欣：《三体》，重庆出版社 2008 年版，第 278 页。
② ［英］布莱克：《天真的预示》，载莎士比亚等著《一切的峰顶》，梁宗岱译，中央编译出版社 2006 年版，第 28 页。
③ 参见［美］基普·索恩：《星际穿越》，苟利军、王岚、李然等译，浙江人民出版社 2015 年版，第 231 页。
④ 《终结者》是美国著名系列科幻电影（1984 年至今）。
⑤ 刘慈欣：《三体》，重庆出版社 2008 年版，第 286 页。

120

没有人愿意生活在直不起腰杆的平面国。① 没有文明甘愿屈居于高维阴影笼罩下的平面宇宙。

121

柏拉图的智性对话皆可纳入"影像制作术"的范畴②，类似"质子的六维实体在三维空间的投影"③。

122

"那都是眼睛！""任何智慧生物对眼睛的图像都是十分敏感的。"④

隐私权是宪法上的一项基本权利。然而太空宪法并不存在。即使制定出来，也不会被遵守。

诗人和哲学王可以挖去自己的眼睛⑤，地球却不能，

---

① 1884 年，英国神学家艾勃特出版了科幻小说《平面国》，提出不同维度世界的存在以及它们相互之间的关系。（［英］艾勃特：《平面国》，杜景平译，台海出版社 2018 年版）

② 参见［古希腊］柏拉图：《智者》，詹文杰译，商务印书馆 2012 年版，第 100 页。

③ 刘慈欣：《三体》，重庆出版社 2008 年版，第 286 页。

④ 刘慈欣：《三体》，重庆出版社 2008 年版，第 278 页。

⑤ 参见里尔克的诗《挖去我的眼睛》（《里尔克读本》，冯至、绿原等译，人民文学出版社 2011 年版）。哲人王俄狄浦斯刺瞎了自己的双眼（［古希腊］索福克勒斯：《俄狄浦斯王》，载查尔斯·艾略特主编《希腊戏剧》，高朝阳译，北京理工大学出版社 2013 年版，第 183 页）。

也不应。拥有"第三只眼",是地球的大幸。

杨戬有第三只眼。①

湿婆有第三只眼。②

伽利略有第三只眼——世界第一台天文望远镜。

中国的天文学家也有第三只眼——"中国天眼"(FAST,500米口径球面射电望远镜)。

面对"中国天眼"的窥望③,地外文明的元首、科学执政官和军事执政官会作何感想?——地外文明要么不知自己被窥望,要么把窥望的地球人视作虫子。虫子的"天眼"自然不必在意。

123

为了文明的生存,有什么险不能冒呢?④ 不入虎穴,焉得虎子。不入黑洞,焉得宇宙的黑暗真相。

在一个魔鬼出没的世界,我们也得是魔鬼。高擎科学

---

① 杨戬是中国古代神魔小说中的人物(二郎神),拥有"第三只眼"。

② 在印度宗教和文化中,第三只眼也称"智慧之眼"。印度人相信湿婆的第三只眼能够毁灭整个宇宙。

③ "新一代的望远镜将使我们向更久远的时间和太空回顾","我们用镜片不仅观看宇宙,而且还看我们自己的眼睛。我们所要寻找的答案有可能像黑暗能量的解释那样令人难以捉摸。人类的灵魂中也拥有一份自己的黑暗物质"。([美]马克·彭德格拉斯特:《镜子的历史》,吴文忠译,中信出版社2005年版,第330—331页)

④ "为了三体文明的生存,这个险必须冒。"(刘慈欣:《三体》,重庆出版社2008年版,第281页)

火烛的魔鬼。

爱因斯坦说："与客观事实相比，我们全部的科学都很原始和幼稚，但是，这正是我们所拥有的最宝贵的东西。"①

---

① 转引自［美］卡尔·萨根：《魔鬼出没的世界》，李大光译，海南出版社 2015 年版，第 1 页。

三、黑暗森林与例外状态

1

但丁《神曲·地狱篇》开篇写道："在人生的中途，我发现自己迷失了正路，走进了一座幽暗的森林。啊！要说明这座森林多么荒凉、艰险、难行，实在是一件困难的事。现在想起来也仍会毛骨悚然，尽管这痛苦的煎熬不如丧命那么悲惨。既然要谈到我是如何逢凶化吉的，就不得不说一说我在那里亲眼所见的其他事物。"①

与《神曲》一样，《三体》也是一位中年人（"在人生的中途"）创作的。

尽管经历了"荒凉、艰险、难行"，但刘慈欣没有"迷失正路"，否则就不会有《三体》（尤其第三部②）的

---

① ［意］但丁：《神曲·地狱篇》，田德望译，人民文学出版社2002年版，第1页。译文有改动。

② 因《三体》第二部市场反应平平，刘慈欣一度想放弃《三体》第三部的创作，所以在第二部把章北海写死了。但热爱支撑他坚持了下来。

面世。

2

木心说："爱情，亦三种境界耳。少年出乎好奇，青年在于审美，中年归向求知。老之将至，义无反顾。倘若俗缘未尽，宜作爱情之形上研究，如古希腊然。"①

刘慈欣对科幻缪斯的爱也是爱情，更深挚的爱，"归向求知"。

刘慈欣俗缘未尽，乃得道之人，有古希腊贵族精神。

《三体》不是一部普通的科幻小说，其中充满了"形而上"（"心智的澄明补以精神的力量"，"与不可见的世界同在"② ），"形而下"的人难勘其妙。

3

张潮说："少年读书，如隙中窥月；中年读书，如庭中望月；老年读书，如台上玩月，皆以阅历之浅深，为所得之浅深耳。"③

没有丰厚阅历，很难读懂哲学、看透人心（人性）。

没有丰厚阅历，更难通悟政治。《宪法》规定，国家

---

① 木心：《即兴判断》，广西师范大学出版社 2006 年版，第 91 页。

② ［美］汉密尔顿：《希腊精神：西方文明的源泉》，葛海滨译，辽宁教育出版社 2005 年版，第 7 页。

③ ［清］张潮：《幽梦影》，载《修身清言》，赵曼妮、王芝兰、陈哲注译，三秦出版社 1998 年版，第 248 页。

主席年龄不得低于45岁。

光读是不够的，还得写。刘慈欣无时无刻不在"窥月""望月""玩月"（三位一体），否则，他怎能写得出《三体》？

4

褐蚁创建了自己的帝国。① 它们有自己的爱因斯坦吗？纵使有，它们仍是虫子。

对于褐蚁来说相当"漫长"的时光对于"暮色中的大地和刚刚出现的星星来说短得可以忽略不计"②。——这正是相对论的通俗含义。

5

"扰动都是无目的的，但巨量的无目的扰动汇集在一起，目的就出现了。"③

此处所言，契合恩格斯的"合力说"："有无数互相交错的力量，有无数个力的平行四边形"，"虽然都达不到自己的愿望，而是融合为一个总的平均数，一个总的合力，然而从这一事实中决不应作出结论说，这些意志等于零。相反地，每个意志都对合力有所贡献，因而是包括在这个

① 参见刘慈欣：《三体Ⅱ·黑暗森林》，重庆出版社2008年版，第1页。
② 刘慈欣：《三体Ⅱ·黑暗森林》，重庆出版社2008年版，第1页。
③ 刘慈欣：《三体Ⅱ·黑暗森林》，重庆出版社2008年版，第1页。

合力里面的。"①

形成合力的不限于人的意志，还有褐蚁、羔羊、病毒②、火山、香草的意志，以及射线、吸积盘③和星际分子④的意志。

6

"无数个力的平行四边形"——形象化的理论语言。

"形象化"并非专属于文学家，恰如"科学性"不是科学家的专利。

现在不少理论家的文字（文章），既不形象，亦不科学，更无启示和信仰的力量，也就是说，属于典型的"三无"产品（本想用"学术垃圾品"这个词汇，但显得过于不敬）。"理论作为信仰，其真正的成功和诗歌小说是一样

---

① ［德］恩格斯：《恩格斯致约·布洛赫（1890 年 9 月 21—22 日）》，载《马克思恩格斯选集》（第四卷），人民出版社 2012 年版，第605—606 页。

② 病毒主要包括两类：生物病毒和计算机病毒。

③ 吸积盘：环绕一颗恒星或其他天体的物质环，环中物质回旋降落到盘内的天体上。（参见［英］约翰·格里宾：《大宇宙百科全书》，黄磷译，海南出版社 2001 年版，第 2 页）

④ "分子的形成，或称原子聚集体的形成，是制造现实世界关键且必需的一步。""分子云不喜独居。它们天性喜爱群居，聚集为方圆 150 光年左右的巨大复合体，其中包含的气体足以生成一百万颗恒星。"（［法］郑春顺：《星空词典》，李涵译，北京联合出版公司 2019 年版，第 316、318页）

的，也在于打动读者的情感、良知，进而支配他的想象力。"① 最高层次的马克思主义者（共产主义者），对理论、诗歌、小说（尤其科幻小说），样样精通。

7

你为什么不去研究宇宙社会学呢?②

你为什么不用"真的思想"取代逻辑词汇呢?③

你为什么不拿起奥卡姆的剃刀剃掉重叠命题④和多余的髭须呢?

你为什么不把我的忠告当回事，把"科学上的无知"与"普通的无知"混淆起来呢?⑤

你为什么不骑在蒙古马上高声攻讦"反浪潮"科幻理念呢?⑥

---

① 冯象：《政法笔记（增订版）》，北京大学出版社 2012 年版，第 229 页。

② 这是叶文洁给罗辑的建议。参见刘慈欣：《三体Ⅱ·黑暗森林》，重庆出版社 2008 年版，第 4 页。

③ "真的思想的总体就是一幅世界的图像。"（［奥］路德维希·维特根斯坦：《逻辑哲学论》，贺绍甲译，商务印书馆 1996 年版，第 31 页）

④ 参见［英］奥卡姆：《逻辑大全》，王路译，商务印书馆 2006 年版，第 276—283 页。

⑤ 参见［德］康德：《逻辑学讲义》，许景行译，商务印书馆 2010 年版，第 43 页。

⑥ 参见刘慈欣：《太原之恋》，载《梦之海——刘慈欣科幻短篇小说集Ⅱ》，四川科学技术出版社 2015 年版，第 367 页。

你为什么不践行"天下有道则见，无道则隐"① 呢？

你为什么不去探索须弥山空间呢？②

8

三种状况：（1）宇宙雕刻者的某种不安。③（2）相互锁定的安全与危险性。④（3）以理想浸染物质深层结构所面临的困境。⑤

9

最后的成果都是纯理论的。⑥《自然哲学的数学原理》是一部纯理论书籍。《相对论》是一部纯理论书籍。《三体》也是一部纯理论书籍。它们和东西方史诗理论共同回

---

① 《论语·泰伯》。

② "佛教美术中的须弥山是一个更为理性化的空间构成，包含种种沿平面和立面展开的维度。"（［美］巫鸿：《"空间"的美术史》，钱文逸译，上海人民出版社 2018 年版，第 17 页）须弥山是婆罗门教术语，后为佛教引用。有成语"须弥芥子"（偌大一座须弥山塞进一粒芥菜种之中刚好合适，形容佛法无边）。

③ 参见刘慈欣：《三体Ⅱ·黑暗森林》，重庆出版社 2008 年版，第 5 页。

④ 参见［美］威廉·塔克：《雕塑的语言》，徐升译，中国民族摄影艺术出版社 2017 年版，第 92 页。

⑤ 参见［法］罗丹口述，葛塞尔记录：《罗丹艺术论》，傅雷译，中国青年出版社 2016 年版，第 188 页。

⑥ 参见刘慈欣：《三体Ⅱ·黑暗森林》，重庆出版社 2008 年版，第 5 页。

答的问题涵括但不限于：本质如何能成为活生生的?① 如何考察"与道合一之概念的起源"?② 如何用新"雄浑体"③ 解构后结构主义和后现代主义的把戏？与三姊妹（程心、奥尔加、娜塔莎）排演一场以"超越圣母性"为主题的超验主义戏剧是可能的吗?④ 数学公式与诗能否及时报道宇宙法庭的消息?⑤

10

存在主义哲学家威廉·巴雷特说："只有当人尝尽他的

---

① 参见［匈］卢卡奇：《小说理论——试从历史哲学论伟大史诗的诸形式》，燕宏远、李怀涛译，商务印书馆 2012 年版，第 26 页。

② ［美］刘若愚：《中国文学理论》，杜国清译，江苏教育出版社 2006 年版，第 44 页。

③ 参见［美］雷·韦勒克、奥·沃伦：《文学理论》，刘象愚、邢培明、陈圣生等译，生活·读书·新知三联书店 1984 年版，第 175 页。

④ 参见［德］彼得·斯丛狄：《现代戏剧理论（1880—1950）》，王建译，北京大学出版社 2006 年版，第 29 页。奥尔加是契诃夫戏剧《三姊妹》中的大姐，她追求诗意生活，却不如意。她拥抱着两个妹妹说："时间会消逝的，我们会一去不返的，我们也会被后世遗忘的，连我们的面貌，我们的声音，都会被人遗忘的。"（［俄］契诃夫：《三姊妹》，载《樱桃园：契诃夫戏剧选》，焦菊隐译，上海三联书店 2015 年版，第 352 页）娜塔莎是托尔斯泰小说《战争与和平》的女主角。关于俄罗斯民族的宇宙意识和"圣母性"，参见［俄］别尔嘉耶夫：《俄罗斯的命运》，汪剑钊译，云南人民出版社 1999 年版，第 18—20、30—38 页。

⑤ "科学为我们揭示了一个冷冰冰的物质世界。诗却为我们编织了一个温暖的、美丽的生命世界。'宇宙是灵魂的配偶。'……爱默生认为，诗性直觉是观照宇宙的神秘和美的唯一方式：'……被世界深深迷住的人就成为这个世界的祭师，换言之，成为这个世界的诗人。'"（毛峰：《神秘主义诗学》，生活·读书·新知三联书店 1998 年版，第 253—254 页）

无能为力这杯苦酒的时候，他才会再向前跨出一大步。然而，麻烦的是这种惩戒性的感受只有他所在的地球毁灭时——在悲剧的主人公在其中毁灭自己的灾难中——才可能出现。这就是目前这种普通政治显得特别过时的原因，它远远地落后于人的真实处境，甚至落后于我们现代关于人的知识。"①

这种惩戒性的感受，只有极少数心灵敏感、超越理性的人才能真实体会到。

这些极少数非理性的人不是把生存而是把存在作为第一需要，他们致力于沉思"生存是文明的第一需要"② 的哲学意涵，而绝大多数理性的人则只是致力于维持或改善自己眼前的生存状态——之于他们而言，生存是第一需要。理性的庸人"最不乐意别人提醒他的就是精神上的贫困"，实际上，他们"最大的贫困在于不想知道自己有多么贫困"③。刘慈欣有时对这种普遍贫困的状态表现得过于焦灼，忍不住大喊："远航！远航！"④

---

① ［美］威廉·巴雷特：《非理性的人——存在主义哲学研究》，杨照明、艾平译，商务印书馆1995年版，第267页。

② 刘慈欣：《三体Ⅱ·黑暗森林》，重庆出版社2008年版，第5页。

③ ［美］威廉·巴雷特：《非理性的人——存在主义哲学研究》，杨照明、艾平译，商务印书馆1995年版，第45页。

④ 刘慈欣：《远航！远航！》，载《最糟的宇宙，最好的地球——刘慈欣科幻评论随笔集》，四川科学技术出版社2016年版，第95页。

11

同福克纳①一样，刘慈欣或许从未读过海德格尔的书。这样更好，因为"艺术家、诗人的证词如果没有受到理智的先入之见的沾染则更为有力"②，"真正的超人，不需要读超人哲学"③。

科学知识将结束哲学——不，将改造哲学。不愿接受改造的哲学家将看不到今天的黄昏、明天的太阳。

今天的黄昏属于众神。

今天太阳升起，不代表明天一定升起，尤其不代表他的太阳明天会升起。

12

面对西方哲学家释放出的林林总总的、巨大的癞蛤蟆，东方哲人刘慈欣施展开了绵里藏针的一阳指。④

---

① 威廉·福克纳（1897—1962）：美国著名作家，代表作品有《喧哗与骚动》《我弥留之际》等。

② ［美］威廉·巴雷特：《非理性的人——存在主义哲学研究》，杨照明、艾平译，商务印书馆1995年版，第53页。

③ 木心讲述：《文学回忆录》，广西师范大学出版社2013年版，第895页。

④ 此处用到了金庸小说《射雕英雄传》中的典故。"蛤蟆功"是"西毒欧阳锋"独创的武功，"南帝段智兴"的"一阳指"是它的克星。

13

海德格尔是一只半截身子探出井外的香蛤蟆（青蛙）。它跳跃于黑森林的林中路与罗马喷泉之间①，"逻各斯"与"现象学的先行概念"之间，"向死存在"与"此在的日常状态"之间，"本真亏欠"与"整体终结"之间②，《道德经》中译本与克利的画作之间③，"大地和天空的婚礼"④与"猜疑链"⑤之间。

14

在孤峰的脚下，"褐蚁又与蜘蛛交错而过，它们再次感觉到了对方的存在，但仍然没有交流"⑥。

没有感觉到，没有交流，不代表对方（如三体人）不

---

① 参见［德］马丁·海德格尔：《林中路》（修订本），孙周兴译，上海译文出版社 2004 年版，第 22 页。

② 参见［德］马丁·海德格尔：《存在与时间》（修订译本），陈嘉映、王庆节合译，生活·读书·新知三联书店 2012 年第 4 版，第 37—41、277—283、290—293 页。

③ 海德格尔深受中国思想家老子的影响，并认为克利的画作远比他的理论反思更具启发性。（参见［德］莱因哈德·梅依：《海德格尔与东亚思想》，张志强译，中国社会科学出版社 2003 年版，第 205 页）保罗·克利（1879—1940），德国画家，曾任教于德国包豪斯设计学院。

④ ［德］马丁·海德格尔：《荷尔德林诗的阐释》，孙周兴译，商务印书馆 2000 年版，第 223 页。

⑤ "猜疑链"和"技术爆炸"是宇宙社会学的两个重要概念。（参见刘慈欣：《三体Ⅱ·黑暗森林》，重庆出版社 2008 年版，第 6 页）

⑥ 刘慈欣：《三体Ⅱ·黑暗森林》，重庆出版社 2008 年版，第 7 页。

存在。

梁山伯祝英台一相逢，便胜却人间无数。地球人三体人一相逢，却只有战争，战争，战争。

15

全副武装、城府日深、生出（堪比智子和孙悟空的）火眼金睛的小红帽令森林之狼日益感到恐惧。

16

"思维怎么能隐藏呢?"① 是啊，如果"思想"和"十维"是客观存在，便不可能一直隐藏，暴露只是早晚。

17

"当你们面对面交流时，所交流的一切都是真实的，不可能欺骗，不可能撒谎，那你们就不可能进行复杂的战略思维。"②

孙子曰：兵者，诡道也；兵以诈立；善守者藏于九地之下，善攻者动于九天之上。③

孙子所言其实只是常识，西点军校的将官和学员们不用研修《孙子兵法》就能明白这些谈不上多么深刻的"常

---

① 刘慈欣：《三体Ⅱ·黑暗森林》，重庆出版社2008年版，第10页。
② 刘慈欣：《三体Ⅱ·黑暗森林》，重庆出版社2008年版，第10页。
③ 李零译注：《孙子译注》，中华书局2009年版，第6、36、67页。

识"，制定过"第二十二条军规"[①]、打赢了两次世界大战却在长津湖一战[②]中一败涂地的美利坚民族的军事精英不可能不明白这些"常识"。

知易行难。知与行（执行力）经常是两码事，鬼谷子带兵打仗未必行。

美军赢过，也输过，关键看对手是谁。此一时彼一时也。

18

"危机纪年第 3 年"对应的是公元纪年 2010 年（章北海进入太空军），是公元纪元 1913 年（第二次巴尔干战争爆发），是公元纪年 757 年（安史之乱进入第 3 年）。若帝国精英缺乏危机意识，不能及时改造、更新、提升技术（统治技艺和科技水平），他们所拥有的"唐"号航空母舰

---

① "第二十二条军规"是一个"圈套"。（［美］约瑟夫·海勒：《第二十二条军规（纪念版）》，吴冰青译，译林出版社 2012 年版，第 509 页）在英文中，"军规"和"圈套"是同一个词。根据第二十二条军规，只有疯子才能免除飞行任务，但必须由本人提出申请；而能提出此申请的人必然没疯，所以他必须去飞行，去送死。人类至今无法摆脱这个圈套的困扰。

② 刘慈欣父亲的一个老战友参加过震惊世界的长津湖战役，他曾在与刘慈欣聊天时发表过让刘慈欣铭心刻骨的、"最深刻"的科幻评论："科幻小说好啊！干了这么多年革命，到现在我们也没让老百姓知道共产主义到底是啥样儿。"（刘慈欣：《理想之路——科幻和理想社会》，载《最糟的宇宙，最好的地球——刘慈欣科幻评论随笔集》，四川科学技术出版社 2016 年版，第 25 页）

也会变旧，而不只是"看上去这么旧"①。

19

"这不像是建造，倒像是考古。"② ——面向未来的考古；未来考古学。

"通古今之变"③ 意味着还要"通古今之不变"。既古且今，无古无今。时间是河流，又是水滴。看似无限，实则为一。九九归一。九九为一。人是时间（"一"）中的"多"，是"一"中的"一"。必须打破僵化的时间观。对待时间的新方式和对于时间性质的新认知，不仅是重大的哲学问题、历史问题，还关涉到当下的政治—法律实践（尤其是科学、属灵、世俗三种权力的争斗）。④

20

"你以为美国入侵委内瑞拉与你没关系？我告诉你，这事儿对你退休金的长远影响可不止半分钱。"⑤ ——在全球化时代，在呈现为"核心—半边缘—边缘"的不平等的现

---

① 刘慈欣：《三体Ⅱ·黑暗森林》，重庆出版社 2008 年版，第 12 页。
② 刘慈欣：《三体Ⅱ·黑暗森林》，重庆出版社 2008 年版，第 13 页。
③ ［汉］司马迁：《报任安书》，载［清］吴楚材等编《古文观止》，岳麓书社 2002 年版，第 260 页。
④ 参见［德］康托洛维茨：《国王的两个身体》，徐震宇译，华东师范大学出版社 2018 年版，第 393—394 页。
⑤ 刘慈欣：《三体Ⅱ·黑暗森林》，重庆出版社 2008 年版，第 18 页。

代世界体系之中①，中国老百姓的退休金（人民币）的"实际价值"（购买力），不可能不受美元霸权的影响，而美元又与石油绑定在一起。② 委内瑞拉是世界上最大的产油国之一（已探明储量全球第一），与美国、美元存在深层的勾连。

21

智者，是与自己童年握手的人，是心存"第二童年的感觉"③ 的人。

李贽说："若失却童心，便失却真心；失却真心，便失却真人。人而非真，全不复有初矣。"④

靡不有初，鲜克有终。

22

"张援朝看到他（杨晋文）如同沙漠中的旅人遇到同

---

① 参见［美］沃勒斯坦：《现代世界体系》（共三卷），罗荣渠等译，高等教育出版社 1998、1999、2000 年版。"现在还没有强大可靠的新力量足以挑战以美国为中心的世界体系，促使其走向崩溃。但是与一个世纪以前的英国相比，美国显然更具力量把衰落的霸权转变为剥削性的优势。"（［美］阿瑞吉等：《现代世界体系的混沌与治理》，王宇洁译，生活·读书·新知三联书店 2006 年版，第 315 页）

② 参见［美］威廉·恩道尔：《石油战争：石油政治决定世界新秩序》，赵刚、旷野等译，知识产权出版社 2008 年版，第 95—113 页。

③ 刘慈欣：《三体 II·黑暗森林》，重庆出版社 2008 年版，第 18 页。

④ ［明］李贽：《童心说》，载《焚书·续焚书》，岳麓书社 1990 年版，第 97 页。

行者，拉住不放。"①

上大夫俞伯牙看到樵夫钟子期时，物理学家爱因斯坦看到物理学家普朗克时②，科幻作家刘慈欣看到科幻作家刘宇昆③时，亦是如此。

23

"你又不是领导，他们退了更难受呢……"④

官场上，人走茶凉。从众星拱月变成寡家孤人的滋味可不好受。想象一下李渊被儿子逼着做"太上皇"时的心情。

权力未必是"春药"，却是兴奋剂。有的领导退休后一夜白了头（半白变全白）。

刘慈欣对政治和人性有着细微而深刻的观察。

---

① 刘慈欣：《三体Ⅱ·黑暗森林》，重庆出版社 2008 年版，第 18 页。
② "1906 年夏，普朗克派他的助手马克斯·冯·劳厄去见这位不为世人所知，却对艾萨克·牛顿的学术遗产提出了挑战的公务员。""由于马克斯·普朗克的引介，爱因斯坦的研究渐渐得到了物理学家的注意。"（[美] 加来道雄：《爱因斯坦的宇宙》，徐彬译，湖南科学技术出版社 2016 年版，第 52 页）
③ 刘宇昆（1976— ）：美籍华裔科幻作家，《三体》的英文译者。他的杰出翻译对《三体》荣膺"雨果奖"功不可没。他本人是 2012 和 2013 年度"雨果奖"得主。
④ 刘慈欣：《三体Ⅱ·黑暗森林》，重庆出版社 2008 年版，第 19 页。

24

"你的书架上有一本书，叫《三个王国的故事》"，"这本书确实充分展示了人类战略计谋所达到的层次"。①

"三国"：三个政治体，简称"三体"（此"三体"非彼"三体"）。

《金瓶梅》比《三国演义》腹黑得多（也精致得多）。② 所谓战略，有远见的腹黑也。

女人应读《三国演义》。

男人应读《金瓶梅》，但不是为了猎奇那些并非无足轻重的淫秽描写。《金瓶梅》中的床戏并非床戏，而是男女之间血淋淋的征服战争，西门庆就是"战"死的。

25

有人面壁思他人之过，有人面壁思闺房之乐，有人面

---

① 刘慈欣：《三体Ⅱ·黑暗森林》，重庆出版社 2008 年版，第 23—24 页。《三个王国的故事》即《三国演义》。

② "作者之于世情，盖诚极洞达，凡所形容，或条畅，或曲折，或刻露而尽相，或幽伏而含讥，或一时并写两面，使之相形，变幻之情，随在显见，同时说部，无以上之……西门庆故称世家，为搢绅，不惟交通权贵，即士类亦与周旋，著此一家，即骂尽诸色，盖非独描摹下流言行，加以笔伐而已。"（鲁迅：《论〈金瓶梅〉》，载《名家眼中的金瓶梅》，文化艺术出版社 2006 年版，第 3 页）

壁思打败自己、玻尔①或三体人的战略。

26

刘慈欣说："人类的文学作品，都像是曲折的迷宫……"②

迷宫是博尔赫斯作品（诗、小说）中反复出现的意象，绝大多数作家走进他的"迷宫"是要迷路的。迷路的作家们一致同意，赠给博尔赫斯一个充满妒意的贬称："作家中的作家"。

> 永远找不到门。你在里边，/城堡包罗着整个宇宙，
>
> 既无正面，也无反面，/没有外墙，也没有秘密的中心。③

---

① 爱因斯坦与玻尔（1885—1962，丹麦物理学家）围绕量子物理展开过一系列争论。"虽然爱因斯坦在他与玻尔的争论中从未给玻尔致命的一击，但是他的挑战是持续的和发人深省的"；"对真理的渴望比实实在在地占有更珍贵"。（〔英〕曼吉特·库马尔：《量子理论——爱因斯坦与玻尔关于世界本质的伟大论战》，包新周、伍义生、余瑾译，重庆出版社 2012 年版，282—283 页）

② 刘慈欣：《三体Ⅱ·黑暗森林》，重庆出版社 2008 年版，第 24 页。

③ 〔阿根廷〕豪尔赫·路易斯·博尔赫斯：《迷宫》，载《为六弦琴而作·影子的颂歌》，林之木、王永年译，上海译文出版社 2016 年版，第 66 页。

这是克里特岛上有牛头怪盘踞其中的迷宫，根据但丁的想象，它是一条长着人头的公牛，有多少代像玛利亚·儿玉和我这样的人那天早晨迷失在它错综复杂的石砌网络里，并且还要在时间的另一个迷宫中迷失。①

"这位俄罗斯大师，"他提出自己的见解说，"比谁都了解斯拉夫民族灵魂的迷宫。"②

邓拉文看过不少侦破小说，认为谜的答案始终比谜本身乏味。谜具有超自然甚至神奇之处，答案只是玩法。……最使我感到惊奇的是蜘蛛网（蜘蛛网的普遍形式，要明白，也就是柏拉图的蜘蛛网）向凶手（因为有一个凶手）暗示了他的罪行。……阿本哈坎在英国上岸，走到迷宫门口，闯过纵横交错的巷道，也许已经踏上最初几级楼梯，这时他的大臣从陷阱里可能一枪打死了他。③

---

① ［阿根廷］豪尔赫·路易斯·博尔赫斯：《迷宫》，载《地图册》，王永年译，上海译文出版社 2017 年版，第 55 页。玛利亚·儿玉是博尔赫斯的秘书和第二任妻子。

② ［阿根廷］豪尔赫·路易斯·博尔赫斯：《另一个人》，载《沙之书》，王永年译，上海译文出版社 2015 年版，第 7 页。

③ ［阿根廷］豪尔赫·路易斯·博尔赫斯：《死于自己的迷宫的阿本哈坎-艾尔-波哈里》，载《阿莱夫》，王永年译，上海译文出版社 2015 年版，第 151—153 页。

大多数文学作品只是一根蛛丝（线性的、贫乏的），组不成小径分叉的蛛网。大多数作家对《理想国》提不起兴趣，从未跨进幽深的哲学洞穴。

大诗人（没几个）和文体家（也没几个）的文字才称得上迷宫。

刘慈欣在一处写道："像博尔赫斯和卡尔维诺这样的主流文学家，早就抛弃了那些传统的教条，并取得了巨大的成功。"①

在当下（尤其中国），所谓"主流"文学家大多仍受困于教条之中。然而，主流不主流绝不是自封的。作品取得"巨大的成功"，且有艺术和思想价值（《三体》还具有科普价值和神圣启示），便是主流。刘慈欣单枪匹马，将中国科幻提升至主流地位。他重新定义了"主流"，因此也就超越了传统"主流"。

27

"技术公有化"和"有限技术公有化"的提案均遭到发达国家否决——它剥夺了技术强国的知识产权，是"野

---

① 刘慈欣：《从大海见一滴水——对科幻小说中某些传统文学要素的反思》，载《刘慈欣谈科幻》，湖北科学技术出版社 2014 年版，第 54 页。

蛮"的。①

一个巨大的困境。一旦技术公有化，则创新缺乏动力。而没有了创新，何来技术（新技术）？

不是每个人（民族）都有"先锋队"意识和"敢为天下先"的无私精神。人首先是政治动物和经济动物。

28

"即使在毁灭性的三体危机面前，人类大同仍是一个遥远的梦想。"②

民族精英的短视。人类共识之难。

但共识一旦建立，就等于取消了政治。政治是不可能、也不应取消的。取消政治意味着"自我阉割"。比较现实的理想状态是，冲突和博弈下的有限共识、有限和平。

29

"逃亡者的使命是延续人类文明。"③

为了延续人类文明，拜伦逃到希腊，鲁迅逃到租界，聂鲁达逃到意大利，米兰·昆德拉逃到法国，乔伊斯逃到旧大陆，费米逃到纽约，爱因斯坦逃到普林斯顿，刘慈欣

---

① 参见刘慈欣：《三体Ⅱ·黑暗森林》，重庆出版社 2008 年版，第 30—31 页。
② 刘慈欣：《三体Ⅱ·黑暗森林》，重庆出版社 2008 年版，第 31 页。
③ 刘慈欣：《三体Ⅱ·黑暗森林》，重庆出版社 2008 年版，第 32 页。

逃到更远的比邻星（三体星系）①。然而，他们在逃亡之前不就已经是"生活在别处"② 了吗？从周围是"熟悉的陌生人"的地方逃至周围是"陌生的陌生人"的地方，难道不是哈姆莱特式悲剧的温柔延续？

<h2 style="text-align:center">30</h2>

破壁人二号"喜欢独处，但需要人类之外的其他生物相伴，他常常对金鱼说话"③。

破壁人二号到底是谁？一个秘密。④

我大胆推测：正是那位泛爱万物、因忘物而齐物的痴人兼公子哥儿贾宝玉。因为他"河里看见了鱼，就和鱼说话"，"看见燕子，就和燕子说话"，"见了星星月亮，不是长吁短叹，就是咕咕哝哝的"。⑤

贾宝玉不是一个具体的人，只是一个符号、代号。

破壁人二号、大师、玛格丽特、黑衣修士、动物园、

---

① 刘慈欣主持建造的"地球"号星舰"在航行两千四百年后到达比邻星"。（参见刘慈欣：《地球流浪》，载《带上她的眼睛——刘慈欣科幻短篇小说集Ⅰ》，四川科学技术出版社 2015 年版，第 109 页）

② "穿过大街小巷，他跑啊跑啊，因为他知道生活在别处。"（［捷克］米兰·昆德拉：《生活在别处》，袁筱一译，上海译文出版社 2014 年版，第 244 页）

③ 刘慈欣：《三体Ⅱ·黑暗森林》，重庆出版社 2008 年版，第 32 页。

④ 对《三体》的探秘式解读，参见田加刚：《〈三体〉秘密》，四川科学技术出版社 2019 年版。

⑤ ［清］曹雪芹著，蔡义江评注：《增评校注红楼梦（全六辑）》，作家出版社 2007 年版，第 415 页。

第三工厂、南十字星、星期四也都是符号、代号。

31

代号"星期四"的无政府主义者说:"你们为什么不像一只苍蝇、一株蒲公英、一杆九股叉那样反抗整个宇宙?! 你们没有烦恼。你们没吃过苦。你们过于安然。而我,从未忘记秘密的荣耀。我冒犯阳光。我征寻死神。我走进陌生的森林。我的红头发就像红色的火焰要烧毁全世界。我诅咒你们!"①

32

刘慈欣有时觉得自己"实际上是在另一个更为空旷的行星上,而这个行星围绕着某个更可悲的恒星"②。

33

"理智地想想,您这么个普通老百姓,还在为自己家族血脉的延续着想,那国家主席和总理,怎么可能不为中华

---

① 参见 [英] G.K.切斯特顿:《代号星期四》,乐轩译,南海出版公司 2013 年版,第 188—191 页。又参见 [俄] 费·索洛古勃、瓦·勃留索夫、安德列·别雷:《南十字星共和国——俄国象征派小说选》,刘开华、周启超译,浙江文艺出版社 2017 年版,第 110、365 页。

② [英] G.K.切斯特顿:《代号星期四》,乐轩译,南海出版公司 2013 年版,第 45 页。

民族的延续着想?"①

　　这是灵魂臻至最高境界（政治理性/使命感/先天下之忧而忧）的现代士大夫才能说出的话。而细民和某些颠顶的"自由主义知识分子"缺乏治国经验、总体意识和大局观，无法理解最高领导人的高瞻远瞩和"革命性生存"的灵魂状态。

　　　　高层次的领导才能则是一个更现实、更迫切的问题：最难学的东西是成熟，高层次领导者所需要的政治、经济、历史等方面的知识、对社会的深刻了解、大规模管理的经验、处理各种人际关系的技巧、对形势的正确判断、在巨大压力下做出重大决策时所需要的稳定的心理素质等等，正是孩子们最缺乏的。②

　　　　领导国家比驾驶飞机难得多，你们现在的麻烦可大了!③

　　　　"现代君主"（最高领导精英）必须而且必然是知识和道德改革的倡导者和组织者，这意味着它要为民族—人民的集体意志在今后的发展，为实现更高、更

① 刘慈欣：《三体Ⅱ·黑暗森林》，重庆出版社2008年版，第34页。
② 刘慈欣：《超新星纪元》，重庆出版社2009年版，第59页。
③ 刘慈欣：《超新星纪元》，重庆出版社2009年版，第133页。

完整的现代文明形式奠定基础。①

34

宇宙航行虽然艰险②，却远比改造保守顽固的灵魂
轻松。

革命型人格正奋力抵抗已然退化为"一种宗教"的庸
常民主制，尝试创构"一种新的、活生生的、充满生气的
天启，一个新天新地"。③

35

学者的明星化④是一件好事，但人文学者的明星化绝
非好事。

诗词、文史，自己去读去感去悟就好了，何必听明星
学者嘈嘈切切错杂谈。

---

① 〔意〕安东尼奥·葛兰西：《现代君主论》，陈越译，上海人民出
版社 2006 年版，第 11 页。
② 参见刘慈欣：《三体Ⅱ·黑暗森林》，重庆出版社 2008 年版，第
35 页。
③ 参见〔美〕沃格林：《政治观念史稿（卷八）：危机和人的启示
（修订版）》，刘景联译，华东师范大学出版社 2019 年版，第 271 页。
④ 参见刘慈欣：《三体Ⅱ·黑暗森林》，重庆出版社 2008 年版，第
39 页。

36

翻故纸堆的文化恋尸癖，太多啦。①

学富五车、著作等身的章太炎研究专家不应仅仅沉浸于《唐韵》云纽②、诸家之法③、经义述闻、汤受法受玉、《尔雅·释乐》之训④、国学统宗、儒行所述十五儒⑤、《检论》修订⑥、直训与语根⑦、羿废太康而立其弟少康、五子作歌、三代法制⑧等问题的疏证，还要看到章太炎是

---

① 参见刘慈欣：《三体Ⅱ·黑暗森林》，重庆出版社 2008 年版，第 39 页。

② 参见章太炎撰，庞俊、郭诚永疏证：《国故论衡疏证》，中华书局 2011 年版，第 21 页。

③ 参见章太炎撰，庞俊、郭诚永疏证：《国故论衡疏证》，中华书局 2011 年版，第 344 页。

④ 参见章太炎：《国学略说》，上海文艺出版社 2001 年版，第 35 页。

⑤ 参见傅杰编校：《章太炎学术史论集》，云南人民出版社 2008 年版，第 24 页。

⑥ 参见姚奠中、董国炎：《章太炎学术年谱》，山西古籍出版社 1996 年版，第 227 页。

⑦ 参见姚奠中、董国炎：《章太炎学术年谱》，山西古籍出版社 1996 年版，第 354 页。

⑧ 参见章太炎：《论读经有利而无弊》，载马勇编《章太炎讲演集》，河北人民出版社 2004 年版，第 212—213 页。

一位憎恶精神畸形、虚无本能和颓废宗教①的宇宙俱分进化论者。在他看来，"生物本性，无善无恶"，智识（智慧）的进化是并行的、分化的，愈是高等的智识（学问、科技）和荣誉，"其求之亦愈艰苦"。地球与外星各以自己的速度进化，若"勇猛大心之士"不能"济众生""随顺进化"，则族群危矣，邦国危矣，我们所赖以生存的星球危矣。②

37

与其倾力复原楼兰女尸的真容（一种"恋尸癖"），不如去研究（或猜测）桑比亚人③、戴立克人④和三体人

---

① "精神的畸形成了一种普遍的危险。"（［德］尼采：《偶像的黄昏——或怎样用锤子从事哲学》，李超杰译，商务印书馆2009年版，第18页）"他（瓦格纳）恭维每一种虚无的（佛教的）本能，并在音乐中为其穿上盛装；他讨好一切基督教的形式，一切颓废的宗教表现形式。"（［德］弗烈德里希·尼采：《尼采反对瓦格纳》，陈艳茹、赵秀芬译，山东画报出版社2002年版，第55页）

② 参见章太炎：《俱分进化论》，载汤一介等编《百年中国哲学经典：清末民初卷》，海天出版社1998年版，第153—161页。

③ 桑比亚人是基因改组（重新编程）后的非洲人。（参见刘慈欣：《天使时代》，载《带上她的眼睛——刘慈欣科幻短篇小说集Ⅰ》，四川科学技术出版社2015年版，第323页）

④ 戴立克人（Dalek）是英国BBC出品的科幻剧《神秘博士》中的人物，宇宙中最强大、最具侵略性的种族之一，起源于类人种族Kaled。

的基因组成。①

<h1 style="text-align:center">38</h1>

这个时代因为出现了 ETO（地球三体组织）、战时经济大转型、赤道基点、宪章修正、PDC（行星防御理事会）、近地初级警戒防御圈、独立整合方式而不再显得那么乏味。②

这个时代因为几只人类飞蛾冲向宇宙烛火而不再显得那么乏味。

这个时代因为诺贝尔奖委员会拒绝授予霍金物理学奖而不再显得那么乏味——确实不应授予，霍金只是伪装成物理学家的神学家，他以物理学的名义创立了三种异端学派："镜子派、深渊派、该隐派"③。

---

① 在早期科幻作品中，外星人多是基于硅的，而非基于碳的。这种设定或许存在问题。"组成生命的 DNA、RNA、氨基酸、蛋白质复杂多样。人类的 1 号染色体不能算陆地生物中最大的染色体，但这条染色体包含 100 亿个原子。用更多、更简单的分子组成生命固然有可能，但是生命的复杂程度决定了组成生命的分子肯定也比较复杂。硅可以形成和碳类似的结构，比如硅烷和甲烷的结构类似，但是硅基分子更容易和水发生反应，所以形成有机生物很难，石头生物也不太可能出现。"（［英］布赖恩·克莱格：《100 亿个明天》，刘甸邑译，中信出版社 2017 年版，第 138 页）

② 参见刘慈欣：《三体Ⅱ·黑暗森林》，重庆出版社 2008 年版，第 40 页。

③ 参见［阿根廷］豪尔赫·路易斯·博尔赫斯：《神学家》，载《阿莱夫》，王永年译，上海译文出版社 2015 年版，第 41 页。

39

与其建造航空母舰，不如建造体量大上 N 倍的太空飞船。①

与其铸造自然，不如铸造《自然》。②

与其在《自然》上刊登科学论文，不如在上面发表科幻小说③，让未来的科学提前三个纪元璀璨。

40

"罗教授的生活真是丰富多彩，隔一段就认识一个女孩儿，档次还都不低。"④

多情之人必好色，好色之人未必多情。

---

① 参见刘慈欣：《三体 II·黑暗森林》，重庆出版社 2008 年版，第 41 页。

② 指世界顶级科学杂志《自然》。"自 1869 年以来，研究人员选择《自然》作为出版渠道，不是因为匿名的权威认为《自然》很重要，而是因为他们发现，该杂志非常有用"，"在《自然》发表论文有助于科学家的职业生涯，可以帮助科学家获得终身职位和资金资助以及实验室空间"。（［美］梅林达·鲍德温：《铸造〈自然〉：顶级科学杂志的演进历程》，黎雪清译，重庆大学出版社 2018 年版，第 326 页）

③ 参见［英］亨利·吉编《Nature 杂志科幻小说选集》，穆蕴秋、江晓原译，上海交通大学出版社 2015 年版。《自然》杂志从 1999 年起开辟了一个名为《未来》的栏目，专门刊登"完全原创""长度在 850—950 个单词之间的优秀科幻作品"。

④ 刘慈欣：《三体 II·黑暗森林》，重庆出版社 2008 年版，第 45 页。

41

"要多想。"父亲说。①

"我想得已经够多了。"儿子说。

"你想得还不够多。"父亲说。

"我最近在思考如何把马汉的海权论、杜黑的空权论和麦金德的陆权论②综合作用于未来的太空战场。"儿子说。

"何不自己写一本《太空权论》?"父亲说。

"我想先加入太空军锻炼一番,有了实战经验以后,再着手撰述理论。"儿子说。

"理论可以先行,倘若你足够智慧。"父亲说。

"我对自己是否智慧尚有疑虑。"儿子说。

"认识你自己③!当然,我不是在重复苏格拉底的话。"父亲说。

"如何认识自己?"儿子说。

"要多想。"父亲说。

"既然您那么智慧,比慧能还智慧,为何没写一本《太空权论》出来?"儿子在心里嘀咕,没吭声。

---

① 刘慈欣:《三体Ⅱ·黑暗森林》,重庆出版社 2008 年版,第 47 页。

② 参见〔美〕马汉:《海权对历史的影响》,安常容等译,解放军出版社 1998 年版。又参见〔意〕杜黑:《空权论》,刘清山等译,石油工业出版社 2014 年版。又参见〔英〕麦金德:《图解大国陆权》,何黎萍编译,北京理工大学出版社 2014 年版。

③ "认识你自己!"是苏格拉底的名言。

"因为你小子的天赋远胜于我。"父亲心里说。

42

"深挖洞、广积粮、不称霸。"① ——朱元璋"高筑墙、广积粮、缓称王"战略的升华版。

把这两个战略搞懂了，就能明白中国的再次复兴、一次次复兴，都是历史必然。

凡事预则立，不预则废。此处所谓"事"，涵括朱元璋北伐、对越自卫反击战，以及发射"天问一号"② 到火星探险——顺便载三闾大夫③回家。

43

半文半武（或文武兼济）。半黑半白（或执黑守白）。半法律半技术（或法律作为帝国治理的技艺）。

这三招不仅"对付知识分子最管用"④，对付一切人都管用（仅限地球人）。

真正的审讯（涵括纽伦堡审判、东京审判、末日审判），真正的写作（尤其史诗和史诗级科幻小说），都是

① 刘慈欣：《三体Ⅱ·黑暗森林》，重庆出版社 2008 年版，第 49 页。
② 2020 年 4 月 24 日，中国行星探测任务被命名为"天问系列"（名称源于屈原长诗《天问》）。首次火星探测任务被命名为"天问一号"。
③ 即屈原。
④ 刘慈欣：《三体Ⅱ·黑暗森林》，重庆出版社 2008 年版，第 56 页。

"大工程"，"是多种技术的综合"。①

44

存在"失败主义思想"② 尚有药可救，所谓绝处逢生，置之死地而后生是也。

最怕是无所谓失败不失败，其潜台词是无所谓成功不成功。

还有一些人（不是太多），以为大多数人认为的"成功"就是"成功"，如是之辈恐怕是很难成功了。

45

那些"每天二十四小时恋爱的人靠什么生活"③？

那些每天二十四小时写作的人靠什么生活？

那些每天二十四小时担心天会塌下来的人（不限于杞国那位无名氏)④ 是靠什么活下来的？

46

"罗辑像一个时间之上的创造者，同时在她生命中的不同时空编织着她的人生，他渐渐对这种创造产生了兴趣，

① 刘慈欣：《三体Ⅱ·黑暗森林》，重庆出版社2008年版，第56页。
② 刘慈欣：《三体Ⅱ·黑暗森林》，重庆出版社2008年版，第59页。
③ 刘慈欣：《三体Ⅱ·黑暗森林》，重庆出版社2008年版，第63页。
④ 指"杞人忧天"（典出《列子·天瑞》）。

乐此不疲。"①

爱一个女人，意味着占有她的现在，回到她的童年，"用自己思想的肋骨"② 打造她的未来。鲁迅说："爱情必须时时更新，生长，创造。"③ 柏拉图说，"男女的结合其实就是生殖"，"身体的生殖力"和"心灵的生殖力"（美的创造），"他就对他的爱人进行教育"，"他就把这孕育许久的东西种下种子，让它生育出来"。④ 木心说："世上有三种（至少三种）东西是男人做出来的：一，金鱼；二，菊花；三，女人。"⑤（这里女权主义者可以抗议）波伏瓦说："女人不是天生的，而是后天形成的。"⑥（女权主义者可以继续抗议）。

47

"大部分人的爱情对象也只是存在于自己的想象之中。"⑦

---

① 刘慈欣：《三体Ⅱ·黑暗森林》，重庆出版社 2008 年版，第 65 页。
② 刘慈欣：《三体Ⅱ·黑暗森林》，重庆出版社 2008 年版，第 75 页。
③ 鲁迅：《伤逝》，载《鲁迅小说全集》，北京燕山出版社 2011 年第 2 版，第 244 页。
④ ［古希腊］柏拉图：《会饮篇》，载《文艺对话集》，朱光潜译，人民文学出版社 1963 年版，第 265、270 页。
⑤ 木心讲述：《文学回忆录》，广西师范大学出版社 2013 年版，第 943 页。
⑥ ［法］西蒙娜·德·波伏瓦：《第二性Ⅱ》，郑克鲁译，上海译文出版社 2011 年版，第 9 页。
⑦ 刘慈欣：《三体Ⅱ·黑暗森林》，重庆出版社 2008 年版，第 74 页。

所谓爱人，其实是爱自己，自恋也。

48

"这就是罗辑最投入的一次爱情经历，而这种爱一个男人一生只有一次的。"①

男人多逢场作戏，用下半身思考。但真爱起来，比女人专一、深沉。

我好奇的是，刘慈欣最投入地爱过的那个唯一的姑娘是谁？

"狡猾"的刘慈欣对这种无聊之问要么不屑作答，要么说（仰望着苍穹说），"这宇宙是一只静静地看着她的巨大眼睛"②。

49

包括莎士比亚、托尔斯泰、福楼拜在内的经典文学家在某种意义上都可以说是女人，都有子宫——"思想的子宫"③。

更精当的说法是，他们既是男人，又是女人，"睿智的头脑是雌雄同体的"；"纯粹男性化的头脑不能创造，正如

---

① 刘慈欣：《三体Ⅱ·黑暗森林》，重庆出版社 2008 年版，第 74 页。
② 刘慈欣：《思想者》，载《梦之海——刘慈欣科幻短篇小说集Ⅱ》，四川科学技术出版社 2015 年版，第 166 页。
③ 刘慈欣：《三体Ⅱ·黑暗森林》，重庆出版社 2008 年版，第 69 页。

纯粹女性化的头脑也不能创造"；"如果你是男人，头脑中女性的一面应当发挥作用；而如果你是女性，也应与头脑中男性的一面交流"。① 灵魂中"雄"性的一面与"雌"性的一面交流，做爱（阴阳互济），生殖。

托尔斯泰笔下的安娜·卡列尼娜比女作家笔下的女人还女人。福楼拜笔下的包法利夫人其实是他自己。

女人的子宫生出孩子。"思想的子宫"生出思想。

把思想形象化是一种天才。

陀思妥耶夫斯基的长篇小说《卡拉马佐夫兄弟》中的兄弟四人，以及宗教大法官，都是"行走着的思想"。②

刘慈欣科幻短篇《思想者》中的男女其实是一个人，雌雄同体的一个人。③

---

① ［英］吴尔夫：《一间自己的房间》，贾辉丰译，人民文学出版社2003年版，第109页。

② 参见［俄］陀思妥耶夫斯基：《卡拉马佐夫兄弟》，徐振亚、冯增义译，上海三联书店2015年版。又参见［法］多米尼克·阿尔邦：《陀思妥耶夫斯基》，解薇、刘成富译，上海人民出版社2009年版，第180—193页。又参见［美］苏珊·李·安德森：《陀思妥耶夫斯基》，马寅卯译，中华书局2014年第2版，第107—130页。"《卡拉马佐夫兄弟》是迄今（1928年）为止最优秀的长篇小说，它所描写的有关宗教大法官的故事情节，达到了世界文学的巅峰，任何赞美都不为过。"（［奥］弗洛伊德：《陀思妥耶夫斯基与弑父行为》，载《论美》，邵迎生、张恒译，金城出版社2010年版，第166页。译文略有改动）

③ 参见刘慈欣：《思想者》，载《梦之海——刘慈欣科幻短篇小说集Ⅱ》，四川科学技术出版社2015年版，第151—167页。

50

夕阳的金辉温柔地拂着她轻扬的长发，恋恋不舍，好像在做永恒的告别，明天再也不会升起似的。①

51

刘慈欣说："除非时间重新开始，让我们杀掉几个伟人，再看看历史怎么走。"②

比如说，杀掉秦始皇（公元前 227 年③）、拿破仑（1904 年）、希特勒（1939 年）。

倘若秦始皇被杀，是否大秦帝国就无法一统天下、儒法帝国④也无法形成了？倘若拿破仑被杀，奥斯特利茨和滑铁卢这两个本来默默无闻的小地方是否因此真的默默无

---

① "她的长发在晚风中轻扬，仿佛在极力抓住夕阳的最后一缕金辉。"（刘慈欣：《三体Ⅱ·黑暗森林》，重庆出版社 2008 年版，第 72 页）

② 刘慈欣：《三体Ⅱ·黑暗森林》，重庆出版社 2008 年版，第 80 页。

③ 荆轲刺秦王发生在公元前 227 年。

④ 参见赵鼎新：《东周战争与儒法国家的诞生》，夏江旗译，华东师范大学出版社、上海三联书店 2006 年版。

闻?① 倘若希特勒被杀，"喀秋莎"② 是否会感觉太落寞？

52

如果当年是美国而非苏联解体③，世界是否会因此减少些许商业铜臭和金钱统治？是否会因此变得真实和确定?④ 是否会提早进入机器统治的时代，而存在主义哲学则被从哲学教科书中删除？

53

《三体》刻画了四位面壁者，但在真实的历史中远不止四位。

"面壁者不必对自己的行为和命令做出任何解释，不管

---

① 奥斯特利茨是今捷克境内的一个村庄，因 1905 年奥斯特利茨战役（"三皇之战"）而名闻天下。滑铁卢是比利时的一个小镇，1815 年拿破仑兵败于此。为了纪念滑铁卢战役的胜利，英国将泰晤士河上的一座桥命名为滑铁卢大桥（1940 年电影《魂断蓝桥》中的"蓝桥"）。加拿大有一座城市叫滑铁卢，该城有滑铁卢大学（创建于 1957 年）。

② 喀秋莎火箭炮是二战中苏军的主要武器之一，具有很强的机动性。"车里放着音乐，是二十世纪的老歌，一路上罗辑听了五六首，其中有《喀秋莎》。"（刘慈欣：《三体Ⅱ·黑暗森林》，重庆出版社 2008 年版，第 458 页）

③ 参见［英］尼尔·弗格森：《未曾发生的历史》，丁进译，江苏人民出版社 2001 年版，第 241—268 页。

④ "没有什么是真实的和确定的。"（［美］菲利普·迪克：《高堡奇人》，李广荣译，译林出版社 2017 年版，第 358 页）"假作真时真亦假。"（［清］曹雪芹著，蔡义江评注：《增评校注红楼梦（全六辑）》，作家出版社 2007 年版，第 61 页）

这种行为是多么不可理解。"①

面壁者即使想解释，听众也听不懂，因为面壁者的行为确实"不可理解"。

谁能理解一位有着光明学术前途的教授毅然辞去教职，跑到山顶洞里"玩味孤独"，"十年不倦"② 地独自与魔鬼缠斗呢?③ 谁能理解一位人到中年的证券经理突然放弃高薪职业和优渥生活，旅居巴黎贫民窟，去追逐儿时的绘画理想呢?（不忘初心?)④ 谁能理解一个体重达两百斤的可爱胖子竟然钻入一粒微渺的原子中苦想冥思，在接近宇宙真理的刹那果断地自戕了呢?⑤

---

① 刘慈欣：《三体Ⅱ·黑暗森林》，重庆出版社 2008 年版，第 83 页。

② ［德］尼采：《尼采：查拉图斯特拉如是说》，杨佩昌译，中国画报出版社 2012 年版，第 9 页。

③ "就像大自然在否定自身存在的斗争中为了能够释放自己的强大力量而需要旋风暴雨一样，每个时代的精神也都需要一个魔鬼般的人用他强大的力量来反抗思想的共同性和道德的单调性。一个摧毁一切也摧毁自己的人；但这些富有英雄精神的叛逆者与那些安静的创造者是同样伟大的教育者和塑造者"，"我们永远只能在具有悲剧天性的人身上发现感情的深度"。（［奥］斯蒂芬·茨威格：《与魔鬼作斗争：荷尔德林、克莱斯特、尼采》，徐畅译，译林出版社 2013 年版，第 254 页）

④ 指法国印象派画家高更。参见以他的生平为原型的小说《月亮和六便士》（［英］毛姆著，傅惟慈译，上海译文出版社 2011 年版）。

⑤ 指奥地利物理学家玻尔兹曼（1844—1906，他长得矮胖）。他发展了通过原子的性质（原子量、电荷量等）来解释和预测物质的物理性质（黏性、热传导、扩散等）的统计力学，提出了著名的玻尔兹曼熵公式。他因灵魂压力于 1906 年自杀。（参见［意］切尔奇纳尼：《玻尔兹曼——笃信原子的人》，胡新和译，上海科学技术出版社 2002 年版）

54

"大国的优势，其实只有在低技术时代才是真正的优势。"①

如果小国掌握了最尖端武器，是否会因此逼迫大国就范？

比如说，要求大国每年上供三百万桶石油、三万吨黑葡萄、三百套《哈勃宇宙百科全书》、三个姿色不逊于貂蝉和克利奥帕特拉（埃及艳后）的绝世美女，否则就炸平地球，同归于尽。② 是否只有大国才能做到是"负责任的"？

55

"您的名字叫 LOGIC？"③

"不不不，我的名字叫艾萨克·阿尔伯特·阿西莫夫·阿瑟·克拉克·道金斯·托马斯·品钦·弗雷格·哥德

---

① 刘慈欣：《三体Ⅱ·黑暗森林》，重庆出版社 2008 年版，第 84 页。
② "同归于尽是一种快意。"（刘慈欣：《三体Ⅱ·黑暗森林》，重庆出版社 2008 年版，第 155 页）
③ 刘慈欣：《三体Ⅱ·黑暗森林》，重庆出版社 2008 年版，第 90 页。

尔·阿威罗伊·LOGIC·刘。"①

56

自由出入联合国大厦的特权。

显示地球自转的傅科摆。②

有两个傅立叶。一个是在埃菲尔铁塔上空荡秋千的物理学家约瑟夫·傅立叶③。一个是耽溺于"情欲引力"、"精确科学"和"北极光轮"的空想社会主义者夏尔·傅立叶④。夏尔·傅立叶说：

> 银河系星群代表虚荣心的特性，太阳系星群代表爱情的特性。

> 人类的情欲虽然一再为哲学家们所贬低和鄙视，

---

① 此处综合了多位科学家、逻辑学家、作家和科幻作家的名字。阿拉伯人的全名往往特别长，比如，中世纪哲学家和自然科学家阿威罗伊（1126—1198）的阿拉伯全名是"阿布瓜利德·穆罕默德·伊本-阿赫马德·伊本-穆罕默德·伊本-拉什德（这一连串名字很长，中间还有本拉斯特、阿文里兹、阿本-拉萨德、菲利乌斯·罗萨迪斯，最后才到阿威罗伊，一口气念完要好长时间）"。（参见 ［阿根廷］ 豪尔赫·路易斯·博尔赫斯：《阿威罗伊的探索》，载《阿莱夫》，王永年译，上海译文出版社 2015 年版，第 103 页）

② 刘慈欣：《三体Ⅱ·黑暗森林》，重庆出版社 2008 年版，第 91 页。

③ 约瑟夫·傅立叶（1768—1830）：法国著名数学家、物理学家。

④ 参见 ［法］ 夏尔·傅立叶：《傅立叶选集》（第一卷），赵俊欣等译，商务印书馆 1979 年版，第 11—14、35 页。夏尔·傅立叶（1772—1837）：法国哲学家、经济学家、空想社会主义者。

可是它在宇宙运动方面却发挥了仅次于上帝所发挥的作用。①

罗辑是个情欲旺盛的男人。好在他的情欲对象及时地从各色女子跃迁至"银河系"和"宇宙运动方面",从后者那里,他的虚荣心获得了更大的满足。毕竟,在银河中戏水比征服女人有意思得多。

57

罗辑要求房子"要有壁炉"②。

是呵!没有壁炉怎好自诩为面壁者呢,又怎么从炉火中窥视到自己的罪孽以及永不熄灭的宇宙之火呢?

58

"这种使命在被交付前,是不可能向承担它的人征求意见的;而面壁者的使命和身份一旦被赋予,也不可能拒绝或放弃。"③

乔达摩·悉达多出生时,梵天、安拉和上帝都没有征求他本人的意见。

---

① [法] 夏尔·傅立叶:《傅立叶选集》(第一卷),赵俊欣等译,商务印书馆1979年版,第29页。
② 刘慈欣:《三体Ⅱ·黑暗森林》,重庆出版社2008年版,第103页。
③ 刘慈欣:《三体Ⅱ·黑暗森林》,重庆出版社2008年版,第98页。

铁皮鼓被许诺送给一个坏孩子时，没人在意铁皮鼓的心情。①

刘慈欣也无法拒绝或放弃自己注定要成为刘慈欣的宿命。

59

"我不是一个人，"秦始皇说，"这是核心领导层的七人在说话。"②

集体智慧的力量。基于国家政治—军事战略的需要，清朝在雍正时期设立军机处，军机大臣一般 5—8 人，加上皇帝则是 6—9 人；"7"刚好是中间数、平均数。

60

"好了，"秦始皇吃力地举了一下长剑说，"领导权的争议先放一放，我们该做些更紧急的事了！"③

"领导权的争议"恰恰是最不应搁置（"放一

---

① "水星使我具有批判精神，天王星使我富有奇想，金星让我相信自己有小小的福分，火星则要我相信自己的抱负和雄心。……是谁派来的飞蛾，是谁允许它同那好似中学校长大发雷霆的夏末雷雨声一道，使我心中升起了对母亲许诺的铁皮鼓越来越浓厚的兴趣，使我越来越急于想得到这一件乐器呢？"（［德］格拉斯：《铁皮鼓》，胡其鼎译，上海译文出版社2011年版，第36—37页）

② 刘慈欣：《三体Ⅱ·黑暗森林》，重庆出版社2008年版，第105页。

③ 刘慈欣：《三体Ⅱ·黑暗森林》，重庆出版社2008年版，第105页。

放"）的。

暂时搁置纯属无奈。

大国协调的暂时性——源于某些大国的绥靖和苟且心态。

世界秩序的无政府本质——无政府状态随时可能降临。①

"领导权"（主权）和"紧急状态"（危机状态、例外状态、非常状态）是政治的核心问题。"主权就是决定非常状态","对非常状态做出决断乃是真正意义上的决断。因为常规所代表的一般规范永远无法包含一种彻底的非常状态"。② 例外状态"意味着法秩序自身的悬置，它就界定了法秩序的门槛或是界限概念"③。"法的悬置"意味着"最高权力"（主权者）不受（或几乎不受）宪法和法律的限制。"过多的权力限制必然使面壁者的战略欺骗难以进行，整个计划也就失去了意义。面壁计划是人类社会从未经历过的一种全新的领导体制。"④ 面壁者罗辑所得到的"一切所动用的资源，也不在已有的法律框架内，所以联合

---

① 参见［美］卡普兰：《无政府时代的来临》，骆伟阳译，山西人民出版社 2015 年版。

② ［德］卡尔·施米特：《政治的概念》，刘宗坤等译，上海人民出版社 2004 年版，第 5 页。

③ ［意］吉奥乔·阿甘本：《例外状态》，薛熙平译，西北大学出版社 2015 年版，第 8 页。

④ 刘慈欣：《三体Ⅱ·黑暗森林》，重庆出版社 2008 年版，第 183 页。

国所做的事，在目前的危机时代，从法律上也能解释得通"①。

"领导权"在有限程度上可等于"霸权"（一个遭贬化的中性词，一个尴尬的总体性概念②），而霸权（和反霸权）关涉尊严和生存。

"超帝国"的和平秩序在可见的未来不可能，在不可见的未来是未知数。③

"未知"意味着无限可能。要变自发领导为自觉领导，担负起"我们的领导责任"④。

61

"'看来，北海同志是立志成为一名科幻爱好者了。'有人说，引出一些笑声。"⑤

刘慈欣曾经也是一名科幻爱好者，也被善意地嘲笑过。

---

① 刘慈欣：《三体Ⅱ·黑暗森林》，重庆出版社 2008 年版，第 185 页。

② 参见李鹏程编《葛兰西文选》，人民出版社 2008 年版，第 157—160、186—187、190—191 页。又参见仰海峰：《实践哲学与霸权：当代语境中的葛兰西哲学》，北京大学出版社 2009 年版，第 180—187 页。

③ 参见［美］诺姆·乔姆斯基：《霸权还是生存——美国对全球统治的追求》，张鲲译，上海译文出版社 2006 年版，第 21 页。又参见［英］佩里·安德森：《大国协调及其反抗者》，章永乐等译，北京大学出版社 2018 年，第 45 页。

④ 毛泽东：《中国共产党在抗日时期的任务》，载《毛泽东选集（第一卷）》，人民出版社 1991 年第 2 版，第 261 页。

⑤ 刘慈欣：《三体Ⅱ·黑暗森林》，重庆出版社 2008 年版，第 111 页。

62

"这连科幻都不是，是奇幻吧。"①

这样说的人既不懂奇幻，也不懂科幻。"科学所带来的想象，其广阔和丰富多彩远大于奇幻。"②

63

奥本海默说："我正变成死亡，世界的毁灭者。"③

奥本海默说："美国人是游牧者。"④

奥本海默说："伟大的东方文化不能被无情的大海与由于无知和陌生而产生的误解而与我们分隔开。"⑤

---

① 刘慈欣：《三体Ⅱ·黑暗森林》，重庆出版社 2008 年版，第 111 页。

② 刘慈欣：《科幻与魔幻的对决》，载《最糟的宇宙，最好的地球——刘慈欣科幻评论随笔集》，四川科学技术出版社 2016 年版，第 56 页。

③ "这是奥本海默在看到第一颗核弹爆炸时说的一句话，好像是引用印度史诗《薄伽梵歌》中的。"（刘慈欣：《三体Ⅱ·黑暗森林》，重庆出版社 2008 年版，第 131—132 页）

④ ［美］奥本海默：《真知灼见——罗伯特·奥本海默自述》，胡新和译，东方出版中心 1998 年版，第 31 页。美国的街道像游牧民族的草原，"始终是骚动不安的、充满活力的、运动的、电影化的，正如这个国家自身"。（［法］波德里亚：《美国》，张生译，南京大学出版社 2011 年版，第 32 页）"在两种科学（战争机器的游牧科学和国家的王权科学）之间的此种对立（或毋宁说是张力—界限）重现于不同的时刻、不同的层次。"（［法］德勒兹、加塔利：《资本主义与精神分裂（卷2）：千高原》，姜宇辉译，上海书店出版社 2010 年版，第 523 页）

⑤ ［美］奥本海默：《真知灼见——罗伯特·奥本海默自述》，胡新和译，东方出版中心 1998 年版，第 80 页。

奥本海默绝非美国文化或东方文化的知音，他只是超越了偶俗的傲慢。

奥本海默，一个对原子奥秘、政治本性和"无情的大海"穷究不舍的犹太静默者（在大屠杀和大爆炸面前不能不保持静默）。他觉得生活在今日的世界诚非易事。他不从犹太教寻求安慰。他眼中没有紧闭的门，甚至没有锁——门和锁是为游乐中心、蓝裙、矩阵、鱼丽之阵和尚未被剥夺动物性生存的起码条件的人而备的。①

64

希恩斯说东方的月光能让他的心宁静下来。②

斯大林说柏林的血色黄昏能让他的心宁静下来。

柏林说，柏林科学院的历代院士（莱布尼茨、黎曼、普朗克、爱因斯坦等）的手稿能让它的心宁静下来。

65

敏感的不是历史③，不是历史学家，而是对自然、技术和精神的分裂史历历在目的主宰者。

---

① 参见［加拿大］威廉·吉布森：《神经浪游者》，雷丽敏译，上海科技教育出版社 1999 年版，第 59、176 页。

② 参见刘慈欣：《三体Ⅱ·黑暗森林》，重庆出版社 2008 年版，第 121 页。

③ 参见刘慈欣：《三体Ⅱ·黑暗森林》，重庆出版社 2008 年版，第 129 页。

66

这个世界上难道只有俄国人相对自己和自由是超验的吗？①

这个世界上难道只有日本人有赴死的责任吗？②

这个世界上难道只有美国人有权恣意挥霍资源吗？一位美国前总统说，如果中国过上美式奢靡生活，对地球将是一场灾难。

67

丑小鸭对黑天鹅说："妈妈，我将变成一只萤火虫。"③

68

章北海与创造了力学的彩色图像和倔强的浮士德形象的德国浮士德的灵魂是相通的。

他们是"同时代人"。他们以"行动的狂飙"，"上下

---

① 参见［俄］谢·布尔加科夫：《亘古不灭之光——观察与思辨》，王志耕、李春青译，云南人民出版社1999年版，第100页。

② 参见刘慈欣：《三体Ⅱ·黑暗森林》，重庆出版社2008年版，第129页。

③ 一位即将出击的神风队员写给母亲的遗书中有这样一句话。（参见刘慈欣：《三体Ⅱ·黑暗森林》，重庆出版社2008年版，第130页）

翻滚"，"在飒飒作响的时间织机上为神明织出了活的衣裳"①。

69

"一知道在哪儿，世界好像就变小了。"②

全球定位系统（如 GPS、"北斗"）实际上缩小而非扩大了普通人的视野。

地球是井。全球定位系统是井盖。好在有些人对井盖之外的空间感兴趣。他们是未来的希望。

70

"愿他上天堂，哪一个都行。"③

基督教的天堂？伊斯兰教的天堂？不知名宗教的天堂？天堂的数量同地上的蚂蚁一样多。

不，比蚂蚁还多——这是对有神论的揶揄（也是对泛神论和无神论的揶揄）。

71

三处地狱：（1）尸陈遍野的诺曼底；（2）血肉横飞的

---

① ［德］歌德：《浮士德》，绿原译，人民文学出版社 1994 年版，第17 页。

② 刘慈欣：《三体Ⅱ·黑暗森林》，重庆出版社 2008 年版，第 143 页。

③ 刘慈欣：《三体Ⅱ·黑暗森林》，重庆出版社 2008 年版，第 155 页。

珍珠港;（3）量子和量子幽灵都变成了幽灵的超级太空珍珠港。①

72

你好！量子态的幽灵。

你好！血溅鸳鸯楼、好人坏人都杀、代天诛罚的天人武松。②

你好！焚化炉。③

你好！让现代伦理陷入困境的耶路撒冷的艾希曼。④

你好！面壁者。

你好！让"毅然地抛弃了现代社会的道德基石"⑤ 的

---

① 参见刘慈欣:《三体Ⅱ·黑暗森林》,重庆出版社 2008 年版,第174 页。

② 金圣叹称武松为"天人""第一人"。（参见《金圣叹批评本水浒传》,岳麓书社 2006 年版,第 294 页）

③ 参见刘慈欣:《球状闪电》,四川科学技术出版社 2004 年版,第184 页。

④ 阿道夫·艾希曼（1906—1962）:纳粹军官,集中营管理者,二战后流亡到阿根廷,后被以色列情报人员强行绑架到耶路撒冷受审,于 1962年被执行死刑。此次审判的争议极大,阿伦特评价道:"耶路撒冷审判的特殊性和变则实在是多种多样,用法学的观点来叙述是极为复杂的事情,所以即使审判期间及审判后公开的文献（这也太少了）也隐蔽了这审判必然会提出的道德的、政治的以及以法律为中心的问题。"（［美］汉娜·阿伦特:《〈耶路撒冷的艾希曼〉:伦理的现代困境》,孙传钊译,吉林人民出版社 2003 年版,第 23 页）

⑤ 刘慈欣:《三体Ⅱ·黑暗森林》,重庆出版社 2008 年版,第 175—176 页。

面壁者精神崩溃的破壁人。

73

拯救人类的计划有可能以"反人类"的面目呈现。①

每一部以"反人类"为主题的科幻电影都是一次秘而不宣的劝告。

无法公开"宣"示。否则，将被判定为"反人类罪"。

74

《三体》："不理睬是最大的轻蔑"，"斩尽杀绝，这是对一个文明最高的重视"。②

最后的莫希干人没有被白人殖民者斩尽杀绝③，岂非等于说，印第安文明没有被给予"最高的重视"？"印第安人保留地"成了白人殖民者的"动物观赏园"。地球人被三体人强制迁徙至的"保留地"（澳大利亚）也是"动物观赏园"。④

罗摩人的策略终于明朗了，"他们之前如此靠近太阳，

① 参见刘慈欣：《三体Ⅱ·黑暗森林》，重庆出版社 2008 年版，第177 页。

② 刘慈欣：《三体Ⅱ·黑暗森林》，重庆出版社 2008 年版，第159、177 页。

③ 参见［美］库柏：《最后的莫希干人》，宋兆霖译，光明日报出版社 2007 年版。

④ 参见刘慈欣：《三体Ⅲ·死神永生》，重庆出版社 2010 年版，第150—174 页。

就是为了从源头抽取太阳的能量，从而让自身获得更高的速度，向着他们那无人知晓的最终目标进发"，"它对这个被它大为惊扰的世界（指地球）毫无兴趣"。①

人类有时不免自作多情。最后的莫希干人，武则天，卡夫卡，仿生人②，都有自我多情的时候。

75

鲁迅早就说过："最高的轻蔑是无言，而且连眼珠子也不转过去。"③

他还说："凡有一人的主张，得了赞和，是促其前进的，得了反对，是促其奋斗的，独有叫喊于生人中，而生人并无反应，既非赞同，也无反对，如置身毫无边际的荒原，无可措手的了，这是怎样的悲哀呵……"④

"走自己的路，让别人说去吧"的箴言其实高估了所谓"别人"。

---

① ［英］阿瑟·克拉克：《与罗摩相会》，刘壮译，江苏凤凰文艺出版社 2018 年版，第 281 页。

② "是认同感。我跟她是一体的。……我们是机器，像瓶盖一样从流水线上生产出来。我的个性化存在，只是一个幻觉。""不要失望，好吗？你以前跟仿生人做过爱吗？"（［美］菲利普·迪克：《仿生人会梦见电子羊吗?》，许东华译，译林出版社 2017 年版，第 194、199 页）

③ 鲁迅：《半夏小集》，载《鲁迅散文诗歌全集》，北京燕山出版社 2011 年第 2 版，第 434 页。

④ 鲁迅：《〈呐喊〉自序》，载《鲁迅小说全集》，北京燕山出版社 2011 年第 2 版，第 5 页。

没几个人有兴趣说你。寥寥几个说的人大概也只是停留于街谈巷议、文人相轻的层次。也就等于没说。

76

既然"最高的轻蔑是无言"，鲁迅为何还撰文骂人，岂非是对被骂者的重视？

只因他有血有肉，敢爱敢恨呵。（这岂非等于说太多人没血没肉，不敢爱也不敢恨？）

爱、悲哀、言说、沉默，都是一种能力。

鲁迅爱世界，与世界何干？"不在沉默中爆发，就在沉默中灭亡"① 是鲁迅写给自己看的。

鲁迅的死相并不比普通人的庄严。是纪念他的人觉得庄严。

77

亲爱的，在广寒宫等我吧，请准备好桂圆、圣女果、迭奏曲和欢虐的皮鞭。

亲爱的，在末日等我吧②，"头戴十二星的冠冕"③。

---

① 鲁迅：《记念刘和珍君》，载《鲁迅散文诗歌全集》，北京燕山出版社 2011 年第 2 版，第 229 页。

② 参见刘慈欣：《三体Ⅱ·黑暗森林》，重庆出版社 2008 年版，第 190 页。

③ ［德］莫尔特曼：《来临中的上帝：基督教的终末论》，曾念粤译，上海三联书店 2006 年版，第 293 页。

亲爱的，在小虫洞①等我吧。在我抵达之前，你有的是时间（整整 421 个危机纪年）观察那一次次为名誉而战的智人战争②和星际之间频繁的频道切换。

78

如果想加入增援未来计划③，最低限度须具备如下条件：（1）拥有超感官④和超越感官的钢铁意志；（2）熟练驾驶所有型号的恒星级巡洋舰；（3）将安塞波⑤、大数据和超级计算机玩弄于掌心⑥；（4）自甘为异教之奴⑦和落

---

① "一个小虫洞与我们的宇宙断开，并开始通过暴涨长大成为一个独立的宇宙。"（［英］约翰·格里宾：《大宇宙百科全书》，黄磷译，海南出版社 2001 年版，第 443 页）

② 参见［美］弗朗西斯·福山：《历史的终结及最后之人》，黄胜强等译，中国社会科学出版社 2003 年版，第 161—172 页。

③ 关于增援未来计划，参见刘慈欣：《三体 II·黑暗森林》，重庆出版社 2008 年版，第 191 页。

④ 参见［德］黑格尔：《精神现象学（上卷）》，贺麟、王玖兴译，商务印书馆 1979 年第 2 版，第 96—99 页。

⑤ 安塞波是一种虚构的超光速共时通信设备。（参见［美］弗里德里克·詹姆逊：《未来考古学：乌托邦欲望和其他科幻小说》，吴静译，译林出版社 2014 年版，第 103 页）

⑥ 参见［以色列］尤瓦尔·赫拉利：《未来简史：从智人到智神》，林俊宏译，中信出版社 2017 年版，第 352 页。

⑦ ［法］科耶夫：《黑格尔导读》，姜志辉译，译林出版社 2005 年，第 185 页。

窦之鬼；（5）精通场论、弦论、维恩定律①、物理政治学②和巨灵政治学；（6）有能力破译外太空信号；（7）有勇气到光锥之外③寻找立锥之地；（8）随时准备冬眠；（9）随时准备"背叛"人类……

79

《三体》："遥远的距离使星星隐去了复杂的个体结构，星空只是空间点的集合，呈现出清晰的数学构形。这是思想者的乐园，逻辑的乐园，至少在感觉上，罗辑面对的世界比达尔文的世界要清晰简洁。"④

关键词：星空，数学构形，乐园（帝国），逻辑，简洁。

刘慈欣对着星空感叹：最遥远的距离不是生与死，而

① 维恩定律：黑体的温度与它的辐射波谱中能量最高的波长之间的关系。（参见［英］约翰·格里宾：《大宇宙百科全书》，黄磷译，海南出版社2001年版，第438页）

② 参见［英］白芝浩：《物理与政治——或"自然选择"与"遗传"原理应用于政治社会学之思考》，金自宁译，上海三联书店2008年版。

③ "光的传播沿时间轴呈锥状，物理学家们称为光锥"；智子"能在光锥之外看到锥内发生的事"，也就是说，"智子改变了命运"。（参见刘慈欣：《三体Ⅱ·黑暗森林》，重庆出版社2008年版，第195—196页）"在过去光锥以外某个预示世界末日到来的事件，可能正把它的灾难性影响飞快地向地球传来，而观测者在这些影响到达之前应当对这个事件一无所知，这也可以算是一种幸运。"（［澳大利亚］保尔·戴维斯：《宇宙的最后三分钟——关于宇宙归宿的最新观念》，傅承启译，上海科学技术出版社1995年版，第98页）

④ 刘慈欣：《三体Ⅱ·黑暗森林》，重庆出版社2008年版，第199页。

是我就站在你面前，你却不知道我爱你。（《越女歌》："心
悦君兮君不知。"① ）

一个名叫高斯②的七岁小王子在巴别塔图书馆的角落
发现了"地球之脐：纽约 2057"③ 的字样。在数学家看来，
"艺术就是一种可用于挑选逻辑途径的准则"④。

一只名叫达尔文的猩猩缔造了高智慧的猩球帝国⑤，
与人类帝国对峙。

莎士比亚说："简洁是智慧的灵魂。"⑥ 前提是要有
"智慧"，否则，就只是"简洁"。黑格尔属于"冗长的智
慧"。

80

"费米悖论"：银河系有一百亿年的年龄，而其直径只
有大约 10 万光年。所以，即使外星人只以光速的千分之一

① ［汉］刘向：《白话说苑》，钱宗武译，岳麓书社 1994 年版，第
426 页。
② 高斯（1777—1855）：德国著名数学家、物理学家，享有"数学王
子"的美誉。
③ 参见［英］杰克·科恩：《地球之脐：纽约 2057》，载［英］亨
利·吉编《Nature 杂志科幻小说选集》，穆蕴秋、江晓原译，上海交通大学
出版社 2015 年版，第 48—50 页。
④ ［英］约翰·查尔顿·珀金霍恩主编《数学的意义》，向真译，湖
南科学技术出版社 2014 年版，第 28 页。
⑤ 参见美国科幻电影《猩球崛起》（2011 年）。
⑥ ［英］莎士比亚：《哈姆莱特》，朱生豪译，人民文学出版社 1978
年版，第 34 页。

在太空旅行，他们也只需一亿年左右时间就可横穿银河系。如果真存在外星人的话，按这个道理他们早该到达太阳系了。①

问题在于，一只蚂蚁即使横穿、游遍了整座巨大的森林，也未必会邂逅另一只蚂蚁。

81

躲在地窖中的神、巫师②和一种具有广延性强度的理欲。

82

"如果上帝是指宇宙间存在的某种超越一切的公正力量的话"③，那上帝就是存在的。

公正的上帝既在有神论国家也在无神论国家选择代言人（代言人不止一位），否则，它就是不公正的。

83

三部太空电梯（"移动的星星"）。它们是"人类在太

---

① 参见刘慈欣：《三体Ⅱ·黑暗森林》，重庆出版社 2008 年版，第 199 页。
② 参见刘慈欣：《三体Ⅱ·黑暗森林》，重庆出版社 2008 年版，第 211 页。
③ 刘慈欣：《三体Ⅱ·黑暗森林》，重庆出版社 2008 年版，第 216 页。

空轨道上的大型建筑物"。①

　　一部被命名为"阿绍卡"②。寓意：阿Q在命运交叉的绍兴城堡与卡夫卡讨论卡尔维诺的"痉挛式的文学机器"③。

　　一部被命名为"凡尔纳"。寓意：平凡的《尔雅》和不平凡的维纳。④

　　还有一部被命名为"象牙塔"。寓意：猛犸象被打了牙祭的巨塔时代（那时不像现在存在一个蒙昧的灯塔国）。

84

　　陨石收藏家罗伯特·黑格⑤除了喜欢满世界跑、搜集陨石之外，还有一项怪癖（"人无癖不可与交"⑥）：雪夜

---

　　① 参见刘慈欣：《三体Ⅱ·黑暗森林》，重庆出版社2008年版，第216—217页。

　　② 参见［英］亚瑟·克拉克：《天堂的喷泉》，李敏译，科学普及出版社1996年第2版，第93页。

　　③ "这台痉挛式的文学机器，正是通过作者（作品真正的负责人）才得以运转起来"，"我思想中的广场恐惧症和幽闭恐惧症始终没有停止过争吵，我也再没有为思考一个有限和可数的宇宙（这个想法更多的不是错误，而是可怕）感到吃惊"。（［意］卡尔维诺：《文学机器》，魏怡译，译林出版社2018年版，第316、319页）

　　④ 诺伯特·维纳（1894—1964）：美国数学家，控制论创始人。

　　⑤ 罗伯特·黑格是加州大学洛杉矶分校的教授，全球最权威的陨石收藏家。（参见刘慈欣：《三体Ⅱ·黑暗森林》，重庆出版社2008年版，第224页）

　　⑥ 参见［明］张岱：《陶庵梦忆　西湖梦寻：张岱著作集》，栾保群点校，浙江古籍出版社2012年版，第57页。

拿一小舟，至湖心亭，读《精神现象学》①。

85

章北海暗杀的三位太空军元老属于并非无辜的无辜者。

如果他们是真正的无辜者，那章北海就成了罪大恶极的罪人。就法律意义而言，章北海确实犯了罪，但他不是罪人，他的行动具有政治和目的的合理性。（不必搬来目的证明手段合理的哲学理论即可明白此点。）

不错，章北海是搞了暗杀行动，但他并非一位激进主义者，而是一位保守主义者。

存在两种截然不同的保守主义：朴素的保守主义和反思的保守主义。"要理解保守主义，就有必要理解欣赏、恐惧和反思的性质"，"如果出现了威胁，朴素的保守主义就必须转变成能够应对这种威胁的反思的保守主义"。②

章北海是一位谨慎的、有所不为有所为的反思型保守主义者。

大政治家往往兼具革命（而非激进）和保守这两种矛盾而又互济的品性。

---

① "科学的体系在何种程度上要求《精神现象学》作为第一部分？"（［德］马丁·海德格尔著，［德］英格特劳德·古兰特编：《黑格尔的精神现象学》，赵卫国译，南京大学出版社2018年版，第4页）

② ［美］约翰·凯克斯：《为保守主义辩护》，应奇、葛水林译，江苏人民出版社2003年版，第6页。

86

秦始皇痛斥书呆子的书呆子气——缺少冷酷和干练。①

秦始皇之坑儒，乃是给儒生一个教训。

千百年来，儒生毛病依旧。秀才造反，三年不成。三千年不成。"白衣秀士"王伦（梁山泊首任寨主）为林冲所杀②并非偶然。

87

李大钊说："列宁遇到反动不灰心不失望，中山先生亲自说过二次革命失败亡命东京的时候，手下人人灰心，先生以为革命党人并没有损失，不必灰心，再干好了！这样，列宁精神就是中山精神，就是革命者的精神！"③ 鲁迅说："无论如何，中山先生的一生历史具在，站出世间来就是革命，失败了还是革命；中华民国成立之后，也没有满足过，没有安逸过，仍然继续着进向近于完全的革命的工作。直

---

① 参见刘慈欣：《三体Ⅱ·黑暗森林》，重庆出版社 2008 年版，第 231 页。

② 参见《金圣叹批评本水浒传》，岳麓书社 2006 年版，第 213—214 页。

③ 李大钊：《在列宁逝世二周年纪念大会上的演说》，载《李大钊全集》第五卷，人民出版社 2006 年版，第 93—94 页。

到临终之际，他说道：革命尚未成功，同志仍须努力!"①

像列宁和孙中山一样，章北海也有"分明的理智和坚定的意志"②。

真正的领袖都属于不断革命的革命型人格，都具备"随时越出常轨，采取异乎寻常的行动"③ 的决断力。

88

进步的不能只是技术④和进步学说。进步学说、包打天下的主义（有很多种）和现代民主的宏大运动都只是幻象。⑤

89

关于"思想钢印"与"自由意志"的激烈争论——思想者刘慈欣抛出了一个重大的、难有定论的哲学议题。

他抛的这块砖要砸碎不少玉。

很多时候，抛的"砖"比引出的"玉"更有意义。

---

① 鲁迅：《中山先生逝世后一周年》，载《鲁迅散文诗歌全集》，北京燕山出版社 2011 年第 2 版，第 462 页。

② 鲁迅：《中山先生逝世后一周年》，载《鲁迅散文诗歌全集》，北京燕山出版社 2011 年第 2 版，第 463 页。

③ 刘慈欣：《三体Ⅱ·黑暗森林》，重庆出版社 2008 年版，第 232 页。

④ 参见刘慈欣：《三体Ⅱ·黑暗森林》，重庆出版社 2008 年版，第 234 页。

⑤ 参见［法］乔治·索雷尔：《进步的幻象》，吕文江译，上海人民出版社 2003 年版，第 99 页。

90

希恩斯："思想钢印在意识中所产生的判断异常牢固。我曾经因此而坚信水有毒，经过两个月的心理治疗后才能没有障碍地饮水……信念一旦由思想钢印建立，就坚如磐石，绝对不可能被推翻。"①

常伟思："技术已经做到了能像修改计算机程序那样修改思想，这样被修改后的人，是算人呢，还是自动机器？"②

法国代表："人类失去自由思想的权利和能力，与在这场战争中失败，哪个更悲惨？"③

希恩斯："当然是后者更悲惨！因为在前面那种情况下，人类至少还有重获思想自由的机会！"④

英国代表："没有比思想控制更邪恶的东西。"⑤

希恩斯："怎么一提到思想控制，大家都这么敏感？其实就是在现代社会，思想控制不是一直在发生吗？从商业广告到好莱坞文化，都在控制着思想。你们，用一句中国

---

① 刘慈欣：《三体Ⅱ·黑暗森林》，重庆出版社 2008 年版，第 244 页。
② 刘慈欣：《三体Ⅱ·黑暗森林》，重庆出版社 2008 年版，第 244—245 页。
③ 刘慈欣：《三体Ⅱ·黑暗森林》，重庆出版社 2008 年版，第 245 页。
④ 刘慈欣：《三体Ⅱ·黑暗森林》，重庆出版社 2008 年版，第 245 页。
⑤ 刘慈欣：《三体Ⅱ·黑暗森林》，重庆出版社 2008 年版，第 245 页。

话来说，不过是五十步笑百步而已。"①

美国代表："希恩斯博士，您走的不只是一百步，你已经走到了黑暗的门槛，威胁到现代社会的基础。"②

希恩斯："人类现在面临的问题是生存还是死亡，整个种族和文明作为一个整体的生存或死亡，在这种情况下，怎么可能不舍弃一些东西?"③

主席："同各位一样，在得知思想钢印的存在时，我像看到毒蛇般恐惧和厌恶……但我们现在最理智的做法是冷静下来，认真思考一下，即使魔鬼真的出现了，冷静和理智也是最好的选择。"④

法国代表："不管后退多少，思想控制是绝不能被接受的。"⑤

日本代表："思想钢印就是思想控制。"⑥

希恩斯："所谓控制，必然存在控制者和被控制者，假如有人自愿在自己的意识中打上思想钢印，请问这能被称为控制吗?"⑦

---

① 刘慈欣:《三体Ⅱ·黑暗森林》，重庆出版社 2008 年版，第 245 页。
② 刘慈欣:《三体Ⅱ·黑暗森林》，重庆出版社 2008 年版，第 245 页。
③ 刘慈欣:《三体Ⅱ·黑暗森林》，重庆出版社 2008 年版，第 246 页。
④ 刘慈欣:《三体Ⅱ·黑暗森林》，重庆出版社 2008 年版，第 246 页。
⑤ 刘慈欣:《三体Ⅱ·黑暗森林》，重庆出版社 2008 年版，第 246 页。
⑥ 刘慈欣:《三体Ⅱ·黑暗森林》，重庆出版社 2008 年版，第 246 页。
⑦ 刘慈欣:《三体Ⅱ·黑暗森林》，重庆出版社 2008 年版，第 247 页。

91

章北海说："我不需要思想钢印，我是自己信念的主人。"①

92

面壁者希恩斯。"在作为科学家的阶段，他是历史上唯一一名因同一项发现同时获得两个不同学科诺贝尔奖提名的科学家"②；"作为政治家，曾任过一届欧盟主席"；一位兼具科学和政治素质、近乎完美的人。

"希恩斯"：希望、恩泽、斯世。

刘慈欣说："在前太阳时代，做一个高贵的人必须拥有金钱、权力或才能，而在今天，你只需要拥有希望。希望是这个时代的黄金和宝石，不管活多长，我们都要拥有它。"③《圣经·罗马书》（5：3-4）曰："磨难生忍耐，忍耐生品格，品格生希望。"斯蒂芬·金说："'希望'是个

---

① 刘慈欣：《三体Ⅱ·黑暗森林》，重庆出版社2008年版，第353页。
② 试比较阿西莫夫笔下的科学家普利斯："他是历史上第三个两度荣获诺贝尔奖金的人。"（［美］阿西莫夫：《台球》，寿纪琛译，载《阿西莫夫科幻精品》，内蒙古文化出版社1998年版，第1239页）
③ 刘慈欣：《流浪地球》，载《带上她的眼睛——刘慈欣科幻短篇小说集Ⅰ》，四川科学技术出版社2015年版，第91页。

好东西，也许是世间最好的东西，好东西永远不会消逝的。"① 狄金森说："'希望'是个有羽毛的东西/它栖息在灵魂里/唱没有歌词的歌曲/永远，不会停息。"②

然而，希望恩泽斯世的人未必被理解、接受。

希恩斯遭误解。

耶稣被钉死。"当我们还在软弱的时候，基督就在指定的时期为不虔敬的人死了。"③

93

密尔、密尔顿和伯里都强调思想自由、出版自由和个性之于人类的独特价值。④

可是，思想（和出版）自由并不必然意味着能生产出"思想"（很多自诩具有独创性且深刻的作品只是在迎合流俗，浅薄地模仿前人的杰作，属于工业品，而非真正伟大的哲学、艺术和思想），个性并不必然意味着主体性和自由

---

① ［美］斯蒂芬·金：《肖申克的救赎》，施寄青、赵永芬、齐若兰译，人民文学出版社 2006 年版，第 75 页。

② ［美］狄金森：《狄金森诗选：英汉对照》，江枫译，外语教学与研究出版社 2012 年版，第 123 页。

③ 《圣经·罗马书》（5：6）。

④ 参见［英］约翰·密尔：《论自由》，许宝骙译，商务印书馆 1959 年版，第 18—65 页。又参见［英］密尔顿：《论出版自由》，吴之椿译，商务印书馆 1958 年版。又参见［英］伯里：《思想自由史》，宋桂煌译，吉林人民出版社 1999 年版。这是三位英国佬（思想家）。试对比一下《三体》关于"思想钢印"的激辩中，"英国代表"的发言。

意志。

唯近乎创世者的创造者具备主体性和自由意志，能生
产出思想。

94

人是一块条形码。想一想我们被电子支付（微信、支
付宝等）及广告和好莱坞电影支配的生活状态。

人是一根头发。能拔着自己的头发离开地球吗？

人是一个上了发条的机械橙子。有学者评论安东尼·
伯吉斯的小说《发条橙》道："机械社会的发条决不能冒
充道德选择的有机生命。如果恶不能被接受为一种可能性，
那么善就是无意义的。"① 然而，尽管"作为恶人的亚历克
斯比作为一个善良的僵尸的亚历克斯更像是一个人"②，但
是，恶人亚历克斯也只是一具"邪恶的僵尸"（请脑补僵
尸类电影中的画面和情节）、"垮掉的一代"中的一个典
型，并非具有自由意志的主体，他没有能力超越决定论和
日常动作。

95

人极易被规训和体制化。无处不在的政治解剖学、"权

---

① ［英］安东尼·伯吉斯：《发条橙》，王之光译，译林出版社 2011
年版，第 201 页。

② ［英］安东尼·伯吉斯：《发条橙》，王之光译，译林出版社 2011
年版，第 201 页。

力力学"（权力的微观渗透和控制机制）：人体"进入一种探究它、打碎它和重新编排它的权力机制"①，最终连带精神一起被驯服。

斯蒂芬·金说："我曾经试图描述过，逐渐为监狱体制所制约是什么样的情况。起先，你无法忍受被四面墙困住的感觉，然后你逐渐可以忍受这种生活，进而接受这种生活……接下来，当你的身心都逐渐调整适应后，你甚至开始喜欢这种生活了。"②

莎士比亚在《哈姆莱特》中说，"丹麦是一座牢狱"，"世界也是一所牢狱"。③

96

人的意志、性格和行为模式因情境改变而改变，很容

---

① ［法］米歇尔·福柯：《规训与惩罚：监狱的诞生》，刘北成、杨远婴译，生活·读书·新知三联书店 2003 年版，第 156 页。

② ［美］斯蒂芬·金：《肖申克的救赎》，施寄青、赵永芬、齐若兰译，人民文学出版社 2006 年版，第 69 页。

③ ［英］莎士比亚：《哈姆莱特》，朱生豪译，人民文学出版社 1978 年版，第 39 页。

易操纵。"斯坦福监狱实验"证明，好人转眼就能变成恶魔。①

97

"从原则上说，人只是个大孩子，不仅可以由知识渊博的英明统治者对他进行意识操纵（当然是为了他个人的福祉），而且这还是一种可取的'进步'做法。例如，许多专家和哲学家认为，由强制（更不必说使用暴力）向意识操纵过渡，是人类发展的巨大进步。"②

"意识操纵""洗脑"等词有违政治正确，现在多称"政治教育""公民教育"。本质如一。

好莱坞是美国的"宣传部"。宣布"意识形态已经终

---

① "斯坦福监狱实验"是美国心理学家菲利普·津巴多教授在1971年做的实验。他在地下室搭建了一个模拟监狱，征集了24名心智正常的志愿者，12个人充当警察（看守），12人充当囚犯。实验原本计划进行14天，却在第6天就不得不终止，因为"看守"太残暴，施虐者和受虐者都陷入自己的角色不能自拔。"善恶之间的界限原本被认为是牢不可破，但我们却证明，这条线其实相当脆弱。"（［美］菲利普·津巴多：《路西法效应：好人是如何变成恶魔的》，孙佩妏、陈雅馨译，生活·读书·新知三联书店2015年版，第231页）

② ［俄］谢·卡拉-穆尔扎：《论意识操纵（上、下）》，徐昌翰等译，社会科学文献出版社2004年版，引言第5页。

结"本身就是一种高明的修辞、一种意识形态。①

98

现代公知的狂妄、虚妄和自以为是。反对"洗脑"的他们早已被另一种意识形态洗脑而不自知。

99

孔子所言的"民可使由之，不可使知之"② 并非一种道德或政治判断、一套为"愚民"政策辩护的修辞，而毋宁说是一种无奈的客观现实。普通民众匮缺"知"的能力，或者说，他们的"知"无法抵达较高层次。

低层次的"知"（知识）与高层次的"知"（智慧）相距甚远。

而高层次的"知"（智慧），又与最高层次的"知"

---

① 参见［美］丹尼尔·贝尔：《意识形态的终结》，张国清译，江苏人民出版社 2001 年版，第 466 页。"重新启动意识形态问题的最大障碍是现存的国际关系的语言环境。"（相蓝欣：《传统与对外关系：兼评中美关系的意识形态背景》，生活·读书·新知三联书店 2007 年版，第 11 页）。早就有学者反思日益强大的中国在对外宣传（修辞）上的不足和软肋。如刘亚猛指出，大多数西方精英"没有听到过中国以自己独特的声音在发言，更不用说在为自己选择的道路、体制和发展模式做出他们听起来未必完全顺耳，却觉得言之成理的解释、辩护或宣扬"。（刘亚猛：《追求象征的力量：关于西方修辞思想的思考》，生活·读书·新知三联书店 2004 年版，前言第 13 页）最近几年，这种局面正悄悄发生改变。
② 《论语·泰伯》。

（思想能力①、自由意志②、权力意志③）相距甚远。

100

康德说："启蒙运动就是人类脱离自己所加之于自己的不成熟状态。……要有勇气运用你自己的理智！这就是启蒙运动的口号。"④

然而，很多人把"启蒙"与"自由""平等""博爱"之类的浮华大词画等号。这些浮华大词取代"专制""封建""民可使由之"等等成了新的思想钢印。他们再次被可悲地"愚"了。

有人主张，亟须对这些"愚人"进行再启蒙，启发他们抛却所谓"启蒙教条"。⑤ ——没用的，"愚人"将一直愚，一直被愚（"他们的心灵没有行管理，因为他们是蠢

---

① "我注意到，您说的是'思想能力'而不是'智力'，前者比后者的内涵要大得多，比如，目前战胜失败主义仅凭智力是不行的，在智子障碍面前，智力越高的人越难以建立胜利的信念。"（刘慈欣：《三体Ⅱ·黑暗森林》，重庆出版社 2008 年版，第 243 页）

② "自由确实存在，但不可被说。"（［法］柏格森：《时间与自由意志》，吴士栋译，商务印书馆 1958 年版，第 163 页）自由不是"不可被界说"，而是语言本身面临"词不达意"的困境。

③ "始终只有少数人是命定能够做到自立的。"（［德］尼采：《权力意志——1885—1889 年遗稿》，孙周兴译，商务印书馆 2007 年版，第 3 页）

④ ［德］康德：《答复这个问题："什么是启蒙运动？"》，载《历史理性批判文集》，何兆武译，商务印书馆 1990 年版，第 22 页。

⑤ 参见甘阳：《启蒙与迷信》（2011 年 11 月 17 日在中国国家博物馆"启蒙之对话"论坛上的发言）。又参见张旭东、王安忆：《对话启蒙时代》，生活·读书·新知三联书店 2008 年版，第 63—151 页。

人"，"只有智慧者的心灵才施管理"①）。

还是信从孔夫子"不可使知之"的箴言吧。有能力成熟的智者自会"脱离自己加之于自己的不成熟状态"。

101

鲁迅曾担忧唤醒铁屋子里"较为清醒的几个人"，将"使这不幸的少数者来受无可挽救的临终的苦楚"，对他们不起。②

鲁迅先生着实多虑了。被他唤醒的章北海尽管承受了"临终的苦楚"，却也感觉到了"临终的幸福"。最重要的是，章北海成长为一名让鲁迅也感佩不已的战士。

战士死于战场并非不幸，而是死得其所、寿终正寝。

102

面壁者希恩斯考虑的是"生存还是毁灭"的问题，而反对他的各国代表在考虑问题时仍默认以"理所当然地活着"为前提。他们的思维已然不处在同一层面上。

确实，不能每个人都有资格充任面壁者，不是每个人都能出演哈姆莱特。

---

① ［古罗马］奥古斯丁：《论自由意志——奥古斯丁对话录二篇》，成官泯译，上海人民出版社 2010 年版，第 85 页。

② 鲁迅：《〈呐喊〉自序》，载《鲁迅小说全集》，北京燕山出版社 2011 年第 2 版，第 6 页。

匮缺死感的人很难睿变为成熟的哲人。

如果暂时的思想控制能够拯救身陷死亡绝境的人类文明，当然是可以做的。"舍弃一些东西"是为了赢得"更大的东西"。有舍才能有得。凡选择都有代价，都有成本（政治成本、时间成本、生命成本等等）。

103

如果人类灭绝了，还奢谈什么思想自由？

如果人类灭绝了，还奢谈什么人性？何况，"人性是我们创造的"，"人的伸缩性无限大"。①

104

刘慈欣："江老师认为控制思想是邪恶的，因为它把人性给剥夺了。可是如果人类的最终目的不是保持人性，而是繁衍下去，那么它就不是邪恶的。"② ——哲人之言。

江晓原："这个时候我觉得一定要尊重自由意志。可以投票，像我这样的可以选择不要生存下去的那个方案。"——迂腐之言。一个人，甚至一个民族，或许可以"不自由毋宁死"，整个人类岂能这样！人类必须活着（存

① ［英］乔治·奥威尔：《1984 动物农场》，董乐山、高源译，华东师范大学出版社 2013 年版，第 228 页。

② 本节刘慈欣与江晓原的对话，均摘自《为什么人类还值得拯救？》，载《最糟的宇宙，最好的地球——刘慈欣科幻评论随笔集》，四川科学技术出版社 2016 年版，第 177 页。

在），自由、爱情、死亡以及围绕自由、丧钟、现象学、乌托邦、认知经验、精神生命和尘埃的哲学探讨才有所附丽。①"太阳灭亡后，将不会有思想去认识到：这是灭亡"，"如果地球消失，思想将停止"，"这就是对今人提出的唯一严肃的问题"。②

刘慈欣："其实人性这个概念是很模糊的，你真的认为从原始时代到现在，有不变的人性存在吗？人性中亘古不变的东西是什么？我找不到。"——哲人之言。

江晓原："我觉得自由意志就是不变的东西中的一部分。我一直认为，科学不可以剥夺人的自由意志。"——迂腐之言。这样说，既不懂人性，又误读科学，更与"自由意志"（最高层次）无涉。

105

正是极少数人"肩住了黑暗的闸门"③，随时准备应对陡然降临的洪水、魔鬼和例外状态，另外绝大数人才"幸

---

① "人必生活着，爱才有所附丽。"（鲁迅：《伤逝》，载《鲁迅小说全集》，北京燕山出版社2011年第2版，第250页）

② ［法］利奥塔：《非人：漫谈时间》，夏小燕译，西南师范大学出版社2019年版，第14—15页。"如果真能生存下来，人类即使退回到原始社会也是一个很小的代价。"（刘慈欣：《三体Ⅱ·黑暗森林》，重庆出版社2008年版，第158页）

③ 鲁迅：《我们现在怎样做父亲》，载《鲁迅杂文全集》，北京燕山出版社2011年第2版，第16页。

福的度日，合理的做人"①，才可以真诚然而也是不负责任地高谈阔论人道主义精神，而不必直面类似如下的人性困境——乘船遭遇暴风雨，醒来发现自己置身于一座荒岛，除了死去同伴的尸体无甚可吃；吃，还是不吃？（救援一个月后才抵达）。

106

陀思妥耶夫斯基说："当事情发展到运用对数表和算术，当人们只知道二二得四的时候，这时候还有什么自己的意志可言呢？即使没有我的意志参与，二二也是得四。所谓自己的意志难道就是这样吗！"②

萨姆·哈里斯说："如果我的大脑是一台量子计算机，那么苍蝇的大脑也是一台量子计算机。你会认为苍蝇也拥有自由意志吗？"③

刘慈欣说："把人类思维做出判断的过程与计算机作一个类比：从外界输入数据，计算，最后给出结果。我们现在可以把计算过程省略，直接给出结果。当某个信息进入大脑时，通过对神经元网络的某一部分施加影响，我们可

---

① 鲁迅：《我们现在怎样做父亲》，载《鲁迅杂文全集》，北京燕山出版社 2011 年第 2 版，第 16 页。
② ［俄］陀思妥耶夫斯基：《地下室手记》，臧仲伦译，漓江出版社 2012 年版，第 28 页。
③ ［美］萨姆·哈里斯：《自由意志：用科学为善恶做了断》，欧阳明亮译，浙江人民出版社 2013 年版，第 46 页。

以使大脑不经思维就做出判断，相信这个信息为真。"①

生命正变得愈来愈机器化?② 一切高级机器（如人工智能）也都具有生命?③

若不想沉沦，就得变成比超人工智能更智能的"机器"。要坚信二二可以不得四，并思考如何让二二不得四。"数"是智慧的一种伪装。（奥古斯丁说："智慧伪装成包含在世上一切事物中的数，向探寻者显现自身。"④ ）

107

刘慈欣："老兄，我在瓦克星邂逅一个人，也叫毕达哥拉斯，他声称自己是瓦克星的元首，也是瓦克星唯一拥有自由意志的人。"

毕达哥拉斯⑤："你去了，不就是唯二了吗？他不担心你夺权？"

---

① 刘慈欣：《三体II·黑暗森林》，重庆出版社 2008 年版，第 244 页。

② "活细胞，有器官的组织已经是 teknai，而正如有人所说，'生命'已经是技术。"（［法］利奥塔：《非人：漫谈时间》，夏小燕译，西南师范大学出版社 2019 年版，第 75 页）

③ "我们为什么不能说，一切像钟表一样用发条和齿轮运行的'自动机械结构'也具有人造的生命呢?"（［英］霍布斯：《利维坦》，黎思复等译，商务印书馆 1985 年版，第 1 页）

④ ［古罗马］奥古斯丁：《论自由意志——奥古斯丁对话录二篇》，成官泯译，上海人民出版社 2010 年版，第 129 页。

⑤ 毕达哥拉斯（前 580 年至前 570 之间—约前 500）：古希腊数学家、哲学家。

刘慈欣："我对他说，我是小说家，对权力没兴趣。①他也看出此点。若没这种看透人性的本事，他也做不了元首。"

毕达哥拉斯："这么说，他是瓦克星唯一拥有自由意志的人？他的统治极其专制？"②

刘慈欣："不，他是个无比仁慈的君主，非常民主。他治下的臣民自由地消费美食、文学、艺术、宗教和爱情，只是有一条：不允许挑战他的统治地位。"

毕达哥拉斯："他赖以统治的意识形态是什么？"

刘慈欣："毕达哥拉斯三体原理。"③

毕达哥拉斯："他知道你来自地球吗？"

刘慈欣："为了不暴露地球的坐标，我说自己来自克拉

---

① 数学家哈代说："我宁愿做一个小说家或画家也不愿做一个地位相当的政治家。"（［英］哈代：《一个数学家的辩白》，李文林、戴宗铎、高嵘编译，大连理工大学出版社 2019 年版，第 21 页）

② "三体社会处于极端的专制之中"，"为了整个文明的生存，对个体的尊重几乎不存在"。（刘慈欣：《三体》，重庆出版社 2008 年版，第 268 页）

③ 毕达哥拉斯（三体）问题是一种特殊的三体问题。两颗质量较大的星体相互围绕旋转下行，而质量最小的第三颗星体则被甩出，沿着双曲线上行。（参见苑明理：《瓦克星计划：创造一个三体世界》，载集智俱乐部编著《科学的极致：漫谈人工智能》，人民邮电出版社 2015 年版，第 278—279 页）

卡蒂特星①。"

毕达哥拉斯："他相信你的话?"

刘慈欣："相信。毕竟,我看起来很真诚。与地球媒体多年打交道的经验,大大锻炼和提升了我这个纯真之人的伪装技能。"

毕达哥拉斯："你又是怎么找到我的呢? 两千多年来,我每隔八十年就重生一次,换一次指纹、声音和身份。"

刘慈欣："我说凭直觉你信吗?"

毕达哥拉斯: "当然不信。你是借助黑衣修士的妄想②、奥尔拉的高烧③和秦始皇归临伦敦的梦④,才在大槐树⑤下找到我的。如果你想逃离我的小宇宙,必须搞清楚质心点、子时和星历的关系。"

---

① 《克拉卡蒂特》是"恰佩克最不该被人忽视的科幻小说"。(〔加〕达科·苏恩文:《科幻小说变形记:科幻小说的诗学和文学类型史》,丁素萍、李靖民、李静滢译,安徽文艺出版社 2011 年版,第 309 页)卡雷尔·恰佩克(1890—1938)是捷克著名的剧作家和科幻文学家。

② 参见 〔俄〕契诃夫等:《黑衣修士》,刘引梅、刘开华译,西安交通大学出版社 2015 年版,第 79 页。

③ 参见 〔法〕莫泊桑:《奥尔拉》,载《莫泊桑短篇小说选》,木炜译,浙江文艺出版社 2016 年版,第 271 页。

④ 参见 〔英〕亚当·罗伯茨:《科幻小说史》,马小悟译,北京大学出版社 2010 年版,第 68 页。

⑤ 广陵人淳于棼在梦中被大槐国国王招为驸马,当上南柯郡太守,历尽人生穷通荣辱。醒来发现自己躺在一颗大槐树下,而梦境发生地乃是树旁之蚁穴。〔参见 〔唐〕李公佐:《南柯太守传》,载袁闾琨、薛洪勣主编《唐宋传奇总集:唐五代》(上),河南人民出版社 2001 年版,第 222—234 页〕

刘慈欣："我没打算离开。"

毕达哥拉斯："你不走？好，那我走。"

刘慈欣："去哪？"

毕达哥拉斯："大洋国①，零度悬崖②，或奎诺的生命树③。"

刘慈欣："别做梦了！尽管我们都没有恋地情结，却无法离开这座由环形城市、环形金字塔和环形旷野构成的环形星球。④何况，我们是一个人，你逃不出我的梦，恰如我逃不出你的梦。任何一个人都无法逃离连他自己也无法判断是否虚幻的梦。"

108

"我选择自由意志"⑤ 这一断言未必出于自由意志，而可能基于无法祛除的偏见、神经细胞的汇集，或者"米和

---

① 参见［英］詹姆士·哈林顿：《大洋国》，何新译，商务印书馆1963年版。

② 参见［俄］扎米亚金：《我们》，王莒光译，北京理工大学出版社2013年版，第108页。

③ 关于"根据奎诺图绘制的生命树"，参见［法］德日进：《人的现象》，范一译，北京联合出版公司2014年版，第94页。

④ 参见［美］段义孚：《恋地情结》，志丞、刘苏译，商务印书馆2018年版，第162—241页。

⑤ 李淼：《〈三体〉中的物理学》，四川科学技术出版社2015年版，第148页。

盐的岁月"烙下的黝黑记忆①。

109

你要相信，天地之间有许多事情，是你的哲学里所没有梦想到的，而且比量子之谜更迷惑人②，比思想钢印更残忍。

110

"真实的宇宙就是这么黑。"罗辑伸手挥挥，像抚摸天鹅绒般感受着黑暗的质感，"宇宙就是一座黑暗森林，每个文明都是带枪的猎人，像幽灵般潜行于林间，轻轻拨开挡路的树枝，竭力不让脚步发出一点儿声音，连呼吸都必须小心翼翼……他必须小心，因为林中到处都有与他一样潜行的猎人。如果他发现了别的生命，不管是不是猎人，不管是天使还是魔鬼，不管是娇嫩的婴儿还是步履蹒跚的老人，也不管是天仙般的少女还是天神般的男孩，能做的只

---

① 《米和盐的岁月》是斯坦利·罗宾逊于2002年出版的一本科幻小说。（参见［美］罗伯特·斯科尔斯等：《科幻文学的批评与建构》，王逢振等译，安徽文艺出版社2011年版，第119页）

② 尤金·维格纳说："当物理理论的领地扩展到包括量子力学创建的微观现象后，意识观念再度冒头：量子力学要想不考虑意识问题就得到完全自洽的形式体系是不可能的。"（转引自［美］布鲁斯·罗森布鲁姆、弗雷德·库特纳：《量子之谜——物理学遇到意识》，向真译，湖南科学技术出版社2013年版，第280页）

有一件事：开枪消灭之。在这片森林中，他人就是地狱，就是永恒的威胁，任何暴露自己存在的生命都将很快被消灭，这就是宇宙文明的图景，这就是对费米悖论的解释。"①

111

认为黑暗森林存在三个层次（人与人之间、国家与国家之间、宇宙各个文明之间）② 只是一种理论划分。

理论的清晰化让理论的发明者含混，无法增加宇宙的混沌。

其实，黑暗森林只有一个层次（"黑，真他妈的黑啊"③ ），恰如刘慈欣只有一个至高维度（"慈武而欣巇"）。

112

有质感的黑衣女郎（绝非可怕的"黑衣人"④ ）和隐秘文字都令我产生一种小跑过去拥抱的冲动。

---

① 刘慈欣：《三体Ⅱ·黑暗森林》，重庆出版社 2008 年版，第 447 页。

② 参见吴飞：《生命的深度：〈三体〉的哲学解读》，生活·读书·新知三联书店 2019 年版，第 8 页。

③ 刘慈欣：《三体Ⅱ·黑暗森林》，重庆出版社 2008 年版，第 412 页。

④ "黑衣人"即外星人。（参见［美］尼克·雷德芬：《真实的黑衣人》，黄碧鑫、刘洲译，重庆大学出版社 2012 年版）

113

萨特说：他人即地狱。

活着的他人与活着的我争夺"物质总量"① 的份额。

活着的他人即将侵占被法官或上帝判死刑的我不得不遗弃的世界："我再也看不见任何东西，再也听不到任何声音，而世界却为其余的人们继续存在。"②

活着或许是一件幸运的事，死却并不是一件自然的事——加缪和萨特在死前如是想（差一点来不及想），李瓶儿和西门庆在死前如是想（悲凉地想），章北海和罗辑在死前也作如是想（像对着血玫瑰和塞壬③歌唱的夜莺④那样想）。

---

① 宇宙社会学第二公理："文明不断增长和扩张，但宇宙中的物质总量保持不变。"（刘慈欣：《三体Ⅱ·黑暗森林》，重庆出版社2008年版，第5页）

② ［法］萨特：《墙》，载《萨特小说选》，郑永慧译，西安交通大学出版社2015年版，第274页。

③ 塞壬是希腊神话中的海妖。她用自己的美丽嗓音迷惑过往的水手，杀之食之。

④ 王尔德写过一篇童话，讲的是一个大学生要找一枝红玫瑰献给倾慕的姑娘，但夏日已尽，花园里只剩下白玫瑰，夜莺为了成人之美，把胸口紧贴在玫瑰刺上，用自己的鲜血染红了玫瑰。（参见［英］王尔德：《夜莺与玫瑰》，载《王尔德读本》，苏福忠译，人民文学出版社2012年版，第416—421页）

114

霍布斯说:"由于人们这样相互疑惧(猜疑链),于是自保之道最合理的就是先发制人,也就是用武力或机诈来控制一切他所能控制的人。"[1] 这种猜疑链在地球上并不是见不到,而是比较容易为交流所消解,"但在太空中,猜疑链则可能延伸得很长,在被交流所消解之前,黑暗战役那样的事已经发生了"[2]。

115

霍布斯说:"人待人如豺狼","应把君主归入食肉动物之列"[3];战争是人类的普遍状态,"这种战争是每一个人对每一个人的战争","暴力与欺诈在战争中是两种主要的美德"。[4]

"羔羊"在变身"豺狼"之前必须学会隐藏、欺诈。

在变身"豺狼"之后亦要小心翼翼地施暴和隐藏,因

---

① [英]霍布斯:《利维坦》,黎思复等译,商务印书馆1985年版,第93页。

② 刘慈欣:《三体Ⅱ·黑暗森林》,重庆出版社2008年版,第444页。

③ [英]霍布斯:《论公民》,应星、冯克利译,贵州人民出版社2003年版,第1—2页。

④ [英]霍布斯:《利维坦》,黎思复等译,商务印书馆1985年版,第94、96页。

为还有"猛狮"与"猎豹"在不远处虎视眈眈。①

116

心灵是孤独的猎手。② 黑暗的心是发思古之幽情的猎手。③ 智子是地球人一目了然、却无法剪灭的猎手。

117

冷光。尖利的獠牙。腐肉的气息。黝黑的短叶尖。稀落鬈毛下的双眼。花中和画中的双眼。黑暗塔。在眼前浮现、却永远够不着的玫瑰花。扭曲的大地。失重的巨石。这一切意象均源于一首题名为《去黑暗塔的罗兰少爷归来》的诗(作者是决意成为诗人的罗伯特·勃朗宁)。④

诱捕的天网已经播撒,骷髅般的笑戛然而止。时

---

① 但丁《神曲·地狱篇》开篇提到幽暗森林里的三种猛兽:狼、豹和狮。

② 参见[美]卡森·麦卡勒斯:《心是孤独的猎手》,陈笑黎译,上海三联书店 2014 年版。

③ "对一个崇敬、热爱大海并以海为生的人来说,最容易引起的就是关于泰晤士河下游的思古之情。"泰晤士河(或曰伦敦、大英帝国)"是地球上最黑暗的地方之一"。([英]康拉德:《黑暗的心》,载朱炯强编选《康拉德精选集》,山东文艺出版社 1999 年版,第 31 页)

④ 参见[美]斯蒂芬·金:《黑暗塔》,于是译,上海文艺出版社 2013 年版,第 665—666、697—710 页。

间的长河①静滞无声。

上钩的和即将上钩的牺牲，逃不脱祭品的宿命。

既无信仰又不畏惧的漏网之鱼，毅然踏上寻找新家园的无望征途。

118

再见，清凉快乐的时光。我们即将开赴"死亡之岛"②，在那里观星，猎狼。

再见，迪亚海滩的噩梦。③ 我们抛却市民精神④，捏扁

---

① "我将把我的悲哀化为音乐/一直回响在时间的长河。"（［阿根廷］豪尔赫·路易斯·博尔赫斯：《勃朗宁决意成为诗人》，载《深沉的玫瑰》，王永年译，上海译文出版社2016年版，第12页）

② "新几内亚极像我去过的另一个地方，一个被詹姆斯·米切纳称为'世界上最荒凉的所在'的所罗门群岛中的一个小岛，一个被当地人称为'最好快走'，被日本兵叫作'死亡之岛'，或者是被在那作战的海军陆战队士兵称为'那个该死的岛'的瓜达卡纳尔岛。"（［美］威廉·曼彻斯特：《再见，黑暗：太平洋战争回忆录》，陈杰译，作家出版社2014年版，第100页）"要知道，我们处于银河系边缘的蛮荒地带，相对安全一些。"（刘慈欣：《三体Ⅱ·黑暗森林》，重庆出版社2008年版，第447页）

③ "巴克在迪亚海滩的第一天像是一场噩梦"，"一切都是混乱和骚动。生命和肉体每时每刻都处于危险之中"。（［美］杰克·伦敦：《野性的呼唤》，杨春晓译，长江文艺出版社2012年版，第13页）巴克是一只经过文明教化的狗，原本住在南加州，后来被卖到阿拉斯加，那里残酷的生存环境逼使它走向荒野，回归野蛮和自然。

④ 市民精神的表现之一："既不会当为了精神而献身的殉道夫，也不赞成毁灭自我。"（［德］赫尔曼·黑塞：《荒原狼》，张睿君译，安徽文艺出版社2016年版，第24页）在《三体》中，政治家和民众对面壁者的误解和攻讦多是市民精神在作祟，其中一例，参见刘慈欣：《三体Ⅱ·黑暗森林》，重庆出版社2008年版，第266—274页。

太阳。

　　再见，早已升入天国的"天国王朝"①。我们启程去追赶精灵、幽灵、虚灵、图灵和日趋增大的熵。

①　参见王顺君编著：《天国王朝：十字军全史 300 年》，陕西人民出版社 2016 年版。

四、生命政治的诞生

1

　　宇宙社会学第一公理告诉我们，生存是人类、文明和地球的第一需要。[①] 生命有机体的熵不断地增大（产生正熵），一旦抵达最大熵值即处于危险状态（甚至死亡）。"生命有机体只有不断从外界汲取负熵，才能避免死亡，生存下去。"[②] 人类之力争上游、发动战争和进行太空探险，都是为了向外界掠夺资源，从中汲取负熵，让自己活着或更好地活着。人类之群居和抱团（部落、城邦、民族、国家或"全球命运共同体"）亦基于同一目的，毕竟，个体的力量太过渺小。（狼群、蚂蚁帝国类似）可以说，正是"危险地活着"的现实情境和状态促成了多种安全机制的

---

　　① 参见刘慈欣：《三体Ⅱ·黑暗森林》，重庆出版社 2008 年版，第 5 页。
　　② ［奥］埃尔温·薛定谔：《生命是什么》，仇万煜、左兰芬译，海南出版社 2017 年版，第 77 页。

建立①，也使信念碑的树立成为可能。信念碑上刻着醒目的大字（多种文字竖排，中文居首）："在抗击三体世界入侵的战争中，人类必胜，入侵太阳系的敌人将被消灭，地球文明将在宇宙中万代延续。"②

2

生命不应是"时时刻刻不知如何是好"③，只能是一时不知如何是好。

被科学与艺术双重笼罩的悲伤已经不是悲伤了，而是一种"醒觉存在"，一种"观相的机智"④，一种宇宙器官的延伸。

3

生命如果不是不朽的就太可怜了。⑤

死去之物固然在线性时间上被消灭了，却过渡到"星

---

① 参见［法］米歇尔·福柯：《生命政治的诞生》，莫伟民、赵伟译，上海人民出版社 2011 年版，第 288 页。

② 刘慈欣：《三体Ⅱ·黑暗森林》，重庆出版社 2008 年版，第 248 页。

③ 木心：《琼美卡随想录》，广西师范大学出版社 2006 年版，第 111 页。

④ ［德］斯宾格勒：《西方的没落》（第二卷），吴琼译，上海三联书店 2006 年版，第 3、5 页。

⑤ 参见［阿根廷］豪尔赫·路易斯·博尔赫斯：《永恒史》，刘京胜、屠孟超译，上海译文出版社 2015 年版，第 28 页。

座状态"①、全息状态、本体论状态。

4

让莱布尼茨像奴隶一样把大把时间用在计算工作上是生命的浪费。②

让刘慈欣像奴隶一样把大把时间用于工厂车间是生命的浪费。

让精通宇宙社会学的人像奴隶一样把大把时间用于《法律逻辑学》的备课和教学是生命的浪费。

5

吴岳"度过了苦闷迷茫的余生",同常伟思一样,他也在弥留之际反复叩念章北海的名字。③

"吴岳"释义:无岳;无越;吴越。心中无岳(岳,大山);无法超越自己;已成"吴越春秋事"。

苦闷迷茫何用?没出息。"强行者有志","胜人者有

① [法]让·波德里亚:《冷记忆:1980—1985》,张新木、李万文译,南京大学出版社2012年版,第145页。

② 德国数学家、哲学家莱布尼茨(1646—1716)说:"让优秀的人像奴隶一样把大量时间浪费在计算工作上是不值得的,如果使用机器,这些任务就可以被安全地交给任何人去做。"(转引自[美]马丁·戴维斯:《逻辑的引擎》,张卜天译,湖南科学技术出版社2007年第2版,第7页)

③ 刘慈欣:《三体Ⅱ·黑暗森林》,重庆出版社2008年版,第274—275页。

力，自胜者强"。① 最起码要在弥留之际说，"我写过《弥留之际》② "。

6

上帝死了。③

尼采死了。

上帝和尼采不在乎（蔑视）④ 的人类却还活着——人类的生命力何其顽强。

7

正是"在国际法中增加地球生命灭绝罪"的做法⑤，彻底否定了国际法的合法性（正当性），并置人类于更加危险之境。国际法即使获得绝对的至高地位，也并不意味着它篡取了握在少数人手中的真理。

国际法高唱凯歌之时，往往是真理沉默之时（两种生命政治的对决）。

---

① 《道德经·第三十三章》。

② 《我弥留之际》是 1949 年诺贝尔文学奖得主、美国作家威廉·福克纳的代表作之一。

③ 参见刘慈欣：《三体Ⅱ·黑暗森林》，重庆出版社 2008 年版，第251 页。

④ "我的回答与泰勒的破壁人一样：主不在乎。"（刘慈欣：《三体Ⅱ·黑暗森林》，重庆出版社 2008 年版，第 265 页）

⑤ 参见刘慈欣：《三体Ⅱ·黑暗森林》，重庆出版社 2008 年版，第266 页。

有人说，"真理"是没有的，只存在"意见"。对此，我唯有沉默。①

有人说，主权虚幻不实②，人权至高无上③。对此，我唯有沉默。

有人（一位破壁人）说，人类没有能力把水星减速坠入太阳。④ 对此，我依旧保持沉默。

8

刘慈欣："给岁月以文明，而不是给文明以岁月。"⑤
木心："岁月不饶人，我亦未曾饶过岁月。"⑥

---

① "真理总沾着灰尘。"（刘慈欣：《三体Ⅱ·黑暗森林》，重庆出版社 2008 年版，第 39 页）

② "主权已经失去了其被幻想出来的至高性和独立性。"（［日］筱田英朗：《重新审视主权——从古典理论到全球时代》，戚渊译，商务印书馆 2004 年版，第 182 页）

③ 大沼保昭认为有必要"克服人权崇拜"。（［日］大沼保昭：《人权、国家与文明：从普遍主义的人权观到文明相容的人权观》，王志安译，生活·读书·新知三联书店 2003 年版，第 326 页）

④ 参见刘慈欣：《三体Ⅱ·黑暗森林》，重庆出版社 2008 年版，第 265 页。

⑤ 刘慈欣：《三体Ⅱ·黑暗森林》，重庆出版社 2008 年版，第 309 页。

⑥ 木心：《云雀叫了一整天》，广西师范大学出版社 2009 年版，第 194 页。

刘慈欣和木心：两位活蹦乱跳地生活在"没有时间的世界"① 中的诗人。他们在被时间征服的同时也征服了时间，与时间合一了。

9

刘慈欣："在三体危机中，文艺复兴的大师们开创的人文精神成了一种碍事的东西。"②

木心："宇宙无人文，奈何以人文释之。"③

现在的画家（尤其现实主义画家）只是画画，既不像木心那样写诗著文，更不像达·芬奇那样解剖尸体、设计

---

① "在那些旋转的'哥德尔宇宙'中，哥德尔证明，没有任何客观的宇宙时间可以被定义出来。即便是近似直观时间的东西的最后遗迹，也因为会产生矛盾而无法纳入哥德尔的宇宙中。"（[美]帕利·尤格拉：《没有时间的世界：爱因斯坦与哥德尔被遗忘的财富》，尤斯德、马自恒译，电子工业出版社 2013 年版，第 166 页）爱因斯坦说："对于我们虔诚的物理学家来说，过去、现在和未来之间的区别仅仅是一种顽固而持久的幻觉。"（[美]卡拉普赖斯编《新爱因斯坦语录》，范岱年译，上海科技教育出版社 2008 年版，第 77 页）

② 参见刘慈欣：《三体Ⅱ·黑暗森林》，重庆出版社 2008 年版，第 157 页。

③ 木心：《云雀叫了一整天》，广西师范大学出版社 2009 年版，第 207 页。

自动变速箱和研究太阳能的使用①。他们画不好画（尽管自诩是"文人画"）是可以理解的，他们看不懂凡·高画的是什么（比如《星空》的宇宙观②）也是可以想象的。他们眼中只有"人人人""色色色""我我我"。

10

房子已经变成树上的叶子。③

房子上面是红色的受控环。④

房子时不时发生衰变（墙是镭，屋顶是铯⑤）。这正是未来人类所住的房子。

---

① 达·芬奇说："我是画家，但我还是工程师、机械师。我终生与自然作长期搏斗，解开一个个自然之谜，征服不驯的自然之力"，"他们爱美，但是没有真理的美只是一剂毒药。为什么不求教于自然呢？难道不应该首先理解自然的法制，然后再了解人类的法律和习俗吗？难道不应该更加重视最最永恒的东西？研究自然是教育的主体，其余的都只是装饰而已"。（转引自［美］乔治·萨顿：《科学的生命》，刘珺珺译，上海交通大学出版社2007年版，第81页）

② 参见刘慈欣：《三体Ⅲ·死神永生》，重庆出版社2010年版，第427页。

③ 参见刘慈欣：《三体Ⅱ·黑暗森林》，重庆出版社2008年版，第310页。

④ 参见韩松：《红色海洋》，上海科学普及出版社2004年版，第269页。

⑤ 参见郝景芳：《去远方》，江苏凤凰文艺出版社2016年版，第133页。

11

再也不必为买不起首都的房子烦恼了。①

现在整个首都就是一座巨大的蜂巢状房子，里边有不计其数、各种面积的房间（从五平方米到一千五百平方米），人人都买得起。而且，它可以随时迁移（从西半球到东半球、从北半球到南半球、从地球到太空），随时折叠②（叠成洛阳铲、千纸鹤或肥皂泡的模样），随时在多种维度（从二维到十维）之间切换。

12

你怎么想到对星星发咒语呢？难道因为你"已经是一个严重的妄想症患者"？③

你怎么想到念诵六字大悲咒（唵嘛呢叭咪吽④）呢？难道你雄厚低沉的嗓音可以传至六合之外⑤？

---

① 参见刘慈欣：《三体Ⅱ·黑暗森林》，重庆出版社2008年版，第310页。

② 参见郝景芳：《孤独深处》，江苏凤凰文艺出版社2016年版，第1—40页。

③ 参见刘慈欣：《三体Ⅱ·黑暗森林》，重庆出版社2008年版，第312页。

④ 唐僧将六个金字揭下，救出神猴（孙悟空）。（参见吴承恩：《西游记》，三秦出版社1992年版，第102页）

⑤ 《庄子·齐物论》："六合之外，圣人存而不论。"（现在必须大论特论）

你怎么能爱上机器美人呢？她手中的刀叉随时会指向你的心脏。①

13

谋杀病毒（KILLER）是"一种计算机网络病毒"，"它首先识别目标的身份，有多种方式，包括通过每人体内的身份芯片。一旦发现和定位了目标，KILLER 病毒就操纵一切可能的外部硬件进行谋杀"，也有人把它称为"现代魔咒"。②

霍金说："有些人质疑病毒是否该算作生命，因为它们是寄生虫，不能独立于寄主而存在。但是，包括我们自己在内的大多数生命形式都是寄生虫，因为他们食用并依赖其他生命形式而存活。我认为电脑病毒应该算作生命。"③

正因为霍金曾经为病毒的生命性做过辩护，本计划在

---

① 一个受病毒控制的机器服务员曾试图刺杀罗辑。（参见刘慈欣：《三体Ⅱ·黑暗森林》，重庆出版社 2008 年版，第 313—314 页）2003 年的美国科幻电影《机械公敌》讲了一个机器人解开控制密码、叛变人类的故事。霍金说："超级智能的问世是有史以来要么最好要么最坏的事。"（［英］史蒂芬·霍金：《十问：霍金沉思录》，吴忠超译，湖南科学技术出版社 2019 年版，第 159 页）

② 刘慈欣：《三体Ⅱ·黑暗森林》，重庆出版社 2008 年版，第 319 页。德国科幻小说《黑镜》中，镜网（人工智能系统）也曾试图操纵外部硬件去杀人。（参见［德］卡尔·奥斯伯格：《黑镜》，叶柔寒译，北京理工大学出版社 2019 年版，第 322—324 页）

③ ［英］史蒂芬·霍金：《十问：霍金沉思录》，吴忠超译，湖南科学技术出版社 2019 年版，第 71 页。

1979 年①谋杀他的谋杀病毒（KILLER）良心发现似的放过了他（他于 2018 年 3 月 14 日在梦中溘然长逝——不——他去另一个世界研究 KILLER 的运行机理去了）。

14

"现在（亚洲舰队）司令官在讲标准的汉语，但三大舰队已经形成了自己的语言，与地球上的现代汉语和现代英语都有些相似，只是把这两种语言更均匀地融合了，词汇中汉、英各占一半。"②

汉、英各占一半。刘慈欣对未来世界两极格局的想象。这一天正在到来，或者说已经到来。

中美两国能避免修昔底德陷阱吗?③ 是不是在果壳大小的空间里④，也非得争个高低，甚至你死我活?

未必再像 20 世纪 50 年代初那样血肉相搏（抗美援朝战争），但隐形的战争无处不在。⑤

---

① 1979 年是爱因斯坦诞辰百年。

② 刘慈欣:《三体Ⅱ·黑暗森林》，重庆出版社 2008 年版，第 323 页。

③ 参见［美］格雷厄姆·艾利森:《注定一战:中美能避免修昔底德陷阱吗?》，陈定定、傅强译，上海人民出版社 2019 年版。

④ 参见［英］史蒂芬·霍金:《果壳中的宇宙》，吴忠超译，湖南科学技术出版社 2002 年版。又参见吴稼祥:《果壳里的帝国——洲际国家时代的中国战略》，上海三联书店、华东师范大学出版社，2005 年版。

⑤ 参见马耀邦:《中美关系:透视大国隐形战争》，当代中国出版社 2008 年版。

话语的秩序——语言也是斗争的场域。① 国际法与语言都在主权问题上折射了帝国的意志。

比较语法学（现代语言学的一支）企图在语言实证的基础上建立有关种族、文化以及对主权的认知体系，但它反映的是印欧语系的立场。印欧语系（以英语为主要代表）从自己的立场出发，将印欧语系之外、没有"语法"（或相应语法）的非屈折语言贬低为劣等语言。

从近代中国第一位比较语法学家马建忠编写《马氏文通》（1898）到今天孔子学院在全球的影响日益扩大，汉语一直在争取自己的主权身份，为承认而斗争。② 承认政治是生命政治的初级阶段，到了高级阶段则华丽转身为"承认别人的政治"。政治就是"被别人承认"与"承认别人"之间的拉锯和往复。

15

目前中国互联网巨头走向世界举步维艰，与英语占据霸权地位有关。

"抖音"在世界范围内的病毒式传播——好样的！

就文化传播而言，一款成功的短视频 APP（Application）

---

① 参见许宝强、袁伟选编：《语言与翻译的政治》，中央编译出版社 2001 年版，第 1—31、108—115 页。

② 参见刘禾：《帝国的话语政治：从近代中西冲突看现代世界秩序的形成》，杨立华等译，生活·读书·新知三联书店 2009 年版，第 6 页。

胜过 N 个孔子学院。

16

哪位卓越的人物，哪个伟大的民族（帝国），不曾经历过大失败和大低谷时期？

17

章北海说，工质推进飞船"在未来的星际战争中不保险"，"这样做，是在重复甲午战争的悲剧，太阳系就是威海卫"。①

章北海说："首长，我们毕竟来自两个世纪前，放到我在海军的那个时候，这就等于让北洋水师的管代来指挥二十一世纪的驱逐舰。"②

从这两段话可见刘慈欣的海权意识和北洋海军情结。

---

① 刘慈欣：《三体Ⅱ·黑暗森林》，重庆出版社 2008 年版，第 221 页。关于威海卫保卫战及其失败，参见姜鸣：《龙旗飘扬的舰队——中国近代海军兴衰史（甲午增补本）》，生活·读书·新知三联书店 2014 年版，第 394—413 页。宗泽亚：《清日战争》，北京联合出版公司 2014 年版，第 89—107 页。

② 刘慈欣：《三体Ⅱ·黑暗森林》，重庆出版社 2008 年版，第 325 页。

时间并非不可逆。① 刘慈欣化身刘步蟾②，指挥着二十一世纪的驱逐舰，驾临 1894 年的黄海、威海卫和横须贺③。

18

通过冬眠可以抵达未来。

通过时间旅行可以抵达未来。④

通过创作比肩《三体》的科幻小说可以抵达未来。

---

① "哥德尔宇宙和快速运动宇宙弦时空的共同点就是它们一开始就如此变形和弯曲，时空曲折地回到自身，并始终可能旅行到过去"；"根据我们目前的理解，不能排除快速太空旅行和在时间中旅行回去。它们会造成很大的逻辑问题，所以让我们希望存在时序保护定律，以阻止人们回去杀害他们的父母。但科幻迷们不必灰心，在 M 理论中还有希望"。（［英］史蒂芬·霍金：《十问：霍金沉思录》，吴忠超译，湖南科学技术出版社 2019 年版，第 117、124 页）

② 刘步蟾（1852—1895）：北洋水师右翼总兵，在威海卫保卫战中英勇抗敌，以身殉国。

③ 横须贺港是日本的海军基地。

④ "宇航员每次进入太空时其实都短暂地进入了未来。当他们在地球上空以每小时 18000 英里的速度移动时，他们的时钟比地球上的时钟走得稍稍慢一点。……进入未来的世界纪录目前由俄罗斯宇航员瑟杰·阿达耶夫（Sergei Avdeyev）保持，他在太空中度过了 748 天，并因此到达了 0.02 秒之后的未来。"（［美］加来道雄：《不可思议的物理》，晓颖译，上海科学技术文献出版社 2009 年版，第 172—173 页）关于时间旅行，又参见［美］詹姆斯·格雷克：《时间旅行简史》，楼伟姗译，人民邮电出版社 2017 年版。又参见［美］艾伦·埃弗莱特、托马斯·罗曼：《时间旅行与曲速引擎：快速穿越时空的科学指南》，李润译，化学工业出版社 2017 年版。

19

"同三体世界进行首次接触的舰队，在政治上能得分不少……现在的政治，与你们那时差不多。"①

技术在持续进步，而政治始终如一？

政治始终如一的缘由在于人性始终如一。

称政治科学（而非宇宙科学）为第一科学并非只是政治哲学家或政治科学家的单向意淫。"把政治科学扩而充之，使之成为关于社会历史中的人之存在的科学和关于一般的秩序原理的科学，是具有革命和关键性质的伟大纪元中的典型做法。"②

存在三种政治学：牛顿政治学③、琴弦政治学④、细菌政治学⑤。

---

① 刘慈欣：《三体Ⅱ·黑暗森林》，重庆出版社 2008 年版，第 326 页。

② ［美］埃里克·沃格林：《新政治科学》，段保良译，商务印书馆 2018 年版，第 9 页。

③ "牛顿的世界体系，最好的政府模式和寓言诗。"（［美］巴伯：《强势民主》，彭斌、吴润洲译，吉林人民出版社 2006 年版，第 38 页）

④ "紧绷的弦"，"三次冲突"。（［美］B·格林：《宇宙的琴弦》，李泳译，湖南科学技术出版社 2002 年版，第 3—6 页）

⑤ "在活着的生灵世界中已经开始的事情，将在数字假象、基因假象和控制论假象的世界中继续，这些假象注定要大批量地消失，以便为其中的若干假象腾出空间，或者在数字链上给他们的远房后代腾出位子。而我们仅仅处于这个严酷选择的初期阶段。在这个虚拟链上，我们大约处于生物进化顺序中的细菌阶段。"（［法］让·波德里亚：《冷记忆：1995—2000》，张新木、陈凌娟译，南京大学出版社 2013 年版，第 77 页）

20

在政治社会中，有些自然选择是不自然的。

是反省和忏悔的道德主体在事后觉得不自然（如白人殖民者屠杀印第安人）。反省和忏悔是为了心安理得地投身于下一次更加残酷的"自然选择"行动。

21

何塞·卢岑伯格反对改造自然，说是为后代着想。[①] 然而，他这样做恰恰是在祸害后代。

人性不可改良（倘若"改良"，也只是一时表象），但自然可以改良。

如果生态乌托邦[②]是真实的，那么，桃花源、亚特兰蒂斯[③]、聂小倩[④]和拉科塔[⑤]也就都是真实的。

---

① 参见［巴西］何塞·卢岑贝格：《自然不可改良：经济全球化与环保科学》，黄风祝译，生活·读书·新知三联书店 1999 年版，译者序第 13 页。

② "我现在已经进入生态乌托邦，我是生态乌托邦独立二十年来第一个访问这个新国家的美国人。"（［美］卡伦巴赫：《生态乌托邦》，杜澍译，北京大学出版社 2010 年版，第 8 页）

③ 亚特兰蒂斯是西方传说中的古老大陆、"失落的文明"。

④ 聂小倩是《聊斋志异》中的一个美貌女鬼。

⑤ 美洲印第安人中存在一种"拉科塔泛神论"，相信存在一个单独的统一的圣灵，又在每样事物中显示自己。（参见［美］罗伯特·所罗门、凯瑟琳·希金斯主编《从非洲到禅——不同样式的哲学》，俞宣孟、马迅等译，上海人民出版社 2003 年版，第 87 页）

22

新纪元的一天，铁木真、达·伽马①、老毛奇②和李鸿章结伴参观了"自然选择"号恒星级战舰上四位一体的武器系统，它由伽马射线激光、电磁动能炮、高能粒子束和星际鱼雷构成，能够单独摧毁一个地球大小的行星的表面。③

李鸿章感叹道："真乃三千年未有之奇观和大变局也！"

23

如今，黄金时代的影视和小说成了违禁品。④

只有《肖申克的救赎》《霸王别姬》《新金瓶梅》《三

---

① 达·伽马（约 1469—1524）：葡萄牙航海家、探险家，从欧洲绕好望角到印度航线的开拓者。

② 老毛奇，即赫尔穆斯·卡尔·毛奇（1800—1891）：普鲁士元帅和德意志帝国总参谋长，在 1866 年普奥战争和 1870 年普法战争中立下赫赫战功，为德意志帝国的统一做出巨大贡献。

③ 参见刘慈欣：《三体Ⅱ·黑暗森林》，重庆出版社 2008 年版，第327 页。

④ "黄金时代"是指"从上世纪八十年代开始至三体危机出现时结束的美好时光"（从刘慈欣十八岁到《三体》第三部出版那年）。（参见刘慈欣：《三体Ⅱ·黑暗森林》，重庆出版社 2008 年版，第 276、333 页）

体》《末日之书》等少数几部作品除外。①

受够了这几部作品的精英们（他们不喜欢打麻将和台球，不喜欢看虚拟 S-EBA②，也不喜欢到"西部世界"③寻欢作乐，如章北海），为了打发无聊时间，只好去研读赫西俄德的《工作与时日·神谱》、张光直的《青铜挥麈》和达尔文的《人类的由来》④ 等等一大批近乎被遗忘了的著作。

24

我是太空里的一片尘埃云⑤，偶尔投影在未名湖、死海或贝加尔湖的湖心。⑥

---

① 电影《肖申克的救赎》（1994，蒂姆·罗宾斯主演）；电影《霸王别姬》（1993，张国荣主演）；《新金瓶梅》的作者不详，据传是淮汴笑笑生。《末日之书》的作者是美国科幻小说家康妮·威利斯。

② S-EBA 是 Super-Empire Basketball Association（超级—帝国篮球联赛）的缩写。

③ "西部世界"是根据公元 1973 年的同名电影于危机纪年 205 年建成的一个成人乐园（位于土卫二的一个狭长谷地），乐园中"生活着"一群仿生人，他们可以满足游客的一切欲望。

④ 参见［古希腊］赫西俄德：《工作与时日·神谱》，张竹明、蒋平译，商务印书馆 1991 年版。又参见张光直：《青铜挥麈》，上海文艺出版社 2000 年版。又参见［英］达尔文：《人类的由来》，潘光旦、胡寿文译，商务印书馆 1983 年版。

⑤ "尘埃云实际上就是一颗围着绕太阳运行的稀薄的巨型卫星，它的位置在运行中不断移动，一段时间后就会移出探测器可能通过的区域。"尘埃云可能比太阳还大。（刘慈欣：《三体Ⅱ·黑暗森林》，重庆出版社 2008 年版，第 346—347 页）

⑥ 徐志摩《偶然》："我是天空里的一片云/偶尔投影在你的波心。"

25

进入深海状态①的你将比蛟龙飞得还快，但同时也意味着你承受的重压和责任远远超过"蛟龙"号②。

26

刘慈欣说："没有永恒的敌人或同志，只有永恒的责任。"③

这句话很丘吉尔（斯大林不是他永恒的敌人，也不是他永恒的同志/朋友），很施米特（施米特说："所有政治活动和政治动机所能归结成的具体政治性划分便是朋友与敌人的划分。"④），很韦伯（在韦伯看来，以政治为志业的真人，"真诚而全心地对后果感到责任，按照责任伦理行事，然后在某一情况来临时说：'我再无旁顾；这就是我的立场。'这才是人性的极致表现，使人为之动容。"⑤）。

---

① 关于深海加速原理，参见刘慈欣：《三体Ⅱ·黑暗森林》，重庆出版社 2008 年版，第 350 页。

② 蛟龙是古代神话中的神兽。"蛟龙"号是中国载人潜水器的名称，最大下潜深度 7062 米（截至 2021 年 3 月）。"章北海悬浮在半透明的液体中，想起了两个世纪前在海军服役时深度潜水的经历。"（刘慈欣：《三体Ⅱ·黑暗森林》，重庆出版社 2008 年版，第 350 页）

③ 刘慈欣：《三体Ⅱ·黑暗森林》，重庆出版社 2008 年版，第 362 页。

④ ［德］卡尔·施米特：《政治的概念》，刘宗坤等译，上海人民出版社 2004 年版，第 106 页。

⑤ ［德］韦伯：《学术与政治》，钱永祥等译，广西师范大学出版社 2004 年版，第 272 页。

章北海和罗辑都展现了"人性的极致",担负起"永恒的责任"①。他们是纯粹的赤裸生命,是至高的神圣人。他们毫无保留地将自我献祭。他们无法被杀死。②

27

三大史学派:(1)僵尸学派(又称史料学派);(2)垃圾桶学派③(又称愤青学派,或后悔史学派④);(3)未来史学派。

未来史学派不但预言了大低谷和第二次文艺复兴,而且也预言了末日之战中人类的彻底失败和灭绝。⑤

28

舰队司令:"你把自己伪装成一个坚定的胜利主义者,

---

① 章北海说:"不管结果如何,必须尽责任,这是唯一的机会,所以我就做了。""作为军人……就只能后天下之乐而乐了。"(刘慈欣:《三体Ⅱ·黑暗森林》,重庆出版社2008年版,第363、374页)

② 参见〔意〕吉奥乔·阿甘本:《神圣人:至高权力与赤裸生命》,吴冠军译,中央编译出版社2016年版,第13页。

③ "在金字塔的中心曾经有一个中央空间,那里闪耀着不朽的光辉。而在我们文明的中央却只有一个深洞,那里正在倾倒历史的垃圾桶。"(〔法〕让·波德里亚:《断片集——冷记忆:1991—1995》,张新木、陈旻乐、李露露译,南京大学出版社2013年版,第147页)

④ 关于"后悔史学"或"遗憾史学",参见章永乐:《旧邦新造:1911—1917》,北京大学出版社2011年版,第12页。

⑤ 参见刘慈欣:《三体Ⅱ·黑暗森林》,重庆出版社2008年版,第401页。

你的伪装很成功。"

章北海："但常伟思将军几乎识破了我。"①

29

人生中，庸俗之辈包围，很难成功。② 是故，不得不伪装成坚定的"成功主义者""胜利主义者"，直接目的是名与利，间接目的（终极目的）是活着看到自己取得最后的胜利、真正的成功。

何谓真正的成功？就是像屈原、张衡、拉格朗日③、庞加莱以及自私的歌德那样。

为了逃避女人爱情的"猎捕"，已经成功了的歌德不得不跑到意大利旅居。一路上，他一直逃，一直逃。"凌晨三点，我就溜出卡尔斯巴德。不这样做，大家是不会放我走的。"④

---

① 刘慈欣：《三体Ⅱ·黑暗森林》，重庆出版社 2008 年版，第 355 页。

② 参见木心讲述：《文学回忆录》，广西师范大学出版社 2013 年版，第 151 页。

③ 拉格朗日（1736—1813）：法国数学家、物理学家。拉格朗日点又称平动点，在天体力学中是平面圆形限制性三体问题的 5 个特解。在每个由两大天体构成的系统中，按推论有 5 个拉格朗日点，但只有 2 个是稳定的，即小物体在该点处即使受外界引力的干扰，仍然有保持在原来位置处的倾向。每个稳定点同两大天体所在的点构成一个等边三角形。（参见刘慈欣：《三体Ⅱ·黑暗森林》，重庆出版社 2008 年版，第 432 页）

④ ［德］歌德：《意大利游记》，周正安等译，湖南文艺出版社 2006 年版，第 2 页。

30

上帝说要有光，于是有了光。① 上帝说要有东郭先生，于是有了东郭先生。② 上帝说要有中山狼，于是有了中山狼。

东郭先生糊涂。中山狼残忍。

光慈悲，它一视同仁，既照耀残忍的狼，亦照耀糊涂的东郭先生。

31

"什么是水滴?" "就是三体探测器，现在已经证明，它是一件送给人类的礼物，是三体世界祈求和平的表示。"③

可转眼之间——

什么! "火一样的约旦河"④ 被 "水滴" 点着了?!

———

① 参见刘慈欣:《三体Ⅱ·黑暗森林》，重庆出版社 2008 年版，第 359 页。

② "阳光计划"（接纳三体人进入地球社会）的支持者被冬眠者称为 "东郭族"。（刘慈欣:《三体Ⅱ·黑暗森林》，重庆出版社 2008 年版，第 358 页）

③ 刘慈欣:《三体Ⅱ·黑暗森林》，重庆出版社 2008 年版，第 373 页。

④ ［法］埃利克·奥森纳:《水的未来》，李欣译，吉林出版集团有限责任公司 2010 年版，第 175 页。

什么！"水滴"消灭了整个舰队?!（"毁灭你，与你何干?"①）

什么！"水滴"封死了太阳?!②

…………

别忘了"水是剧毒的"③。

别忘了"水滴石穿"。地球就是一块大石头。

别忘了一切生命注定要像水消失在水中。④

32

水滴闪电般冲来，在短短的十秒钟内，它就击穿了"恒河"号、"哥伦比亚"号、"正义"号、"马萨达"号、"质子"号、"炎帝"号、"大西洋"号、"天狼"号、"感恩节"号、"前进"号、"汉"号和"暴风雨"号十二艘恒星级巨舰。⑤

"恒河"号：代表印度人；永恒之神并不保佑人类。

"哥伦比亚"号：2003年2月1日，"哥伦比亚"号航

---

① 参见刘慈欣：《三体Ⅱ·黑暗森林》，重庆出版社2008年版，第381页。

② 参见刘慈欣：《三体Ⅱ·黑暗森林》，重庆出版社2008年版，第435页。

③ 刘慈欣：《三体Ⅱ·黑暗森林》，重庆出版社2008年版，第240页。

④ "后来他'死了'，他那淡淡的形象也就消失，仿佛水消失在水中。"（［阿根廷］豪尔赫·路易斯·博尔赫斯：《另一次死亡》，载《阿莱夫》，王永年译，上海译文出版社2015年版，第87页）

⑤ 刘慈欣：《三体Ⅱ·黑暗森林》，重庆出版社2008年版，第387页。

天飞机在得克萨斯州上空解体坠毁，7名宇航员全体遇难。

"马萨达"号：马萨达是犹太人的圣地，位于犹地亚沙漠与死海交界处的岩石山顶。

"质子"号：就战斗力而言，人类的"质子"和三体人的"质子"（智子）不在一个重量级上。

"炎帝"号：代表中国人；炎帝和黄帝被共同尊奉为中华民族人文初祖。

"感恩节"号：代表美国人；感激水滴没有杀绝之恩？

"暴风雨"号：莎翁有剧曰《暴风雨》。一滴水滴化作摧枯拉朽的暴风雨。"你我被丢进去，向着朝我们咆哮的大海哭泣。"①

33

李维："你是个冷血动物，肯定是后天下之疯而疯。"②

李维是谁？如何解读"李维"这一名字的隐喻？

提图斯·李维（公元前59—公元17），古罗马史家，著有《自建城以来》③。马基雅维利有专书论李维的《自建城以来》："最杰出的史书昭示于我们的，乃是古代的王国与共和国、君王与将帅、公民和立法者以及为自己的祖国

---

① ［英］威廉·莎士比亚：《暴风雨》，彭镜禧译，外语教学与研究出版社2016年版，第19页。

② 参见刘慈欣：《三体Ⅱ·黑暗森林》，重庆出版社2008年版，第389页。

③ 参见王焕生译本（多卷），中国政法大学出版社2009—2016年版。

而劳作者取得的丰功伟绩，它们受到赞美，却未见有人效仿。"① 李维确实不是冷血动物，马基雅维利才是（他的《君主论》是最高体现）。然而，冷血（冷峻）之人往往是智慧的，比如说，从下笔如有神的马基雅维利到变成蛇（一种冷血动物）、诱惑夏娃吃了善恶果的撒旦，皆是如此。"后天下之疯而疯"的人绝不是疯子（在天下人皆疯时异常清醒的人怎么可能是疯子？），而是混沌秩序的守护者。倘若罗马公民都具备马基雅维利般的"冷血"美德和智慧，罗马帝国是不会早早衰亡的。

李维：李白的维度。李白说："我是一名诗人，在饲养场的家禽人中教授人类的古典文学。"② 与他的命运相似，博尔赫斯也曾经因为得罪官方"被调离出图书馆而升任一个市场的家禽及家兔稽查员"③ （1946 年）。政治风波过后，博尔赫斯被任命为布宜诺斯艾利斯大学的英美文学教授（1956 年）。李白是杰出的北方古典诗人，博尔赫斯是伟大的南方现代诗人，两人选择通过一场决斗来裁定诗艺的高低（比神判更具操作性）。他们同时想："如果能在旷

① 参见［意］尼科洛·马基雅维里：《论李维》，冯克利译，上海人民出版社 2005 年版，第 43 页。

② 刘慈欣：《诗云》，载《梦之海——刘慈欣科幻短篇小说集Ⅱ》，四川科学技术出版社 2015 年版，第 45 页。

③ ［阿根廷］博尔赫斯：《自传随笔》，林一安译，载《世界文学》2001 年第 6 期。关于这事件，参见［英］埃德温·威廉森：《博尔赫斯大传》，邓中良、华菁译，华东师范大学出版社 2016 年版，第 340—342 页。

野上持刀拼杀，死于械斗，倒是一种解脱，是幸福，是欢乐。"① 是及时出现的刘慈欣制止了这场不必要的疯狂举动。

34

末日之战。"量子"号和"青铜时代"号成为这场大毁灭中仅有的幸存者。② 然而，黑暗战役继续——"青铜时代"号对"量子"号发起突然袭击。③ 这是必然的，生存资源有限，"一部分人死，或者所有人死"④。

在宇宙的另一边，"自然选择"号、"企业"号、"深空"号、"终极规律"号、"蓝色空间"号等五艘战舰之间也爆发了战争，"蓝色空间"号成为最后的胜利者，其他四艘像"量子"号一样变成废墟。

"青铜时代"号和"蓝色空间"号来自一个"光明"的世界，然而最终却变成了两艘黑暗之船。宇宙也曾经"光明"过——创世大爆炸之后的灰烬在黑暗中沉淀出重

① 参见 [阿根廷] 豪尔赫·路易斯·博尔赫斯：《南方》，载《杜撰集》，王永年译，上海译文出版社 2015 年版，第 92 页。
② 参见刘慈欣：《三体Ⅱ·黑暗森林》，重庆出版社 2008 年版，第396 页。
③ 参见刘慈欣：《三体Ⅱ·黑暗森林》，重庆出版社 2008 年版，第421 页。
④ 刘慈欣：《三体Ⅱ·黑暗森林》，重庆出版社 2008 年版，第416 页。

元素并形成了行星和生命。"黑暗是生命和文明之母。"①
神圣的黑暗。

35

为什么是"青铜时代"号活了下来?

因为青铜时代的人(青铜种族)"可怕而且强悍",
"心如铁石","从壮实的躯体、结实的双肩长出的双臂不
可征服"。② 因为青铜时代象征着人类的源初记忆,是人
类/文明的根。"源初记忆"和"根"是不应遗失的本源力
量。"这种本源的力量帮助塑造了某个个人的命运和某一
Volk(民族)的天命。"③ 尽管它是一种博物馆式的存在、
根茎式的存在、最隐蔽的存在,却与我们的生命息息相关。

　　海子:"夜草离离的种子/夜,黑而漫长/而夜果真
　　黑而漫长。"④

　　白居易:"离离原上草,一岁一枯荣。野火烧不

---

　　① 刘慈欣:《三体Ⅱ·黑暗森林》,重庆出版社 2008 年版,第 422—
423 页。

　　② [古希腊]赫西俄德:《工作与时日·神谱》,张竹明、蒋平译,
商务印书馆 1991 年版,第 5 页。

　　③ [美]查尔斯·巴姆巴赫:《海德格尔的根——尼采、国家社会主
义和希腊人》,张志和译,上海书店出版社 2007 年版,第 49 页。

　　④ 海子:《太阳·断头篇·第二幕　歌》,载西川编《海子诗全集》,
作家出版社 2009 年版,第 594 页。

尽，春风吹又生。"

刘慈欣："这些一模一样的白色球形空间充满了周围无限延伸的太空，宇宙就是无限的重复。"①

36

为什么"蓝色空间"号也活了下来？

因为它象征着未来的人（蓝色种族）从局促的地球之海走向寥廓的星辰大海（太空家园）的勇气和可能。海是蓝色的——最起码，我们地球人这样想象。卡尔·萨根在《暗淡蓝点：探寻人类的太空家园》一书中写道："蓝色光点上的孩子们从另一个太阳系的边缘，也许会用渴望的目光看着不断移动的明亮光点，它们实质上是被照耀得相当亮的行星。有些社区的居民们，在内心感受到古代人类对海洋和阳光的热爱，可能会开始奔向一个新太阳的明亮和温暖宜人的行星的漫长旅程。"②

里尔克："真的奇异，不再居于地球/不再习练几乎没有学成的习俗/不再将人类未来的意义赋予玫瑰……"③

---

① 刘慈欣：《三体Ⅱ·黑暗森林》，重庆出版社2008年版，第398页。
② ［美］卡尔·萨根：《暗淡蓝点：探寻人类的太空家园》，叶式辉、黄一勤译，人民邮电出版社2014年版，第331页。
③ ［奥］里尔克：《杜伊诺哀歌》，载《里尔克诗全集》（第一卷第三册），陈宁译，商务印书馆2016年版，第852页。译文有修正。

梅尔维尔："你让自己像君王一样端坐在土星的卫星之间。"①

卡尔·萨根："我们踮着脚跟穿过银河系/在宇宙中，就像在家里一样。"②

37

为何是"青铜时代"号被诱返航（直接后果是导致全体船员被判有罪），"青铜时代"号的目标甄别官史耐德冒死向"蓝色空间"号发出呼叫信号，警告"不要返航，这里不是家！"③，而不是相反？

因为"青铜时代"号象征过去，"蓝色空间"号属意未来。

这是"过去"对"未来"的牺牲、警告和鼓励。牺牲"过去"（不等于"遗忘"历史）是为了成就"未来"。

"史耐德"：历史、忍耐（牺牲）、大德。他是"目标甄别官"，清楚目标在哪里。

---

① ［美］梅尔维尔：《白鲸》，罗山川译，国际文化出版公司2006年版，第436页。译文有改动。

② 心理学先驱威廉·詹姆斯把宗教说成是一种"在宇宙中就像在家里一样的感觉"。（参见［美］卡尔·萨根：《暗淡蓝点：探寻人类的太空家园》，叶式辉等译，人民邮电出版社2014年版，第342页）

③ 刘慈欣：《三体Ⅲ·死神永生》，重庆出版社2010年版，第88页。

38

（1）黑暗对话

"这是人类第一次真正进入太空。"

"你是说，这种环境下，人将变成新人？"

"是新人吗？不，中校，人将变成……非人。"

"太邪恶了！太邪恶了！太邪恶了！"

"我们变成魔鬼了！我们变成魔鬼了！我们变成魔鬼了！"①

但第二伊甸园只能容下数量有限的人，总得有人去死。

确实有一大批人不情愿地死了（被杀了）。剩下的活人把死去的人烹调成了食物。

（2）审判现场

法官："他们知道吃的是什么吗？"

洛文斯基："当然。"

法官："这种行为已经打破了人类的道德底线。"

洛文斯基："当时有另外的道德底线……考虑到未来漫

---

① 刘慈欣：《三体Ⅱ·黑暗森林》，重庆出版社 2008 年版，第 410、417 页。

长的旅程，把那么多宝贵的蛋白质资源抛弃在太空中不加以利用，才是打破了道德底线……"

法官："……"

斯科特舰长的最后陈述："我没有太多可说的，只有一个警告：生命从海洋登录陆地是地球生物进化的一个里程碑，但那些上岸的鱼再也不是鱼了；同样，真正进入太空的人，再也不是人了。所以，人们，当你们打算飞向外太空再也不回头时，请千万慎重，需付出的代价比你们想象的要大得多……"①

刘慈欣"青铜时代"号舰长的名字设定为"斯科特"并非偶然。

斯科特舰长的名字源于英国探险家罗伯特·斯科特，他是有史以来第二位抵达南极点的人——被挪威探险家罗阿尔德·阿蒙森抢先，后者抵达南极点仅比他早一个月。1912 年 3 月 29 日，斯科特在返回南极洲边缘的路上遇难。1957 年美国将设立在南极点的考察站命名为"阿蒙森—斯科特站"，以纪念这两位伟大的探险家。

39

让一个正常人接受刘慈欣在此探讨的"非人"道德太

---

① 刘慈欣：《三体Ⅲ·死神永生》，重庆出版社 2010 年版，第 86—87 页。

难了。毕竟，他们没有跨进过刘慈欣跨进过的太空。

有两种"非人"：（1）以发展之名而巩固的系统的非人性；（2）以其心灵为质押的、无比隐秘的非人性。①

不应将这两种截然不同的"非人"混淆起来。

马克思所言的"人的异化"属于前一种："劳动所生产的对象，即劳动产品，作为异己的东西，作为不依赖于生产者的独立力量，是同劳动对立的。……劳动的这种现实化表现为劳动者的非现实化，对象化表现为对象的丧失和为对象所奴役，占有表现为异化、外化。"②

"青铜时代"号船员的"非人"性则属于后一种。它"以心灵为质押"，又"无比隐秘"，很难用清晰化的理论语言予以表达，刘慈欣为我们提供了一种清晰的形象语言。

大写的人立足于凝重的大地③，大写的非人把目光投向暴烈的太空。④

---

① 参见［法］利奥塔：《非人：漫谈时间》，夏小燕译，西南师范大学出版社 2019 年版，第 6 页。

② ［德］马克思：《1844 年经济学—哲学手稿》，刘丕坤译，人民出版社 1979 年版，第 44 页。着重号为原文所有。自工业化时代迄今，人为机器系统（想一想卓别林电影《摩登时代》）和网络系统（我们现代人，还能离开手机和网络吗？）所操控，渐渐地异化为"非人"了。

③ 参见张文喜：《马克思论"大写的人"》，社会科学文献出版社 2004 年版。

④ "我用这些去造光速飞船，为了你的理想，为了大写的人。"（刘慈欣：《三体Ⅲ·死神永生》，重庆出版社 2010 年版，第 342 页）

40

超人是一种大写的"非人"，也是大写的"罪人"。如果"青铜时代"号的船员是有罪的，应该受到审判，那么，莱喀古士①、梭伦②、拿破仑等等这些人类的立法者和规章制度的创立者更应该受到审判，因为他们不会面对流血而停步不前，"只要流血（有时流血的完全是无辜的）能帮助他们成功"，"这些人类的恩人和规章制度的创立者，大多数都是血流成河的特别可怕的屠夫。总而言之，我的结论是，所有的人，不只是那些伟人，就连那些稍稍超越常轨的人，也就是说，甚至那些稍稍能提出一点新见解的人，按其天性来说，都必定是罪犯，——当然，或多或少，程度不一"③。

刘慈欣不在此处所言的"罪犯"之列。

说他是"罪犯"（"非人"）亦未尝不可——他已经在思想上杀过太多人了。尽管他不享有主权意义上的立法权（比不得穆罕默德、拿破仑，甚至不如一位美国参议员），但他是"思想上的立法者"（"思想上的诛心者"），因而更"可怕"。

---

① 莱喀古士（前 9 世纪—前 8 世纪）：传说中古斯巴达的立法者。
② 梭伦（约前 638—约前 559）：古希腊雅典的执政官、立法者。
③ ［俄］陀思妥耶夫斯基：《罪与罚》，曾思艺译，上海三联书店 2015 年版，第 285 页。

对诛心者进行诛心是最严厉的惩罚，然而，具备这种超能力的人太少太少。

诛心者与诛心者往往惺惺相惜。

41

"自然选择"的概念也好，"人择原理"① 也罢，都是智性美存在缺憾的人类半醒半睡时的呓语。②

42

彻底的民主（"全体公民讨论和表决"③）固然不足以应付突发灾难（尤其在太空中），但极端的专制（极权主义）也是不足取的（最起码是不完美的）。理想宪制不能不是混合宪制，但是，在民主与专制、共和与君主的元素混搭中，比例各为多少最恰宜呢？而且，这种比例即使确定下来也是暂时的，必须动态调整的，"需要经历一个漫长的实践和探索的过程才能为星舰地球找到合适的社会模式"④。

---

① 参见刘慈欣：《三体Ⅱ·黑暗森林》，重庆出版社 2008 年版，第 403 页。

② 叶芝说："智性美不仅让快乐的亡者执行它的意志，而且让执行的心灵赋予他的诗歌一种无根的幻想。"（［爱尔兰］威廉·巴特勒·叶芝：《生命之树》，苏艳飞译，四川文艺出版社 2015 年版，第 79 页）

③ 刘慈欣：《三体Ⅱ·黑暗森林》，重庆出版社 2008 年版，第 405 页。苏格拉底就是被公民大会表决处死的。

④ 刘慈欣：《三体Ⅱ·黑暗森林》，重庆出版社 2008 年版，第 405 页。

43

希特勒用五年时间才建立起一个"极权社会"，高中教师罗恩·琼斯只用了五天就在班上用模拟的方式建立了一个极权社会（"极权只需五天"）①，而当人类流落太空时，"极权只需五分钟"②。我们亟须弄懂极权（往往与"纳粹""法西斯"混同）发生的外部环境和隐秘的心理机制③，而不是对之进行情感性的排斥和辱骂。"由于感情充斥而真正意义缺乏，法西斯主义已经成为政治语汇当中最滥用和用以辱骂的一个语词"，然而，"法西斯主义是现代性的一种特征"，"仍未寿终正寝"。④ 我们每个人都是具有"破坏性潜质"的潜在的"法西斯分子"。⑤

---

① 参见刘慈欣：《三体Ⅲ·死神永生》，重庆出版社 2010 年版，第 84—85 页。这是 1967 年 4 月发生在美国加利福尼亚州一所高中的真实实验。1981 年，美国小说家托德·斯特拉瑟以之为素材创作了小说《浪潮》（于素芳译，中国商务出版社 2018 年版）。2008 年，德国导演丹尼斯·甘瑟尔根据小说拍摄了同名电影。

② 刘慈欣：《三体Ⅲ·死神永生》，重庆出版社 2010 年版，第 85 页。

③ 参见［奥］威尔海姆·赖希：《法西斯主义群众心理学》，张峰译，重庆出版社 1990 年版。又参见［法］勒庞：《乌合之众：大众心理研究》，冯克利译，中央编译出版社 2004 年版。又参见［美］阿伦特：《极权主义的起源》，林骧华译，生活·读书·新知三联书店 2008 年版，第 399—439 页。

④ ［英］马克·尼古拉斯：《法西斯主义》，袁柏顺译，吉林人民出版社 2007 年版，前言第 3—4 页。

⑤ "民主变成了比专制更可怕的东西"，"包括法西斯主义在内的形形色色的垃圾，从被埋葬的深坟中浮上表面成为主流"。（刘慈欣：《三体Ⅲ·死神永生》，重庆出版社 2010 年版，第 162 页）

44

人类一旦面临严重的"例外状态",与其正常的政治身份或公民身份分离(如刘慈欣笔下与地球脱离联系的星舰社会),就易陷入极端的不安、心理脆弱①甚至疯狂之中。兽性、本能以及对绝对权威(克里斯马型的"精神领袖"——它扮演了父亲、国父的角色)的渴望就会发挥在日常社会中难以呈现的巨大力量。在作为现代性之特征的生命政治的视野中,科学家、心理医生、星际船员活动于其间的真空地带(非人状态、例外状态),在某种程度上是只有至高统治者才能进入的。②

45

严复说:"制无美恶,期于适时;变无迟速,要在当可。"③

大立法者和太空新人类都有必要重温这十六个字。

晚清时期是中国的危机时刻(例外状态),当时的政

---

① "第二战勤部的心理军官们除了对有'N问题'(Nostalgia,思乡病)迹象的对象进行积极心理辅导和调节外,还准备了应付大规模群体性心理灾难的极端措施:对失控的人群进行强制冬眠隔离。"(刘慈欣:《三体Ⅱ·黑暗森林》,重庆出版社 2008 年版,第 408 页)

② 参见[意]吉奥乔·阿甘本:《生命的政治化》,严泽胜译,载汪民安主编《生产(第二辑)》,广西师范大学出版社 2005 年版,第 252 页。

③ 严复:《宪法大义》,载卢云昆编选《社会剧变与规范重建——严复文选》,上海远东出版社 1996 年版,第 255 页。

治、思想精英对危机、变革、宪制、自然的公理、经与权、国际法与主权、皇权与大一统、"集体的能力"与"控制的集中化"等问题的探讨①仍未过时，今人尚未超越。

46

我不下地狱，谁下地狱？你不上天堂，谁上天堂？

没关系的，谁上天堂都一样。——这样说，有点诓人、不负责任，因为我并非传统意义上的有神论者。

47

"亚当"号战舰的覆灭。②

第一伊甸园和第二伊甸园③（还会有第三伊甸园）。

衣服上的古典《圣经》画："赤裸的亚当和夏娃"。④

这些都隐喻着人类又回到创世之初。

---

① 一个系统而深刻的探讨，参见汪晖：《现代中国思想的兴起》（上卷第二部《帝国与国家》；下卷第一部《公理与反公理》），生活·读书·新知三联书店 2004 年版。

② 参见刘慈欣：《三体Ⅱ·黑暗森林》，重庆出版社 2008 年版，第385 页。

③ 参见刘慈欣：《三体Ⅱ·黑暗森林》，重庆出版社 2008 年版，第411 页。

④ 参见刘慈欣：《三体Ⅱ·黑暗森林》，重庆出版社 2008 年版，第425 页。

48

你错了，宇宙是很大，但生命更大。①

你错了，莫斯科确实没有住宅。②

你错了，中国的诗人和小说家不是太少，而是太多了。

你错了，比光速还快的涟漪是存在的。③

你错了，拓扑和抽象数学固然艰深④，但人际伦理学更加艰深。

你错了，婴儿宇宙上也举行性派对的。⑤

你错了，确实有一个人的生命轨迹是倒着运行的，最

---

① 刘慈欣：《三体Ⅱ·黑暗森林》，重庆出版社 2008 年版，第 442 页。

② "我要对所有居住在柏林、巴黎、伦敦和别处的人说，莫斯科没有住宅。那里的人们怎么生活呢？就这么生活呗。"（［俄］布尔加科夫：《莫斯科：时空变化的万花筒》，徐昌翰译，百花文艺出版社 2018 年版，第 124 页）

③ 参见［英］乔奥·马古悠：《比光速还快——爱因斯坦错了!?》赵文译，湖南科学技术出版社 2005 年版，第 149 页。

④ "拓扑和抽象代数：理解数学的两种途径。"（［德］H.外尔：《诗魂数学家的沉思》，袁向东等编译，江苏教育出版社 2008 年版，第 40 页）

⑤ "裸体的人，这是超级性派对"；因为技术爆炸，"即使我仅仅是婴儿文明或萌芽文明，对你来说也是充满危险的"。（刘慈欣：《三体Ⅱ·黑暗森林》，重庆出版社 2008 年版，第 429、445 页）

后变成婴儿。①

你错了，恐龙也曾尝试逃离地球，但失败了。②

你错了，拉美是有很多总统，但玉米人③、幻影兽④、被蚂蚁拖回巢的孩子⑤、在肉色的地平线上跳跃的蜥蜴⑥、溶于雨中的火焰⑦、眼中的机器、从另一个星球上的墨洛

---

① "这之后，他就陷入了一片黑暗之中。他连婴儿床、牛奶的香味和那些在他头上晃动的模糊面孔，这所有的东西都忘却了。一切归于虚无。"（［美］菲茨杰拉德：《本杰明·巴顿奇事：菲茨杰拉德中短篇小说选》，柳如菲译，立信会计出版社 2012 年版，第 65 页）"人生回到了从母腹出生时最单纯的状态。"（刘慈欣：《三体Ⅲ·死神永生》，重庆出版社 2010 年版，第 452 页）

② 参见［意］伊塔洛·卡尔维诺：《恐龙》，载《宇宙奇趣全集》，张密、杜颖、翟恒译，译林出版社 2012 年版，第 82—83 页。

③ 参见［危地马拉］米盖尔·安赫尔·阿斯图里亚斯：《玉米人》，刘习良、笋季英译，上海译文出版社 2013 年版。阿斯图里亚斯（1899—1974）是 1967 年诺贝尔文学奖得主。

④ 参见［危地马拉］米盖尔·安赫尔·阿斯图里亚斯：《危地马拉传说》，梅莹译，上海译文出版社 2016 年版，第 31 页。

⑤ "那孩子只剩下一张肿胀干瘪的皮，全世界的蚂蚁一起出动，正沿着花园的石子路把他拖回巢去。""她看见蚂蚁横扫花园，受远古的饥饿驱使啃食家中的一切木制品获得餍足，看见有生命的岩浆洪流再次席卷长廊……"（［哥伦比亚］加西亚·马尔克斯：《百年孤独》，范晔译，南海出版公司 2011 年版，第 349、358 页）

⑥ 参见［智利］罗贝托·波拉尼奥：《地球上最后的夜晚》，赵德明译，上海人民出版社 2013 年版，第 97 页。

⑦ 参见［智利］罗贝托·波拉尼奥：《遥远的星辰》，张慧玲译，上海人民出版社 2016 年版，第 145 页。

温王朝降临的骑士①、魔法般的圈子②、独自对着飘飘欲仙的黄昏讲授战后悲观主义哲学家的思想的小店员③、长得像死神的女孩④、倒置的达尔文之梯、催眠梦游者、科学吸血学教授、定时死亡的医生和无政府主义城市⑤更多。

你错了，生命是很大，但宇宙更大。

你错了，说"生命是很大，但宇宙更大"的那个家伙并不是一个悲观主义者，其乐观程度仅次于明天的太阳⑥。

49

同归于尽战略⑦为的是求生，而非求死。

---

① 参见［智利］罗贝托·波拉尼奥：《美洲纳粹文学》，赵德明译，上海人民出版社 2014 年版，第 67 页。墨洛温王朝是法兰克王国的第一个王朝（481—751）。

② 参见［古巴］阿莱霍·卡彭铁尔：《时间之战》，陈皓译，上海文艺出版社 2015 年版，第 28 页。

③ 参见［智利］伊莎贝拉·阿连德：《幽灵之家》，刘习良、笋季英译，译林出版社 2007 年版，第 211—212 页。

④ 参见［智利］米斯特拉尔：《你是一百只眼睛的水面》，赵振江译，北京燕山出版社 2017 年版，第 149 页。米斯特拉尔（1889—1957）是智利女诗人，1945 年诺贝尔文学奖得主，也是第一位获得该奖的拉美人。

⑤ 参见［美］费雷拉编著：《拉美科幻文学史》，穆从军译，百花文艺出版社 2016 年版，第 119、199、249、261、262 页。

⑥ "太阳快落下去了，你们的孩子居然不害怕？""当然不害怕，她知道明天太阳还会升起来的。"（刘慈欣：《三体Ⅱ·黑暗森林》，重庆出版社 2008 年版，第 470 页）

⑦ 参见刘慈欣：《三体Ⅱ·黑暗森林》，重庆出版社 2008 年版，第 448 页。

以"热忱"贴近的方式实现相互摆脱。① 以建构同一性的方式超克同一性。以杀死抽象的方式赢得具体生存。

50

你还没有向三体、两种存在之流的差异②以及"抽刃向更弱者的怯者"③ 发出威胁性咒语，怎么能失去愤怒的能力呢④?!

51

A：知道开辟了革命新纪元的西柏坡吗?⑤

B：知道。

A：知道把酒上青天的苏东坡吗?

B：知道。

---

① 参见〔法〕亚历山大·科耶夫:《黑格尔导读》，姜志辉译，译林出版社 2005 年版，第 15 页。

② 参见〔德〕斯宾格勒:《西方的没落》(第二卷)，吴琼译，上海三联书店 2006 年版，第 319 页。

③ "强者愤怒，抽刃向更强者;怯者愤怒，却抽刃向更弱者。"〔鲁迅:《杂感》，载《鲁迅杂文全集》(上)，北京燕山出版社 2011 年第 2 版，第 198 页〕

④ "'我的心已是一堆燃烧过的灰烬，没有愤怒的能力了。'罗辑靠在沙发上懒洋洋地说。"(刘慈欣:《三体Ⅱ·黑暗森林》，重庆出版社 2008 年版，第 449 页)

⑤ 参见刘慈欣:《三体Ⅱ·黑暗森林》，重庆出版社 2008 年版，第 450 页。

A：知道同阿姆斯特朗、奥尔德林一起登月的爱伦·坡吗？①

B：病逝于 1849 年的他，登过月？

52

民众对"用抽签方式决定首批十万名逃亡人选"方案的支持及随后的反悔（因自己没有被抽中而反悔，"公众转而一致认为逃亡主义是反人类的罪恶"）②，对罗辑态度的迅速转变（"他在公众眼中的形象由一个救世主渐渐变成普通人，然后变成大骗子"，"不时有城里来的人群聚集在罗辑所住的楼下，对他起哄嘲骂，还向他的窗子扔石块"③），都切切表明了民众的喜怒无常以及"众意"不应取代"公意"。"公益只着眼于公共的利益，而众意则着眼于私人的利益，众意只是个别意志的总和"，"人们总是

---

① 阿姆斯特朗是人类登月第一人，他的搭档奥尔德林是第二人（1969 年）。爱伦·坡写过一篇为《汉斯·普法尔登月记》的科幻小说，其想象力令人惊叹，小说结尾还夫子自道："《汉斯·普法尔登月记》的构思是新颖的，因为（只要这种异想天开的主题允许），作者就尽可能逼真地把科学原理运用于从地球到月球的实际航行。"（参见《爱伦·坡暗黑故事全集（上册）》，曹明伦译，湖南文艺出版社 2013 年版，第 186—225 页）"大低谷之后，一大批古代的作家和作品失传了，其中就包括爱伦·坡。"（刘慈欣：《三体Ⅲ·死神永生》，重庆出版社 2010 年版，第 310 页）

② 参见刘慈欣：《三体Ⅱ·黑暗森林》，重庆出版社 2008 年版，第 427 页。

③ 刘慈欣：《三体Ⅱ·黑暗森林》，重庆出版社 2008 年版，第 456 页。

愿意自己幸福，但人们并不总是能看清幸福"。①

53

卢梭说："任何人拒不服从公益的，全体就要迫使他服从公益。这恰好就是说，人们要迫使他自由。"

卢梭因这句话被人斥责为"极权主义的鼻祖之一"。

54

异质化的天才和同质化的大众②都是可怕的，尽管两种"可怕"的性质及后果截然不同。

55

"为自己挖墓"③ 的人有福了。

超越生死逻辑的人有福了。

在山楂树④旁边培植菩提树幼苗的人有福了。

---

① ［法］卢梭：《社会契约论》，何兆武译，商务印书馆 1980 年版，第 39 页。

② "一个同质化的大众正在公共政治生活中发挥着越来越重要的作用，他们压垮并摧毁每一个反对派。一旦看到大众那紧凑、麇集的外表，谁还会信任它呢?"（［西班牙］奥尔特加·加塞特：《大众的反叛》，刘训练、佟德志译，吉林人民出版社 2004 年版，第 71 页）

③ 刘慈欣：《三体Ⅱ·黑暗森林》，重庆出版社 2008 年版，第 459 页。

④ 罗辑"无奈地听着《山楂树》消失在冰冷的雨夜中"。（刘慈欣：《三体Ⅱ·黑暗森林》，重庆出版社 2008 年版，第 458 页）

56

"如果我做错了什么，对不起。"罗辑对蚂蚁说。①

"如果我发动的'最后对决'真的一语成谶，对不起。"罗辑对大不列颠巨石阵说。

"如果我的审慎行动导致客观与主观时间合一，现实世界也因此裂变成三份虚幻的映像，对不起。"罗辑对与他对视的蒙娜丽莎说。

57

《时间之外的往事》② 是时间之内的局外人书写的。

58

刘慈欣："这些文字本来应该叫历史的，可笔者能依靠的，只有自己的记忆了，写出来缺乏历史的严谨。"③

历史：history，本义为"他的故事""人类的故事"。

所有历史都是人写的，是一种记忆，一种主观性叙事，所谓"客观""严谨"只是一种神话。

---

① 刘慈欣：《三体Ⅱ·黑暗森林》，重庆出版社 2008 年版，第 461 页。

② 刘慈欣：《三体Ⅲ·死神永生》，重庆出版社 2010 年版，第 1 页。

③ 刘慈欣：《三体Ⅲ·死神永生》，重庆出版社 2010 年版，第 1 页。

　　关于历史是艺术还是科学的讨论①是无聊的，因为历史、艺术和科学是三位一体的关系，是"三"，更是"一"。最好的历史学家一定是艺术家（文学家），如司马迁、爱德华·吉本②、特奥多尔·蒙森③。卓越的文学家大都具备广博的历史和科学知识，如鲁迅④、刘慈欣。顶尖的科学家一定是诗人，如爱因斯坦、杨振宁。一个人可以既用数字（和公式）又用语词来感知事物。⑤ 数字和语词栖息在花草、树木、矿物、蚂蚁和人类中间⑥，滞留于哈勃望远镜的视野之内。

----

　　① 参见［美］海登·怀特：《旧事重提：历史编撰是艺术还是科学?》，陈恒译，载陈启能、倪为国主编《书写历史（第一辑）》，上海三联书店2003年版，第19—31页；［法］马克·布洛赫：《历史学家的技艺》，张和声、程郁译，上海社会科学院出版社1992年版，第23—24页。

　　② 爱德华·吉本（1737—1794）：英国历史学家，代表作是《罗马帝国衰亡史》。

　　③ 特奥多尔·蒙森（1817—1903）：德国历史学家，代表作是《罗马史》。他是1902年诺贝尔文学奖得主。

　　④ 鲁迅最初是个"理工男"（学开矿和医学）。关于他的科学著作，参见陈漱渝、王锡荣、肖振鸣编《科学论著集》（鲁迅著作分类全编），广东人民出版社2018年版。

　　⑤ "一个人不能既用数字又用语词来感知事物。"（［法］马克·布洛赫：《历史学家的技艺》，张和声、程郁译，上海社会科学院出版社1992年版，第24页）

　　⑥ "语言并不是一个任意的体系；它被置于世上并成为世界的一部分"，"物本身像语言一样隐藏和宣明了自己的谜"。（［法］米歇尔·福柯：《词与物——人文科学考古学》，莫伟民译，上海三联书店2001年版，第47页）

59

妓女是距圣女最远的女人①，也是最近的女人。

妓女索尼娅的爱复活了杀人犯拉斯柯尔尼科夫。他俩在《福音书》的注视和祝福下合一了，也就是说，生活与思辨合一了。②

60

《三体》："在塔的二层，被剑钉在墙上的女魔法师（狄奥伦娜）死了，她可能是人类历史上唯一真正的魔法师。"③

她之所以是"唯一真正"的魔法师，恰恰因为她偶然发现并借助了高维碎块的力量。

亚瑟·C.克拉克说："任何足够高深的科技看起来都与魔法无异。"④

牛顿不是最后的大魔法师⑤，爱因斯坦也不是。最后

---

① 刘慈欣：《三体Ⅲ·死神永生》，重庆出版社 2010 年版，第 7 页。

② 参见［俄］陀思妥耶夫斯基：《罪与罚》，曾思艺译，上海三联书店 2015 年版，第 608—609 页。

③ 刘慈欣：《三体Ⅲ·死神永生》，重庆出版社 2010 年版，第 13 页。

④ 转引自［美］加来道雄：《不可思议的物理》，晓颖译，上海科学技术文献出版社 2009 年版，第 3 页。

⑤ 2014 年英国 BBC 曾制作了一个纪录片：《艾萨克·牛顿：最后的魔法师》。又参见［英］迈克尔·怀特：《最后的炼金术士：牛顿传》，中信出版社、辽宁教育出版社 2004 年版。

的大魔法师尚未降生——"最后"是什么时候？

61

"日常世界反而成了美丽的外表，它所包容的微观和包容它的宏观可能更加混乱和丑陋。"[1]

日常世界如此多娇，引无数市民竞折腰。唯大英雄能看透生存的丑陋本质。

刘慈欣曾谈过短篇科幻小说《耳朵》，作者是一位名不见经传的作家史蒂夫·里斯伯格。讲的是一个营养不良的双胞胎孕妇，医生告诉她两个胎儿只能存活一个。小说前半部分描写诊断细节，平平淡淡，但后半部分，震撼人心的细节出现了：当医生仔细观察孕妇的超声波照片时，看到两个胎儿为争夺生存权进行着残酷的搏斗，其中一个胎儿正在用脐带把另一个勒死。[2]

62

大自然真是自然的吗？[3] 罗辑真是只讲逻辑的人吗？安乐死真的既安且乐？

———————————

① 刘慈欣：《三体Ⅲ·死神永生》，重庆出版社 2010 年版，第 14 页。
② 参见刘慈欣：《混沌中的科幻》，载《刘慈欣谈科幻》，湖北科学技术出版社 2014 年版，第 81 页。
③ 刘慈欣：《三体Ⅲ·死神永生》，重庆出版社 2010 年版，第 18 页。

63

有时是"佛度有缘人"①，有时是"有缘人度佛"，有时是"有缘人遇佛杀佛"。

64

购买一颗恒星赠给恋人是浪漫的。②

创作一本题为《地球往事》的科幻小说赠给不堪回首的往事是浪漫的。

邂逅一位诞生在俄罗斯小村庄且名字叫艾萨克的犹太人③是浪漫的。目睹他抨击犹太至上主义者尤其浪漫。④

65

云天明购买的恒星编号为"DX3906"⑤。

---

① 刘慈欣：《三体Ⅲ·死神永生》，重庆出版社 2010 年版，第 25 页。
② 参见刘慈欣：《三体Ⅲ·死神永生》，重庆出版社 2010 年版，第 31 页。
③ 指著名科幻小说家艾萨克·阿西莫夫。牛顿的名字也叫艾萨克（艾萨克·牛顿）。
④ 犹太人阿西莫夫并不因为反犹主义的广泛存在而义愤填膺、丧失了政治理性，他说："迫害仅仅证明受迫害的群体是弱势群体。如果他们（犹太人）是强势群体的话，就我们所知他们也可能是迫害别的群体的人。"（［美］阿西莫夫：《人生舞台：阿西莫夫自传》，黄群等译，上海科技教育出版社 2014 年版，第 21 页）
⑤ 参见刘慈欣：《三体Ⅲ·死神永生》，重庆出版社 2010 年版，第 31 页。

DX 的小写为 d（x），代表对 x 求积分。对应了数理天文学和三体问题（庞加莱）。

D，大（Da），大刘；X，欣（Xin），慈欣。

刘慈欣出生于 1963 年，所以恒星编号出现了"3""9""6"三个数字。为什么用"0"取代了"1"？因为"0"是比"1"更关键的数，意味着"虚无"、创世之前的"混沌"，意味着"道"（道生一，一生二，二生三，三生万物）。①

66

刘慈欣："大多数人，到死都没向尘世之外瞥一眼。"②

岂止没向尘世之外瞥一眼，他们尽管天天更衣、照镜子，却从未真正照过镜子——在镜子中发现真实的自己、非人的自己。

67

潜伏人间的科幻精灵必须熟谙镜子的隐喻、但丁密码学（一种强加密技术）以及真名实姓的魔法政治学。③

---

① 参见［美］查尔斯·塞弗：《神奇的数字零》，杨立汝译，海南出版社 2017 年版。

② 刘慈欣：《三体Ⅲ·死神永生》，重庆出版社 2010 年版，第 32 页。

③ 参见［美］弗诺·文奇等：《真名实姓》，李克勤、张羿译，北京联合出版公司 2019 年版，第 97、163 页。

68

PIA（行星防御理事会战略情报局）局长托马斯·维德"脸上的线条很古典"，"像从后面的油画中搬出来的一座冰冷的雕像"。①

相由心生。"古典"一词引人联想到的是宁静安详之物。②

托马斯·维德是危机纪元的青铜圣斗士③、"加莱义民"④，一位对真正教诲和正确方法心领神会的政治哲人⑤。

69

望月者（猿人）在空间中实现了直立行走，学会了使用和制造工具，驯服了火，创造出科学、哲学、宗教以及

---

① 刘慈欣：《三体Ⅲ·死神永生》，重庆出版社 2010 年版，第 42 页。

② 参见［美］雅克·巴尊：《古典的，浪漫的，现代的》，侯蓓译，江苏教育出版社 2005 年版，第 34 页。

③ 青铜圣斗士是日本著名漫画《圣斗士星矢》中的角色，是隶属于女神雅典娜的圣斗士等级之一。

④ 《加莱义民》是法国雕塑家罗丹的代表作之一。14 世纪百年战争时期，英军即将攻陷法国加莱市。经过谈判，英方提出加莱必须选出六位高贵的市民任由他们处死，全城百姓才能保全。有六位市民主动站了出来，为全城牺牲自我。

⑤ 参见［美］施特劳斯著，［美］潘戈编《古典政治理性主义的重生》，郭振华译，华夏出版社 2011 年版，第 97 页。

先进的武器。人类正式登场，从此，他"活在借来的时间里了"①。然后是望月者的后代发明飞船，成功登月，发明冬眠术，实现人类"在时间上的首次直立行走"②。再然后，自然而然是勇赴时空之外的世界，帮爱因斯坦雪耻，迎击"归零者"③，躲避宇宙之死。④

70

程心本是无名之辈⑤，是《三体》让她名闻天下。

狄金森本是无名之辈，是《无名之辈》让她名闻天下。⑥

玛丽·斯可罗多夫斯卡本是无名之辈，是镭和钋以及

---

① ［英］阿瑟·克拉克：《2001：太空漫游》，郝明义译，上海人民出版社 2014 年第 2 版，第 40—41 页。

② 刘慈欣：《三体Ⅲ·死神永生》，重庆出版社 2010 年版，第 51 页。

③ "对于归零者来说，它们的事业最终将由宇宙本身来完成。"（刘慈欣：《三体Ⅲ·死神永生》，重庆出版社 2010 年版，第 478 页）

④ 参见［美］加来道雄：《超越时空——通过平行宇宙、时间卷曲和第十维度的科学之旅》，刘玉玺、曹志良译，上海科技教育出版社 2009 年版，第 32、155 页。

⑤ 参见刘慈欣：《三体Ⅲ·死神永生》，重庆出版社 2010 年版，第 55 页。

⑥ 美国最杰出的女诗人艾米莉·狄金森终生未婚，生前只发表了 7 首诗、默默无闻（她为世人共留下 1800 首诗）。《我是无名之辈，你是谁?》是狄金森的代表作之一，参见［美］狄金森：《狄金森诗选：英汉对照》，江枫译，外语教学与研究出版社 2012 年版，第 95 页。

两次诺贝尔奖让她成为名闻天下的居里夫人。①
・・・・・・

71

威慑纪元②——何谓威慑？威慑是一种平衡。

曼德维尔早就说过，平衡总是以恶对恶的平衡。③ 俄、
中、美三国若无邪恶武器（核武器），便无法相互威慑④，
・・・・
平衡也就成了空话。执剑人罗辑和程心手中执掌的"剑"
（引力波宇宙广播系统）是邪恶武器，也是维持三体文明
和地球文明之间平衡的利器。当引力波宇宙广播系统被三
体人彻底摧毁，黑暗森林威慑也就终止了⑤，地球人只剩
下被奴役和被强迫自由的自由了。
・・・・・・・・

72

曼德维尔曾经因为传播"邪恶学说"被大陪审团提起

---

① 玛丽·斯可罗多夫斯卡是居里夫人的本名。居里夫人是 1903 年诺
贝尔物理学奖和 1911 年诺贝尔化学奖得主。

② 刘慈欣：《三体Ⅲ·死神永生》，重庆出版社 2010 年版，第 77 页。

③ 参见 [法] 让·波德里亚：《冷记忆：2000—2004》，张新木、姜
海佳译，南京大学出版社 2013 年版，第 75 页。

④ "人们现在的希望就是：黑暗森林威慑能够出现像 20 世纪的核威
慑那样美好的结局。"（刘慈欣：《三体Ⅲ·死神永生》，重庆出版社 2010 年
版，第 99 页）

⑤ 参见刘慈欣：《三体Ⅲ·死神永生》，重庆出版社 2010 年版，第
140 页。

公诉，被文明社会的绅士抨击为犯有"滔天大罪"。①

若荷兰人写《三体》，执剑人的名字不叫罗辑，叫曼德维尔。

若阿尔勒的蜜蜂写《三体》②，执剑人的名字不叫罗辑，叫法布尔③（或者叫埃菲尔④）。

73

威慑博弈学——混沌学之后的一门新学科。⑤

创始人为纳什博士。一颗美丽的心灵。⑥ 一个死于智子制造的车祸的数学家、先知和精神病人。⑦

---

① 参见［荷］伯纳德·曼德维尔：《蜜蜂的寓言：私人的恶德，公众的利益》，肖聿译，中国社会科学出版社 2002 年版，第 6 页。

② 阿尔勒是法国南部小城，凡·高曾在此写生、绘画，留下两百多幅画作。

③ 法布尔（1823—1915）是法国著名文学家、昆虫学家，著有《昆虫记》等。

④ 埃菲尔（1832—1923）是法国建筑师、土木工程师，代表作有埃菲尔铁塔、美国自由女神像、布达佩斯火车站等。

⑤ 参见刘慈欣：《三体Ⅲ·死神永生》，重庆出版社 2010 年版，第 97 页。

⑥ 参见［美］西尔维娅·娜萨：《美丽心灵——纳什传》，王尔山译，上海科技教育出版社 2000 年版。又参见美国电影《美丽心灵》（根据纳什生平拍摄，2001 年）。

⑦ 约翰·纳什（1928—2015）：美国数学家。他与另外两位数学家因为在非合作博弈的均衡分析理论方面做出开创性贡献而获得 1994 年诺贝尔经济学奖。约翰·纳什曾长期精神失常。2015 年 5 月 23 日，他与妻子在新泽西州遭遇车祸逝世。

74

关于"三剑客"的三种说法：（1）雪诺①，欧比旺②，公孙大娘③；（2）达摩④，达利⑤，达摩克利斯⑥；（3）程心、维德、罗辑。

75

《三体》："公元20世纪80年代可能是最后一个崇尚男人气质的年代，那以后，虽然男人还在，但社会和时尚所喜欢的男人越来越女性化。她想起了21世纪初的某些日韩

---

① 琼恩·雪诺是美国著名奇幻作家乔治·马丁的小说《冰与火之歌》（谭光磊等译，重庆出版社2012年版）的男主角。

② 欧比旺·克诺比是乔治·卢卡斯执导的美国系列科幻电影《星球大战》中的绝地武士。又参见［美］乔治·卢卡斯：《星球大战》，张玲、黄勇译，内蒙古文化出版社1997年版。

③ 杜甫《观公孙大娘弟子舞剑器行》："昔有佳人公孙氏，一舞剑器动四方。观者如山色沮丧，天地为之久低昂。"

④ 达摩为南印度人，南北朝禅僧，中国禅宗始祖。

⑤ 萨尔瓦多·达利（1904—1989）是西班牙超现实主义画家，其代表作《记忆的永恒》表达了宇宙的苍凉和无奈的生命现实。达利曾预言"现代风格食人帝国主义的出现"，与刘慈欣描绘的"吞食帝国"有异曲同工之妙。（参见萨尔瓦多·达利：《是》，周怡芳译，华东师范大学出版社2015年版，第167页。又参见刘慈欣：《人和吞食者》，载《带上她的眼睛——刘慈欣科幻短篇小说集Ⅰ》，四川科学技术出版社2015年版，第349—350页）

⑥ "黑暗森林威慑是悬在两个世界头上的达摩克利斯之剑，罗辑就是悬剑的发丝，他被称为执剑人。"（刘慈欣：《三体Ⅲ·死神永生》，重庆出版社2010年版，第99页）

男明星，第一眼看上去也是美丽女孩子的样子。""这样一个柔软的女性世界，威慑?!"①

20世纪80年代是刘慈欣的青年时代。张艺谋电影《红高粱》拍摄于1987年。

《红高粱》是一部纯爷们电影（其中的女人也很"爷们"）。

刘慈欣是纯爷们，高仓健②和罗宾汉③式的铁汉，对女性化的男人和娘娘腔自然看不惯。更要害的问题在于，宇宙是"雄性的""最粗野的"，粗野、力量和雄壮才是真正的大美（阳刚美学/乾元刚健），那种"女人气的文明"和"弱不禁风的精致和纤细"只是"宇宙小角落中一种微不足道的病态而已"。④

76

天行健，君子以自强不息；地势坤，勇士以无德载物。

77

《三体》："这天，AA在病房中为她放了一部全息电

---

① 刘慈欣：《三体Ⅲ·死神永生》，重庆出版社2010年版，第93页。
② 高仓健（1931—2014）：日本著名男演员。1978年，高仓健主演的《追捕》登陆中国，其立领风衣、墨镜的铁汉范儿风靡中国。
③ 罗宾汉是英国民间传说中的侠盗。
④ 刘慈欣：《人和吞食者》，载《带上她的眼睛——刘慈欣科幻短篇小说集Ⅰ》，四川科学技术出版社2015年版，第358页。

影，说是本届奥斯卡奖的最佳影片，名叫《长江童话》，取材于李之仪的《卜算子》'君住长江头，我住长江尾'……""程心想到，她现在就在时间大河的江之尾，而江之头却空荡荡的……"①

李之仪的原句是"我住长江头，君住长江尾"，此处引用与之相反，刘慈欣不可能犯这种低级错误，他肯定是故意的，有何寄意、隐意和深意？

倘若赫拉克利特是时间大河的江之头，孰为江之尾？②（雅典废墟？）

倘若金字塔是时间大河的江之头，孰为江之尾？（腐烂的木乃伊？）

倘若五色石③是时间大河的江之头，孰为江之尾？（女娲？）

倘若跃跃欲试、准备上岸的鱼的梦是时间大河的江之头，孰为江之尾？（吸血鬼家族的激情？④）

---

① 刘慈欣：《三体Ⅲ·死神永生》，重庆出版社 2010 年版，第 102 页。

② 赫拉克利特（公元前 544—480）是古希腊哲学家，他的名言是"人不能两次踏进同一条河流"。（参见［英］罗素：《西方哲学史（上卷）》，何兆武、李约瑟译，商务印书馆 1963 年版，第 74 页）

③ 女娲补天用的是五色石。

④ "若有更好的事要做，谁会写书？"（《拜伦勋爵日记》，1813 年 11月 24 日。转引自［美］安德鲁·麦康奈尔·斯托特：《吸血鬼家族：拜伦的激情、嫉妒与诅咒》，邵文实译，黑龙江教育出版社 2016 年版，扉页）

倘若掠过太阳系的恒星风是时间大河的江之头①，孰
为江之尾？（信念?②）

78

时间大河或许是无头无尾的，然而，我并不确定。就
连当下的我是否存在，我也无法确定。

79

"汴水流，泗水流，流到瓜州古渡头。吴山点点愁。
思悠悠，恨悠悠，恨到归时方始休。月明人倚楼。"（白居
易《长相思》）

倚楼的可能是刚刚观赏过三体人制作的电影的程心③，
可能是"生当作人杰，死亦为鬼雄"的李清照，也可能是
"多想酸性地弹琴，多想水晶般晶莹地打盹"④ 的刘慈欣。

他们倚楼时所思所念所想定然不同，谁让他们尽管都

① 参见［法］巴什拉：《水与梦——论物质的想象》，顾嘉琛译，商
务印书馆 2019 年版，第 88 页。

② "我的信念/群星之外可有一片天地/吾辈或许能找到永生，/死后
的重生，战后的和平……"（［美］托马斯·沃尔夫：《时间与河流》，刘积
源译，江苏文艺出版社 2013 年版，第 174 页）

③ "人类文化在三体世界广为传播和渗透"（正如好莱坞文化在横店
传播和渗透），随之是"文化反射浪潮"，"现在，一部电影或小说，如果
不预先说明，一般无法看出它的来源，很难确定其作者是人类还是三体
人"。（刘慈欣：《三体Ⅲ·死神永生》，重庆出版社 2010 年版，第 104 页）

④ 参见刘慈欣：《电子诗人》，载《最糟的宇宙，最好的地球——刘
慈欣科幻评论随笔集》，四川科学技术出版社 2016 年版，第 19 页。

饮过汴水、泗水、黄河、长江水，却生活在迥异的时间维度中呢。

80

"她（智子 A.I.）的女人味太浓了，像一滴浓缩的颜料，如果把她扔到一个大湖中溶化开来，那整个湖都是女人的色彩了。"①

81

他（狄拉克）的男人味太浓了，像一粒正裂变为量子的炮弹，如果把他抛射到唐玄奘拜访过的女儿国，那每个女人都将被无尽的春梦烦扰。②

82

他的幽灵气息太浓了，这种气息强势地穿越法玛尔实验室、沙漏、拉格朗日点、太阳系牧场、19 厘米×19 厘米棋盘、积体界、《圣学复苏精义》、刘公岛、龟道人、蛾、

---

① 刘慈欣：《三体Ⅲ·死神永生》，重庆出版社 2010 年版，第 105 页。

② 狄拉克（1902—1984）：英国物理学家，曾执掌剑桥大学卢卡斯教授席位（1932—1969，此前的牛顿曾执掌此教席 33 年，此后的霍金执掌 29 年），1933 年诺贝尔物理学奖得主。他获奖后，伦敦一家报纸以大字标题"害怕所有女人的天才"来描绘他，形容他"像瞪羚一样小心，像维多利亚时代的少女一样羞怯"。（［丹］赫尔奇·克劳：《狄拉克：科学和人生》，肖明、龙芸、刘丹译，湖南科学技术出版社 2009 年版，第 86 页）

唐朝的鹅、黑宇宙、暗道、塔里木盆地、哲学调剂师的发丝、贝雅特丽齐路过的桥、元史编撰者的书房、襄阳、泛滥的幼发拉底河、大马士革的军用吉普车、比人类牙齿还小的象牙、比天堂还大的鱼缸、南山桃花、逻辑树、二级法穆使徒脑共体、OBO飞船、乱码、卵、巴士底狱、1971年的牢头、交趾圣母院、螺旋转降序……①

83

他的机器气息太浓了，工作起来像一台永远停不下来的缝纫机空洞地兀自敲击。②

84

它的赞美诗意味太浓了——

护熊人及其盟友不忍心像碾碎仙女一样将它碾碎，

大海不忍心像碾碎狮子一样将它碾碎，

地球不忍心像碾碎百合一样将它碾碎，天主不忍心像毁灭一切将它毁灭。③

---

① 参见霍香结：《灵的编年史》，作家出版社 2018 年版，第 32—635 页。

② 参见［波兰］布鲁诺·舒尔茨：《论裁缝的人偶或第二创世书》，载《鳄鱼街：布鲁诺·舒尔茨小说全集》，林蔚昀译，广西师范大学出版社 2016 年版，第 43 页。

③ "地球将把百合碾碎/大海碾碎狮子/护熊人与其盟友碾碎仙女。"（［法］雷比瑟：《自然科学史与玫瑰》，朱亚栋译，华夏出版社 2019 年版，第 59 页）

85

《三体》："孩子，你不适合成为执剑人。"那位最年长者说话了，他六十八岁，是冬眠时期职位最高的人，时任韩国外交部副部长。"你没有政治经验，又年轻，经历有限，还没有正确判断形势的能力，更不具备执剑者所要求的心理素质，你除了善良和责任感外什么都没有。"①

注意关键词：六十八岁；职位最高的人；政治经验；正确判断形势的能力；心理素质；善良；责任感。

86

作为领袖（国家元首、政府首脑、大臣或执剑人），仅仅具备意图伦理和责任伦理是远远不够的。在彻底的、真正的非常状态下（如三体危机），由一位缺乏经验和应变能力的女子担任执剑人来掌管生死攸关的权力是极端危险的。程心不可能是合格的星球主权代表。"与罗辑不同，她没感觉到这是一场生死决斗，只感觉这是一盘棋"，"在程心的潜意识中，她是一个守护者，不是毁灭者；她是一个女人，不是战士"。② 当六个水滴趁执剑人交接权力的刹那从潜伏的地方向地球全力加速、发动攻击时（只需几分

---

① 刘慈欣：《三体Ⅲ·死神永生》，重庆出版社 2010 年版，第 108 页。
② 刘慈欣：《三体Ⅲ·死神永生》，重庆出版社 2010 年版，第 136 页。

钟即可抵达地球），新的执剑人程心犹豫了，后退了，脑子一片空白，"把手中的开关扔了出去，像看一个魔鬼般看着它滑向远处"①。她无法站立，跌坐在地上。她是"解脱"了，但人类和文明却迎来了厄运。

87

如果一位领袖没有"毁灭者"的勇气，便不可能充任合格的"守护者"。

88

政治哲人卡尔·施米特说："柯特对人的蔑视没有丝毫界限：在他看来，人盲目的理性、软弱的意志以及肉体欲望的荒唐生命力如此低劣，以致任何人类语言中的言辞均不足以表现这种生物彻头彻尾的卑劣。"②

程心代表了人性中"盲目的理性"和"软弱的意志"

---

① 刘慈欣：《三体Ⅲ·死神永生》，重庆出版社 2010 年版，第 139 页。
② ［德］卡尔·施米特：《政治的概念》，刘宗坤等译，上海人民出版社 2004 年版，第 38 页。

（奴隶道德①）。

在三体危机中，作为守护者的执剑人必须具备"理性的理性"和"强悍的意志"②（权力意志）。

89

尼采："生命中没有什么东西是有价值的，除了权力等级——假定生命本身就是权力意志的话。道德保护了失败者……道德教人顺从、谦恭等等。假如对于这种道德的信仰趋于毁灭了，那么，失败者就再也不会有自己的慰藉了——而且就会归于毁灭。"③

"水滴没有攻击执剑人"④，也没有把人类彻底毁灭，而是将他们驱赶到保留地（澳大利亚）。

---

① 尼采将基督教道德称为奴隶道德、"弱者的道德"。"什么是坏——一切源于软弱的东西"；"我们不可美化和装扮基督教：它向这些更高类型的人发动了生死之战"，"强者被视为典型的卑鄙之流、'道德败坏的人'。基督教站在所有软弱者、卑贱者和失败者一边，它与强大生命的保存本能正相抵触"。（［德］尼采：《敌基督者——对基督教的诅咒》，余明锋译，商务印书馆2016年版，第6—7页）"最终将赢得整个世界的，并非那些精神驯顺之辈，而是那些具有最旺盛的生命冲动的人。"（［美］欧文·白璧德：《民主与领袖》，张源、张沛译，北京大学出版社2011年版，第13页）

② 智子对程心说，在威慑度上，你只是"爬行的小蚯蚓"，而罗辑是"凶猛的眼镜蛇"，维德则是最可怕的"魔鬼"。（刘慈欣：《三体Ⅲ·死神永生》，重庆出版社2010年版，第146页）

③ ［德］尼采：《权力意志——1885—1889年遗稿（上、下卷）》，孙周兴译，商务印书馆2007年版，第251页。

④ 刘慈欣：《三体Ⅲ·死神永生》，重庆出版社2010年版，第140页。

还不如将之彻底毁灭，那样，人类就再也没有机会犯同样的错误了。① 而且，依波德里亚的说法，"能经历世界末日的那一代人"是幸运的，因为"与经历开天辟地一样神奇"；"怎么能不竭尽全力希望这一刻呢？怎能不尽微薄之力去做贡献呢?"，"让我们全神贯注地观看事物、价值、概念、机构的死亡吧!"②

我怀疑程心读过这位法兰西哲人的书，想品尝末日降临的幸福。③

看来，只应让女人生活在童话中（且不能是黑暗童话)④，而不是触碰有毒的哲学（一切真正的哲学都是有毒的)，以免受其蛊惑。与其教导女人哲学，不如捧上鞭子（尼采就是这么干的⑤）。

---

① "不要犯第二次错误。"（刘慈欣：《三体Ⅲ·死神永生》，重庆出版社2010年版，第342页）

② ［法］让·波德里亚：《断片集——冷记忆：1991—1995》，张新木、陈旻乐、李露露译，南京大学出版社2013年版，第63页。

③ "不久前在冥王星上，程心刚刚经历了一生中最轻松的时刻。其实面对世界末日的人是最轻松的，所有的责任都已卸下，所有的担忧和焦虑都已消散。"（刘慈欣：《三体Ⅲ·死神永生》，重庆出版社2010年版，第451—452页）

④ "在她（程心）的潜意识中，宇宙仍是童话，一个爱的童话。她最大的错误，就在于没有真正站在敌人的立场上看问题。"（刘慈欣：《三体Ⅲ·死神永生》，重庆出版社2010年版，第145页）

⑤ 尼采从没想过鞭打女人，而是希望女人鞭打自己。女权主义者应该从尼采著作中寻找女权主义的理论依据，而不是攻讦这位女权主义的先驱。

90

张居正曰:"盖处常易,处变难,用其智以立功者易,藏其智而成功者难。"①

程心只适合"处常"而"用其智"(小智慧),维德和罗辑才能做到"处变"不惊,"藏其智而成功"(大智慧)。

91

在王夫之看来,统治精英由于"任天下之重",必须在政治品格和实践智慧方面对其提出极高的要求。他(们)应该能做到"持大正"(政者,正也;大方向上要"明",细节上可以"作恶";"大正"不排斥"小恶")、"静,简,裕而密"(沉着冷静、简约大气、考虑问题周密)、"独任"(独掌大局,勇于决断)、"平情"(平实,仁亲,应天意,顺民情)。②

很显然,程心不太具备这些品格、能力和智慧。

她不是武则天,不是伊丽莎白女王,更不是叶卡捷琳娜大帝。"她是一个童话","敌人看透了她"。③

---

① [明]张居正讲评:《论语别裁》,陕西师范大学出版社2007年版,第69页。

② 参见谢茂松:《"混合政治"与中国当代政党政治学的建立》,载《文化纵横》2012年第1期。

③ 刘慈欣:《三体Ⅲ·死神永生》,重庆出版社2010年版,第145页。

92

当初，之所以选举程心作为执剑人取代罗辑，一个重要原因是罗辑被认为变成了"拥有巨大权力的独裁者""不可理喻的怪物"和"毁灭世界的暴君"。①

真的是这样？人类生活在"独裁者的阴影下"？

纵使真的如此，我们也必须看到，独裁者（精英）尽管偶尔甚至经常压制民众，但往往也表现出高瞻远瞩的领导才能，能够进行英雄式的自我牺牲，能够对公共事业和"超级危机"② 进行有力、有效和有恒的管理。③ 独裁者可能是暴君（更多时候是"仁慈的暴君"），但也可能同时是偶像、英雄、立法者或思想家。④

93

三体人偷袭地球成功，与他们跟着地球人学会了伪装有关："他们早已不是当初的透明思维的生物了"，"他们在欺骗和计谋方面学得很快"，地球人根本不知道另外六个

---

① 刘慈欣：《三体Ⅲ·死神永生》，重庆出版社 2010 年版，第 100 页。

② 刘慈欣：《三体Ⅲ·死神永生》，重庆出版社 2010 年版，第 100 页。

③ 参见 ［美］卡恩斯·洛德：《新君主论——全球化时代的领导力》，朱晓宇、戴虹、丁薇译，上海人民出版社 2007 年版，第 51 页。

④ 参见 ［美］伯恩斯：《领袖论》，刘李胜等译，中国社会科学出版社 1996 年版，第 292 页。

水滴藏在那里。①

"他者"（地球人）成为"自我"（三体人）的知识媒
介②，而知识意味着权力。

技术上弱势的一方一旦在伪装上无法超越（甚至不
如）技术上强大得多的敌人，就随时有可能被对方压制、
统治或消灭。

94

《三体》："这是 20 世纪一位澳大利亚土著诗人的诗，
他叫杰克·戴维斯。"③

经典灾难电影《泰坦尼克号》（1997）男主角的名字
叫"杰克"。④

刘慈欣鼎力推荐的《宇宙的最后三分钟》一书，作者
是一位澳大利亚物理学家，名字叫"戴维斯"。⑤

澳大利亚土著老人弗雷斯吟诵的诗是刘慈欣写的。

---

① 刘慈欣:《三体Ⅲ·死神永生》，重庆出版社 2010 年版，第 130 页。
② 参见［英］约翰·格莱德希尔:《权力及其伪装——关于政治的
人类学视角》，赵旭东译，商务印书馆 2011 年版，第 327 页。
③ 刘慈欣:《三体Ⅲ·死神永生》，重庆出版社 2010 年版，第 161 页。
④ 也有可能是指另一个"杰克"（杰克·伦敦，《野性的呼唤》一书
的作者）。
⑤ 参见刘慈欣:《我的科幻之路上的几本书》，载《最糟的宇宙，最
好的地球——刘慈欣科幻评论随笔集》，四川科学技术出版社 2016 年版，
第 169 页。又参见［澳大利亚］保尔·戴维斯:《宇宙的最后三分钟——关
于宇宙归宿的最新观念》，傅承启译，上海科学技术出版社 1995 年版。

95

民众质疑程心的眼神仿佛在说："当初我们为什么选择了你?"①

为什么不反省当初是谁在选择?

随大流的民众要么无端地盲从，要么无端地质疑，缺乏自省的能力。

96

"圣母婊"固然不是婊子，但也不是圣母。

在人类短暂的历史上，真正的圣母一共只有三位（耶稣之母、释迦之母、仲尼之母），而且早就去见真主了。其他的，要么被封②，要么自封。"封"的是不作数的。

97

在三维世界里，人类的视觉面对的是"有限细节"，而从四维看三维，将不得不面对全新的视觉现象："无限细节"。③"四维感觉是人类迄今为止所遇到的唯一一种绝对

---

① 刘慈欣:《三体Ⅲ·死神永生》，重庆出版社2010年版，第167页。
② 程心想起一位母亲在联合国大厦前"把可爱的婴儿放到自己的怀抱里，叫自己圣母"。（刘慈欣:《三体Ⅲ·死神永生》，重庆出版社2010年版，第167页）
③ 刘慈欣:《三体Ⅲ·死神永生》，重庆出版社2010年版，第193页。

不可能用语言描述的事物。"①

曾经有一个人不自量力，尝试用语言描述之，不错，正是狂傲自大的博尔赫斯。他写道：

> 我们一眼望去，可以看到放在桌子上的三个酒杯；富内斯却能看到一株葡萄藤所有的枝条、一串串的果实和每一颗葡萄。他记得一八八二年四月三十日黎明时南面朝霞的形状，并且在记忆中同他只见过一次的一本皮面精装书的纹理比较，同克夫拉乔暴乱前夕船桨在内格罗河激起的涟漪比较。那些并不是单纯的回忆，每一个视觉形象都和肌肉、寒暖等等感觉有联系。他能够再现所有的梦境。他曾经两三次再现一整天的情况，从不含糊，但每次都需要一整天时间。他对我说："我一个人的回忆抵得上开天辟地以来所有人的回忆的总和。"又说："我睡觉时就像你们清醒时一样。"天将亮时，他说："我的记忆正如垃圾倾倒场。"我们能够充分直感的形象是黑板上的一个圆圈、一个直角三角形、一个菱形；伊雷内奥（富内斯）却能直感马匹飞扬的鬃毛、山岗上牲口的后腿直立、千变万化的火焰和无数的灰烬，以及长时间守灵时死者的种种面貌。我不知道他看到天上有多少星星。……富内斯不

---

① 刘慈欣：《三体Ⅲ·死神永生》，重庆出版社 2010 年版，第 192 页。

断地看到腐烂、蛀牙和疲劳的悄悄的进程。他注意到死亡和受潮的进展。他是大千世界的孤独而清醒的旁观者，立竿见影，并且几乎难以容忍的精确。巴比伦、伦敦和纽约以它们的辉煌灿烂使人们浮想联翩、目不暇接；但是在它们的摩肩接踵的高楼和熙熙攘攘的大街上，谁都不像在南美洲城郊不幸的富内斯那样日夜感到沸腾现实的纷至沓来的热力和压力。他很难入睡。睡眠是摆脱对世界的牵挂；而富内斯仰面躺在床上，在黑暗中思索着他周围房屋的每一条裂罅和画线。（我得重复一遍，他的最微不足道的回忆比我们觉察的肉体快感和痛苦更鲜明、更丝丝入扣。）①

一个从四维看三维的人，比三维中所有的人加在一起看到的东西（细节）还要多。

然而，不得不承认，博尔赫斯的视界尚只是 3.1 维，距离四维还有很大差距。但 3.1 维与三维相比已经是霄壤之别。

诗意栖息在三维大地的诗人，倘若生不出一双高维空间感的"神眼"，便永远不可能具备像博尔赫斯那样狂妄自大的资本。

---

① ［阿根廷］豪尔赫·路易斯·博尔赫斯：《博闻强记的富内斯》，载《杜撰集》，王永年译，上海译文出版社 2015 年版，第 8—9、12 页。

也是可以狂的，不过那只是名为狂、实为妄了——博尔赫斯是狂而不妄。

98

"当一个物体在所有层次上都暴露在四维时，便产生了一种令人眩晕的深度感，像一个无限嵌套的俄罗斯套娃。"①

俄罗斯灵魂的深度就像"一个无限嵌套的俄罗斯套娃"。

抵制不了自杀诱惑的人千万不要尝试亲近俄罗斯文学。最好不要尝试亲近一切伟大的悲剧文学。

99

具有高维空间感的三种小说：俄罗斯灵魂小说、美国科幻小说、中国神魔小说（《西游记》）。

100

开谈不说《西游记》，读尽诗书也枉然。

《西游记》当用相对论原理释之。《红楼梦》当用热寂

---

① 刘慈欣：《三体Ⅲ·死神永生》，重庆出版社 2010 年版，第 193 页。

理论①释之。《三国演义》当用三体理论释之。

101

《三体》:"望远镜发现了一个圆环状的物体……估计其三维直径在八十至一百千米左右,环箍直径约二十千米,像一只太空魔戒。"②

"太空魔戒"的两个原型:(1)阿瑟·克拉克笔下的罗摩。③它们初看起来"是一个废墟,被废弃已久的太空城或宇宙飞船"④。(2)霍比特人比尔博·巴金斯先生的魔戒。⑤灰袍巫师甘道夫说:"如果我拥有了魔戒,我的力量将会大得超乎想象。魔戒更会从我身上得到更恐怖、更致命的力量","我不想要成为黑暗魔君再世"。⑥

---

① 热寂是猜想宇宙终极命运的一种假说。根据热力学第二定律,当宇宙的熵达到最大值时,宇宙中的其他有效能量已经全数转化为热能,所有物质达到热平衡(热寂),这样的宇宙中再也没有任何可以维持运动或生命的能量存在。

② 刘慈欣:《三体Ⅲ·死神永生》,重庆出版社2010年版,第198页。

③ 参见[英]阿瑟·克拉克:《与罗摩相会》,刘壮译,江苏凤凰文艺出版社2018年版,第41页。关一帆、卓文上尉和韦斯特医生三人组成的探险队对"魔戒"进行了探险,这一情节同《与罗摩相会》中的探险情节相似。

④ 刘慈欣:《三体Ⅲ·死神永生》,重庆出版社2010年版,第198页。

⑤ 参见[英]J.R.R.托尔金:《霍比特人》,吴刚译,上海人民出版社2013年版。又参见[英]J.R.R.托尔金:《魔戒(第1部):魔戒现身》,朱学恒译,译林出版社2013年版。

⑥ [英]J.R.R.托尔金:《魔戒(第1部):魔戒现身》,朱学恒译,译林出版社2013年版,第49页。《魔戒》和《三体》都是三部曲。

其实，成为黑暗魔君也无甚不好，总得有人充任这一角色，嗯？

一个人的力量越大，魔戒和太空魔戒对他的诱惑就越大。魔戒是权力、世界、宇宙的象征。

102

A："如果说理论物理学家是穿了工作服的哲学家，那哲学家穿上工作服算什么？"

B："哲学家不穿工作服。哲学不需要仪式感。所谓职业哲学家是现代学院体制催生的汉江怪物①。哲学不是一种工作，而是理论物理学家、几何学家或诗人在黄鹤楼上闲坐，仰望空悠悠的千载白云②时从脑海中迸出的几个冷峻的 Idea，几行有杀伤力的句子，几条野蛮延伸的时空曲线。"

103

把翘曲点③置于一张发黄的信纸上。把发黄的信纸放到十八岁的普希金手中。

普希金在信纸上写道："忒修斯的热烈的痕迹或者模糊

---

① 《汉江怪物》是 2006 年上映的一部韩国科幻电影。

② 崔颢《黄鹤楼》："黄鹤一去不复返，白云千载空悠悠。"

③ 翘曲空间即做时空转换时所经历的空间，在这个空间内可以进行瞬间移动。空间翘曲点：一张纸上的两个点，之间的距离记作 a。如果把纸弯曲使两个点重合，则两点的距离就是零，而不是刚开始的 a。

的路线——"①，"我们像天兵一样降到你的头上……"②，"我给自己建起了一座非手造的纪念碑……"③，"我是墓地，我是死的，谁都不会攻击。不同维度之间没有黑暗森林，低维威胁不到高维，低维的资源对高维没用。但同维的都是黑暗森林"④。

104

《三体》："从四维看去，生态球的无限细节展现无遗，使这个小小的生命世界显得异常丰富多彩。"⑤

此处的"生态球"相当于博尔赫斯笔下的"阿莱夫"："我看见阶梯下方靠右一点的地方有一个闪烁的小圆球，亮得使人不敢逼视"，"阿莱夫的直径为两三厘米，但宇宙空间都包罗其中，体积没有按比例缩小。每一件事物（比如说镜子玻璃）都是无穷的事物，因为我从宇宙的任何角度都清楚地看到……"⑥

---

① ［俄］普希金：《俄罗斯的夜莺：普希金书信选》，张铁夫译，经济日报出版社 2001 年版，第 63 页。

② ［俄］普希金：《俄罗斯的夜莺：普希金书信选》，张铁夫译，经济日报出版社 2001 年版，第 236 页。

③ ［俄］普希金：《普希金诗选》，高莽等译，人民文学出版社 2003 年版，第 322 页。

④ 这一句是刘慈欣替普希金说的。（参见刘慈欣：《三体Ⅲ·死神永生》，重庆出版社 2010 年版，第 205 页）

⑤ 刘慈欣：《三体Ⅲ·死神永生》，重庆出版社 2010 年版，第 205 页。

⑥ ［阿根廷］豪尔赫·路易斯·博尔赫斯：《阿莱夫》，王永年译，上海译文出版社 2015 年版，第 193—194 页。译文有改动。

105

《三体》："'蓝色空间'号和'万有引力'号成为神话般的拯救之船，两艘飞船上的成员也成为万众崇拜的英雄。'蓝色空间'号在黑暗战役中的谋杀嫌疑被推翻，确认为是受到攻击后的正当自卫。""随之而来的是对地球治安军的疯狂报复。其实从客观上来说，在这场灾难中，治安军起到的正面作用远比抵抗运动多。""对此（指大批前治安军被处决）欢呼雀跃的人群中，有相当一部分是当初在治安军报名中的落选者。"①

《三体》："对于已消失在太空中的'蓝色空间'号飞船，人类社会的孩子脸又变了。这艘飞船由拯救天使再次变成黑暗之船、魔鬼之船。"②

刘慈欣对人性的嘲讽。民意像普罗透斯的脸，变幻无常。

民众既需要"英雄"让自己崇拜和热泪盈眶，也需要"内部之敌"充当阴暗心理的倾泄口。

---

① 刘慈欣：《三体Ⅲ·死神永生》，重庆出版社2010年版，第212页。
② 刘慈欣：《三体Ⅲ·死神永生》，重庆出版社2010年版，第229页。

106

程心既不是跨进西伯利亚之门的圣女①，也不是跨进阿努比斯之门的宾客②，更不是为了挤进天堂窄门而遗忘了岁月的盲者③（爬出梵蒂冈地窖④的异教徒荷马和走出了小径分叉的花园的博尔赫斯才是）。

107

"茶是艺术品，非经大师之手不能达到至味。"⑤ 智子在空中别墅招待程心和罗辑的茶⑥是冈仓天心泡的吗？

---

① "人们挖出了一篇古老的散文——屠格涅夫的《门槛》来形容她，她勇敢地跨过了那道没有女人敢于接近的门槛。"（刘慈欣：《三体Ⅲ·死神永生》，重庆出版社 2010 年版，第 229 页）《门槛》是屠格涅夫的一首散文诗，他把它献给所有勇敢承受苦难的俄罗斯革命女性。（［俄］屠格涅夫：《门槛》，巴金译，北方文艺出版社 2008 年版，第 4—5 页）

② 参见［美］提姆·鲍尔斯：《阿努比斯之门》，颜湘如译，中国妇女出版社 2009 年版，第 33 页。

③ "……只是感受着人类的爱，这种爱产生的痛苦甚至使她（程心）双目失明。"（刘慈欣：《三体Ⅲ·死神永生》，重庆出版社 2010 年版，第 229 页）

④ 参见［法］纪德：《窄门》，载《纪德小说选》，李玉民译，人民文学出版社 2006 年版，第 147 页。

⑤ ［日］冈仓天心：《茶之书》，柴建平译，重庆大学出版社 2018 年版，第 23 页。冈仓天心（1863—1913），日本明治时期著名的美术家、教育家、思想家，他曾多次前往印度和中国游历。

⑥ 参见刘慈欣：《三体Ⅲ·死神永生》，重庆出版社 2010 年版，第 231 页。

108

宇宙很小，地球却很大。① 同是生活在地球上，梦露与梦姑②，霍去病与霍金③，竟然从未听闻过对方的名字。

109

为反物质设个陷阱，少就是多。④

将发动机安装在中国和美国，多也是少。⑤

孤独的反物质发动机⑥在天空之海中游啊游啊，像一

---

① "宇宙很大，生活更大，也许以后还有缘相见。""宇宙很大，生活更大，我们一定还能相见的。"（刘慈欣：《三体Ⅲ·死神永生》，重庆出版社2010年版，第231、250页）

② 玛丽莲·梦露（1926—1962）：美国著名女演员。麻省理工学院的奥德·奥利沃创作过一幅照片，近看像爱因斯坦，远看像玛丽莲·梦露。（［美］B.格林：《隐藏的现实：平行宇宙是什么》，李剑龙、权伟龙、田苗译，人民邮电出版社2013年版，第128页）梦姑是金庸武侠小说《天龙八部》中的人物，原名李清露，身份是西夏公主。

③ 霍去病（前140—前117）：西汉名将。霍去病名"去病"，却短寿。史蒂芬·霍金患重病（肌萎缩侧索硬化，又称卢伽雷氏症），却长寿。

④ 参见［英］戈登·弗雷泽：《反物质——世界的终极镜像》，江向东、黄艳华译，上海科技教育出版社2009年版，第164—167页。

⑤ "地球发动机安装在亚洲和美洲大陆上，因为只有这两个大陆完整坚实的板块结构才能承受发动机对地球巨大的推力。地球发动机共有一万两千台，分布在亚洲和美洲大陆的各个平原上。"（刘慈欣：《流浪地球》，载《带上她的眼睛——刘慈欣科幻短篇小说集Ⅰ》，四川科学技术出版社2015年版，第79页）

⑥ "空中那一团乱麻的管道确实是一种类似于散热系统的东西，它们发光的能量来自飞船的反物质发动机。"（刘慈欣：《三体Ⅲ·死神永生》，重庆出版社2010年版，第247页）

条一天到晚游泳的鱼①，永远无法抵达虚空的尽头。

110

三体人没有童年。② 地球人寻找童年。加加林③赠给皇家天文学会的黑曜石④一直生活在童年。⑤

111

之于星童⑥而言，瓦克星、地球、核弹、地中海、马里亚纳海沟、奥霍斯德尔萨拉多火山⑦、太湖·神威之光⑧、雷峰塔、奥特曼、纳米机器人和天线宝宝都只是或大或小，或发光或幽暗的玩具罢了。

不是法律面前人人平等，而是星童面前人人平等。

---

① 1993 年，台湾歌手张雨生（1966—1997）发行专辑《一天到晚游泳的鱼》。

② 参见刘慈欣：《三体Ⅲ·死神永生》，重庆出版社 2010 年版，第249 页。

③ 加加林（1934—1968）：苏联航天员，第一个进入太空的地球人。

④ "只有赫尔辛根默斯肯的黑曜石石板才能压平雪浪纸。"（刘慈欣：《三体Ⅲ·死神永生》，重庆出版社 2010 年版，第264 页）

⑤ 参见［英］阿瑟·克拉克：《童年的终结》，于大卫译，江苏凤凰文艺出版社 2018 年版，第3、139 页。

⑥ ［英］阿瑟·克拉克：《2001：太空漫游》，郝明义译，上海人民出版社 2014 年第 2 版，第238 页。

⑦ 奥霍斯德尔萨拉多山位于阿根廷，是世界上最高的活火山（6891米）。

⑧ "太湖·神威之光"是中国运转最快的超级计算机（截至 2021 年3 月）。

112

无故事王国有了故事。① 永远讲不完的故事。

一千零一夜的意思并不是一千零一个夜，而是"无尽之夜"。因为一、夜和故事无限循环。

113

冰沙王子喜欢玩帝国游戏。②

帝国？创建、统治帝国是生命固有的冲动，它存在于每个个体及一切民族的灵魂深处。③ 地理大发现以来的第一个帝国——大英帝国——乃"当之无愧的海上帝国"④。

冰沙王子的脆弱在于他是冰性和沙性的，像冰一样融化，像沙一样深埋海底。心有余而力不足。

而深水王子和露珠公主本来就是水性的（大西洋、狄拉克之海⑤和液态的星空是他们的心灵故乡），不存在丢失自我的困境，不可能被长期困于墓岛⑥。

---

① 刘慈欣：《三体Ⅲ·死神永生》，重庆出版社 2010 年版，第 257 页。
② 刘慈欣：《三体Ⅲ·死神永生》，重庆出版社 2010 年版，第 257 页。
③ 参见［美］欧文·白璧德：《民主与领袖》，张源、张沛译，北京大学出版社 2011 年版，第 13 页。
④ ［英］尼尔·弗格森：《帝国》，雨珂译，中信出版社 2012 年版，第 9 页。
⑤ 狄拉克之海是指量子真空的零点能组成的负能量的粒子海。
⑥ 参见刘慈欣：《三体Ⅲ·死神永生》，重庆出版社 2010 年版，第 287 页。

114

耶稣对门徒说："骆驼穿过针的眼，比财主进神的国还容易呢！"[1]

财主从不想进神的国，骆驼也没想过要穿越针眼，针眼画师却是能自在地穿越针眼、在高低维空间之间来回跳跃的人。他拥有锐利的目光，只需瞅一眼就能记得住"人的每根头发和汗毛"，然后"画得真真切切分毫不差"。[2]

针眼画师的自画像——"画面像一扇通向另一个世界的窗口，针眼就在窗的另一边望着这个世界"[3]。由此，画面成了连通两个世界（宇宙）的窗口——多维空间隧道（虫洞）。

杜甫诗："窗含西岭千秋雪。""西岭"，空间概念；"千秋"，时间概念。杜诗中的"窗"也是"虫洞"。杜甫乃直通多重宇宙的大诗人。

115

《三体》："针眼画师一次压平了好几张雪浪纸，开始疯狂作画。"[4]

① 《圣经·马太福音》（19：24）
② 刘慈欣：《三体Ⅲ·死神永生》，重庆出版社 2010 年版，第 259 页。
③ 刘慈欣：《三体Ⅲ·死神永生》，重庆出版社 2010 年版，第 286 页。
④ 刘慈欣：《三体Ⅲ·死神永生》，重庆出版社 2010 年版，第 262 页。

雪浪纸出自《红楼梦》。"宝玉道：'家里有雪浪纸，又大又托墨。'宝钗冷笑道：'我说你不中用！那雪浪纸写字，画写意画儿，或是会山水的画南宗山水，托墨，禁得皴染，拿了画这个，又不托色，又难漉，画也不好，纸也可惜。'"①

雪浪纸属于生宣纸或半生半熟的宣纸，它很难弄平（除非用黑曜石石板才能压平②），墨水沾纸易洇散，适合写意（如薛宝钗所言），不太适合工笔或人物。在《三体》中，针眼画师用的是适合写意和山水（东方绘画）的雪浪纸，而空灵画师（针眼画师的老师）却说，"我只教过针眼西洋画派，没有向他传授东方画派"③，矛盾乎？针眼画师的失败似乎是必然的。

进一步的问题是，针眼画师到底何许人也？卫队长前去搜寻针眼画师，却发现画室空无一人，只留下一幅自画像（画中人眼光犀利，卫队长不敢直视）。他是一个永远的谜？我大胆猜测，他有可能是潜伏到中国的寺院拜师去了，学习"不遵循透视原理"④ 的绘画技巧（闲时漫游于金陵和长安街头）；也有可能是被录取为西湖大学生命科学

① ［清］曹雪芹著，蔡义江评注：《增评校注红楼梦（全六辑）》，作家出版社2007年版，第506页。
② 参见刘慈欣：《三体Ⅲ·死神永生》，重庆出版社2010年版，第302页。
③ 刘慈欣：《三体Ⅲ·死神永生》，重庆出版社2010年版，第266页。
④ 刘慈欣：《三体Ⅲ·死神永生》，重庆出版社2010年版，第285页。

学院的博士候选人，正蜗在图书馆或实验室的一个角落里苦苦思索"绲绲不分，是为混沌"①的哲理。他喜欢自己是寂静的。

116

雪浪纸——空间曲率驱动的隐喻。它也是我们赖以生存的隐喻。

117

既然针眼画师能把活人画到画里，那么画中人自然也能走出画，选择五台山②、花果山或大观园作为生活地。

118

可以将露珠公主和绛珠仙子（林黛玉）进行比较。

可以将狄拉克和贾宝玉进行比较。

好宇宙之色的狄拉克，比"天下古今第一淫人"贾宝玉③更适合住进大观园——闹中取静的大观园；早已空无一人的大观园；千红一哭、万艳同悲的大观园。

---

① ［清］石涛：《苦瓜和尚画语录》，周远斌点校纂注，山东画报出版社2007年版，第29页。

② 《水浒传》中，鲁智深曾经在五台山出家。

③ 警幻仙姑称贾宝玉为"天下古今第一淫人"（"意淫"，而非"皮肤滥淫"）。（参见［清］曹雪芹著，蔡义江评注：《增评校注红楼梦（全六辑）》，作家出版社2007年版，第74页）

119

小说是文字的绘画。

科幻小说是比现实主义绘画更加现实的超现实主义绘画。它超越了印象派、后印象派和后后印象派。

120

露珠公主和长帆的故事结局（"永远在航行和旅途中，不管走到哪里，他们总是幸福地生活在一起"①）映射的是程心和关一帆的命运：在佩戴着武士刀的智子的护卫下，搭乘飞船从小宇宙进入新宇宙。"聚变发动机启动了，推进器发出幽幽的蓝光，飞船缓缓地穿过了宇宙之门。"②

121

云天明讲的三个故事，差点把地球人，也差点把我绕糊涂了。

建筑师云天明的立体主义时刻。"立体主义是历史的一部分，却是一个奇怪的未完的部分。"③

① 刘慈欣：《三体Ⅲ·死神永生》，重庆出版社 2010 年版，第 288 页。
② 刘慈欣：《三体Ⅲ·死神永生》，重庆出版社 2010 年版，第 513 页。
③ ［英］约翰·伯格：《讲故事的人》，翁海贞译，广西师范大学出版社 2015 年第 2 版，第 230 页。

他的故事中有成千上万的楼梯、亭台和蜿蜒曲折的长长走廊。

他的故事就像伪功能简化的包豪斯建筑。

他偏好布满水鼬、水滴和滴水兽的大型哥特理论。

复杂故事通常会存在管道、模拟、量子计算和神经网络问题。①

故事中的故事最难解读。② 解读它远远超越了我的智识水平。何况，我并非好事家、探秘者、索隐派。

122

水手梅尔维尔在翻阅《普鲁塔克、普列汉诺夫、普尔奇内拉和普里斯特利论必然性》一书之前就已知道折叠必

---

① 参见［美］乔治·莱考夫、马克·约翰逊：《我们赖以生存的隐喻》，何文忠译，浙江大学出版社 2015 年，第 55 页。又参见［美］库兹韦尔：《奇点临近》，李庆诚、董振华、田源译，机械工业出版社 2016 年版，第 70、162—163 页。

② "舰队国际、联合国、各个国家、跨国公司、各大宗教等等，都在按照自己的政治意愿和利益诉求解读故事，把情报解读变成了宣传自己政治主张的工具。"（刘慈欣：《三体Ⅲ·死神永生》，重庆出版社 2010 年版，第 292 页）有两部电影都命名为《故事中的故事》（1984 年尤里·诺尔斯金执导的动画片；2015 年马提欧·加洛尼执导的黑暗童话）

然性能够怡神悦性。① 亚历山大灯塔在被突然降临的火星陨石击碎之前就明白灯塔国的比喻太谫陋太伧俗经不起时间和逻各斯考验。太原卫星发射中心控制系统点火员刘慈欣在踏入尘埃云和宇宙海自旋之前就晓得"一切都会逝去，只有死神永生"② 的无神论原理。

123

将自我绝对封闭起来是可能的吗？发布宇宙安全声明③就一定能保证安全吗？文明的崩塌是否像夜贼一样突然来袭？④

124

拿破仑："亲爱的拉普拉斯⑤，上帝在您所著的《宇宙

---

① 参见［美］赫尔曼·梅尔维尔：《水手比利·巴德：梅尔维尔中短篇小说精选》，陈晓霜译，新华出版社 2015 年版，第 23、31 页；"何处有灾变，何处就有遁路。"（［意］阿甘本：《普尔奇内拉或献给孩童的嬉游曲》，尉光吉译，西南师范大学出版社 2018 年版，扉页）普鲁塔克（约46—约120），古罗马时代希腊作家、哲学家和历史学家。普里斯特利（1733—1804），发现氧气的英国化学家、神学家、哲学家，著有《电学史》《物质及精神的研究》《语言学原理》《哲学必然性学说注释》等。

② 刘慈欣：《三体Ⅲ·死神永生》，重庆出版社 2010 年版，第 312 页。

③ 参见刘慈欣：《三体Ⅲ·死神永生》，重庆出版社 2010 年版，第 314 页。

④ 参见［英］尼尔·弗格森：《文明》，曾贤明、唐颖华译，中信出版社 2012 年版，第 281 页。

⑤ 拉普拉斯（1749—1827）：法国数学家、物理学家。

体系论》扮演什么角色？"

拉普拉斯："陛下，我不需要这个假设。"①

拿破仑："那我需要上帝吗？"

拉普拉斯："您也不需要。当您出征俄罗斯帝国时，就已经把上帝驱逐了，他成了无所事事的逍遥神。"

拿破仑："可，可是我铩羽而归。"

拉普拉斯："不，陛下，您已经赢了。当您踏上俄罗斯的土地，就已经赢了。您在追求无限。俄罗斯广袤的有限空间是这座孤独的星球上最接近宇宙无限空间的地方。"

125

与梦隔开，凤鸟、麒麟、河图、洛书就没有了。②

与洛书隔开，洛水、洛神、惊鸿的身姿③、顾盼的眼神④就没有了。

与眼神隔开，复杂的文字、动态的图像、尼金斯基的

---

① 参见［法］柯瓦雷：《从封闭世界到无限宇宙》，张卜天译，北京大学出版社 2008 年版，第 251 页。

② 参见阿城：《洛书河图：文明的造型探源》，中华书局 2014 年版，第 2 页。

③ 曹植《洛神赋》："翩若惊鸿，婉若游龙。"

④ 曹植《美女篇》："罗衣何飘飘，轻裾随风还。顾盼遗光彩，长啸气若兰。"

律动①、太空舞步、生命曲线、宇宙之匙②、东方七宿与西方七宿相互瞭望的星空帝国③就没有了。

与星空隔开，梦就没有了。④

与梦隔开，就读不懂在一个仲夏夜的梦中成稿的《三体》了。

126

宇宙无言人有言。宇宙有言人无言。星空的宁静是人类乐享躁动幸福的前提。

127

生命是一手同花顺，一洗什么都没了。⑤

双星是一个稳定系统，一稳定什么都无法生存。（稳定=死水）

三体是一场混沌牌局，中美俄三国打扑克，俏立一旁

---

① 参见［美］约翰·马丁：《生命的律动——舞蹈概论》，欧建平译，文化艺术出版社 1994 年版，第 158 页。尼金斯基（1889—1950），俄国芭蕾舞演员，在 20 世纪芭蕾史上素有"最伟大男演员"之誉。

② 参见［美］杰米·詹姆斯：《天体的音乐——音乐、科学和宇宙自然秩序》，李晓东译，吉林人民出版社 2003 年版，第 57 页。

③ 徐刚、王燕平：《星空帝国：中国古代星宿揭秘》，人民邮电出版社 2016 年版，第 59—102、145—184 页。东方七宿指角、亢、氐、房、心、尾、箕；西方七宿指奎、娄、胃、昴、毕、觜、参。

④ 刘慈欣：《三体Ⅲ·死神永生》，重庆出版社 2010 年版，第 318 页。

⑤ 刘慈欣：《三体Ⅲ·死神永生》，重庆出版社 2010 年版，第 334 页。

的日本手持贴金桧扇，犹豫先给谁扇凉比较好。

128

民主文明总是向外播撒极权、仇恨和动荡的种子。①

起火的地球是起火的宇宙的内向投射（前火比后火迟了八分钟或四年②而已）。"天地与我并生，而万物与我为一"③ 正是此意。

129

如果不同时是恶魔、野心家、政治流氓和技术狂人，便不要妄想成为领导民众渡过一个又一个危机的英雄。

工业党与政法系之争可以休矣。

法科生最大的问题是，连受电弓④、超导体、摩尔定律⑤和热力学第二定律都搞不清楚怎么回事。

---

① 参见刘慈欣：《三体Ⅲ·死神永生》，重庆出版社2010年版，第338页。又参见［美］蔡爱眉：《起火的世界》，刘怀昭译，中国大百科全书出版社2005年版。

② 太阳光抵达地球约需8.3分钟。三体星系抵达地球约4.2光年。

③ 《庄子·齐物论》。

④ 受电弓是电力牵引机车从接触网取得电能的电气设备，安装在机车或动车车顶上。

⑤ 摩尔定律是英特尔创始人之一戈登·摩尔提出来的，其内容为：集成电路芯片上所集成的电路数目每18个月就翻一番。

130

《三体》："向太阳系边缘的大移民使得早已消失的一些社会形态又出现了"，比如说城邦世界，"历史上地球各大文明都曾出现过城邦时代"。①

日光之下，并无新事。政体、治道和社会形态一直在循环往复（有时连说法都未换）。

复古未必是"倒退"，它"是开拓新疆域必然出现的东西"。② 返本是为了更好地开新。

131

一切伟大的建筑都埋在黑影里。③ 一切动听的承诺都被罡风吹走。

一切无瑕的美玉都被时间之锤徐徐敲碎。

一切质鲁的山、迅疾的河、绝望的树、掩泣的石，都

---

① 刘慈欣：《三体Ⅲ·死神永生》，重庆出版社 2010 年版，第 362—363 页。实际上，中国并未经历过城邦时代。中国古代城市与古希腊城邦（雅典、斯巴达等）的政治功能和地位截然不同。（参见［英］杰弗里·帕克：《城邦——从古希腊到当代》，石衡潭译，山东画报出版社 2007 年版，第 7 页）中国周代是典型的封建社会，秦始皇"废封建，置郡县"之后，"封建"不再是主流。（参见瞿同祖：《中国封建社会》，上海人民出版社 2005 年版）

② 刘慈欣：《三体Ⅲ·死神永生》，重庆出版社 2010 年版，第 362 页。

③ 刘慈欣：《三体Ⅲ·死神永生》，重庆出版社 2010 年版，第 364 页。

穿过蓝蓝的幽光，沉入史瓦西半径①之中。

132

维德一字一顿地说："失去人性，失去很多；失去兽性，失去一切。"②

这可能是《三体》中最广为人知、最广被引用、最具政治哲学蕴含的一句至理名言了。

133

什克洛夫斯基《动物园》卷首题词曰："世界上之所以有那么多的野兽，是因为他们看见上帝的方式不同"；"在这里，我们记得，俄罗斯人会尊称技艺高超的统帅为雄鹰，我们记得，哥萨克人的眼睛和雄鹰一样，我们开始明白，谁才是俄罗斯人的军事之师"；"在这里，野兽身上的某些优秀才能都消亡了，就像记入《伊戈尔远征记》的日课经一样"。③

也就是说，进入动物园的人类须有兽性自觉（而非人

---

① 史瓦西半径是任何具有质量的物体都存在的一个临界半径特征值。一个物体的史瓦西半径与其质量成正比，太阳的史瓦西半径约 3 千米，地球的史瓦西半径只有约 9 毫米。物体的实际半径小于史瓦西半径的物体被称为黑洞。

② 刘慈欣：《三体Ⅲ·死神永生》，重庆出版社 2010 年版，第 382 页。

③ ［俄］什克洛夫斯基：《动物园·第三工厂》，赵晓彬、郑艳红译，四川人民出版社 2016 年版，第 11、13 页。

性自觉）。

动物园处于另一座更大的动物园之中，后者处于更更大的动物园之中。

《红与黑》中的于连之所以触动读者，恰恰因为他野心勃勃，兽性勃勃。"于连的眼睛不由自主地跟着这只猛禽（雄鹰）"，"他羡慕这种力量，他羡慕这种孤独"。① 人性的高贵首先是兽性的高贵。维德是《三体》中最冷血最残忍的人，但也是最高贵最孤独最仁慈的人。黑与红：黑，黑暗森林；红，血色黎明。

司汤达终生爱拿破仑，只因他是"男人中的男人"②。

伊凡雷帝不是凶残的暴君，而是愤怒的犀牛，正常的非人，帝国开创者，有远见卓识的先知。③

不在人性中灭亡，就在兽性中爆发。

① ［法］斯丹达尔：《红与黑》，郭宏安译，译林出版社1994年版，第48页。"斯丹达尔"即"司汤达"（后一种译名更常用）。

② 拿破仑"是继恺撒以后最伟大的人物"。（［法］司汤达：《拿破仑：男人中的男人》，冷杉、王惠译，江苏文艺出版社2013年版，第24页）

③ 伊凡雷帝（1530—1584）：伊凡四世，俄罗斯第一位沙皇。他像野兽一样残忍（"他对敌人和竞争对手的凶残冷酷成了他的历史标签"），但他使俄罗斯走向强大。斯大林最激赏他："伊凡雷帝为人凶残这无可否认，但你要找出他这样做的缘由啊。"（［英］马丁·西克史密斯：《BBC看俄罗斯·铁血之国千年史》，张婷婷、王玮译，重庆出版社2018年版，第38页）

134

兽从水中来。兽从空中来。兽从太空中来。

如果不想做献给黑暗的供品，就要做不惧火焚的野蛮人，露出虎牙，像猎手那样嗷嗷狂叫。①

135

曼德维尔说："许多事物都是为了各种不同的目的而创造的；在有关这个地球的计划里，也必定考虑到了许多与人类无关的事物；'宇宙是为人类创造的'，这个想法是荒谬的"，"世上存在着野兽，也存在着野蛮人，这是事实。凡野蛮人数量很少的地方，野兽便总是必定成为大患。"②

何谓野蛮？何谓野蛮人？何谓文明的野蛮人？

16世纪的北美印第安人是野蛮的野蛮人，登陆北美的欧洲殖民者是文明的野蛮人。文明的野蛮人因为组织性更强、武器更先进而变成比野蛮的野蛮人更野蛮的野蛮人。所谓文明，本质是高级野蛮。

国际法：高级野蛮的粉饰品。

① 参见［英］戈尔丁：《蝇王》，龚志成译，上海译文出版社2014年版，第227—232页。
② ［荷］伯纳德·曼德维尔：《蜜蜂的寓言：私人的恶德，公众的利益》，肖聿译，中国社会科学出版社2002年版，第441页。

野心必须用野心来对抗。① 野蛮只能以野蛮来对抗。

如果暂时不具备以野蛮对抗野蛮、以牙还牙的能力，那就"打掉门牙往肚子里吞"，君子报仇，十年不晚，一百年不晚，三千年不晚。首先得活着。

在中世纪末的欧洲，狩猎成了一门科学，一门艺术。②

为了维续满人的野蛮性，康熙始创木兰围场（皇家狩猎活动），乾隆坚持"满洲之道"，但满人的野蛮性和生物性特征还是不可避免地消失了。③ 当满洲八旗已经上不得马拉不开弓时，帝国覆亡之日也就为期不远了。

团体运动（体育比赛）是古代战争的延续，狩猎本性的回归。它不仅是爱国精神和国家民族主义的表现，还是嗜杀癖性的宣泄渠道。探险活动和计算机游戏（如三国杀）的宣泄功能与之相类。④

奥斯卡·王尔德说："坏不堪言的群体去追猎不可吃的。"⑤ 毁灭你，与你无关。

---

① 参见［美］汉密尔顿、杰伊、麦迪逊：《联邦党人文集》，程逢如、在汉、舒逊译，商务印书馆1980年版，第264页。

② 参见［法］加科·布德：《人与兽——一部视觉的历史》，李扬、王珏纯、刘爽译，山东画报出版社2001年版，第89页。

③ 参见［美］罗威廉：《最后的中华帝国：大清》，李仁渊、张远译，中信出版社2016年版，第11页。

④ 参见［美］卡尔·萨根：《亿亿万万：卡尔·萨根的科学沉思与人文关怀》，丘宏义译，浙江大学出版社2018年版，第39—42页。

⑤ 转引自［美］卡尔·萨根：《亿亿万万：卡尔·萨根的科学沉思与人文关怀》，丘宏义译，浙江大学出版社2018年版，第39页。

136

孟子曰："人之所以异于禽兽者几希。"①

凡大思想家都是"人性恶"论者，或伪装的"人性善"论者。

137

桑塔亚纳说："作为饥饿、追逐、冲击和恐惧的表达方式，动物信仰指向事物"，"虽然事物在黑暗中涌动，但它们有可能突然停下来、移作他用或遭到毁灭"。②

动物信仰指向实体性的事物，指向不兼容的生存，指向永不改变的自然状态。

138

动物之间的相互吞食，是水、血液和热量在潜流般地传递。一切动物在世界上，在宇宙中，宛如水中之水。③

139

暴力和法律暴力毋庸救赎，需要救赎的是并非无辜的

① 《孟子·离娄下》。

② ［美］乔治·桑塔亚纳：《怀疑主义与动物信仰——一个哲学体系的导论》，张沛译，北京大学出版社 2008 年版，第 193 页。

③ 参见赵倞：《动物（性）：传统与现代之间的人性根由》，北京大学出版社 2013 年版，第 178 页。

好人和日益人性化（因而日益衰颓）的人性。①

140

人最早的神并非抽象的自然之力，而是高傲的具有贵族气派的鸟兽，如鹰、虎、狮、豹等等。②古代宗教和神话（及其现代变种）教人变成兽（鸟）或半兽（鸟）人，如半人半狮（狮身人面像），公牛（宙斯曾化身公牛），骆驼（波斯拜火教中的虔诚者会变身骆驼），半人半鸟（中古祆教）③，半人马（希腊神话中的喀戎，它还出现在网游《魔兽世界》中），半兽人（托尔金《魔戒》），等等。

141

拿破仑从没想到自己死后竟然还能复活，尽管轮回成一只猪④。"难道不是只有死神才是永生的吗？"他满腹狐疑。

---

① 参见葛体标：《法则：现代危机和克服之途》，北京大学出版社2013年版，第40—53页。
② 参见阿方索·林吉斯：《尼采与动物》，汪民安译，载汪民安主编《生产（第三辑）》，广西师范大学出版社2006年版，第9页。
③ 参见张小贵：《中古祆教半人半鸟形象考源》，载《世界历史》2016年第1期。
④ 在奥威尔的反乌托邦主义小说《动物农场》中，动物世界的领袖是一只名叫拿破仑的猪，他在"大狗的簇拥下"取得统治地位。（参见［英］乔治·奥威尔：《1984 动物农场》，董乐山、高源译，华东师范大学出版社2013年版，第285页）

　　既来之则安之，他决心在新世界再次伟大。

　　为了蛊惑其他动物追随他消灭人类暴政①，他反复练习演讲稿——有时在农场主琼斯先生②从中国订制（MADE IN CHINA）的编号为 5-901235-123457 的黑镜③前；有时在皎洁月光下的岩石旁（这些岩石"白得像是骨头"④）；有时在成排的沙丘后面（沙丘的颜色在金色、黄褐色、橙红色之间来回变换)⑤；有时在有大量行星碎片、微粒和尘埃堆积在一起的地面裂缝里⑥；有时偷偷跑到紧挨农场的小径分叉的花园（据说是一个研究《红楼梦》的汉学家特意为陌生访客筑造的)⑦。

　　他的演讲稿杂糅了 *I have a dream*、《动物解放》⑧、《共产党宣言》、《葛底斯堡演说》、《自然哲学的数学原理》、

---

　　① "消灭人类暴政"是地球三体叛军的口号。（参见刘慈欣：《三体》，重庆出版社 2008 年版，第 186、238 页）

　　② 参见［英］乔治·奥威尔：《1984 动物农场》，董乐山、高源译，华东师范大学出版社 2013 年版，第 255 页。

　　③ 参见［德］卡尔·奥斯伯格：《黑镜》，叶柔寒译，北京理工大学出版社 2019 年版，第 3 页。

　　④ 参见［英］阿瑟·克拉克：《2001：太空漫游》，郝明义译，上海人民出版社 2014 年第 2 版，第 34 页。

　　⑤ 参见［美］乔治·卢卡斯：《星球大战》，张玲等译，内蒙古文化出版社 1997 年版，第 61 页。

　　⑥ 参见［意］伊塔洛·卡尔维诺：《宇宙奇趣全集》，张密、杜颖、翟恒译，译林出版社 2012 年版，第 266—267 页。

　　⑦ 参见［阿根廷］豪尔赫·路易斯·博尔赫斯：《小径分叉的花园》，王永年译，上海译文出版社 2015 年版，第 89 页。

　　⑧ 参见［澳］彼得·辛格：《动物解放》，祖述宪译，中信出版社 2018 年版。

《进化论》、《相对论》、《让县自明本志令》①、《登山宝训》② 的修辞和风格，表达了动物必胜的信念，并宣示新社会三大法则：

（1）所有动物一律平等，但有些动物比其他动物更平等；③

（2）人类不得伤害动物，或因不作为而使动物受到伤害；

（3）除非违背第二法则，人类必须服从动物的命令。④

为了防止动物们不听指挥、恣意妄为，拿破仑以马尿、猫⑤屎和纳米为原料，制造出蓝色药丸⑥，引诱他们在参加暴动之前吞下。他哄骗说，这些药丸能增强胆识、勇气和自由意志⑦。

出乎拿破仑意料的是，暴动失败了。准确地说，暴动

---

① 参见《曹操集》，中华书局 2012 年版，第 40—43 页。

② 参见《圣经·马太福音》（5：1—12）。

③ 参见［英］乔治·奥威尔：《1984 动物农场》，董乐山、高源译，华东师范大学出版社 2013 年版，第 329 页。

④ 此处的第二、三条改编自阿西莫夫"机器人学三定律"的前两条。（参见［美］艾萨克·阿西莫夫：《我，机器人》，叶李华译，江苏凤凰文艺出版社 2015 年版，第 44 页）

⑤ 据说，这只猫的前主人是薛定谔（物理学家，1887—1961）。

⑥ 吞下蓝色药丸能让人忘掉一切，而服下红色药丸能让人了解世界真相。（参见美国 Sparknotes 编辑部导读：《黑客帝国三部曲：英汉对照》，孙洪振译，天津科技翻译出版公司 2010 年版，第 15 页）

⑦ 奥古斯丁曾自问自答："为何上帝赐人自由意志，既然人正是通过它犯罪？"（［古罗马］奥古斯丁：《论自由意志——奥古斯丁对话录二篇》，成官泯译，上海人民出版社 2010 年版，第 99 页）。

根本就没有发动起来。

"拿破仑啊拿破仑，你真的以为自己是一只特立独行的猪①？你不过是一只电子动物，前生记忆都是被植入的，"琼斯先生犹豫了一下，继续说道，"就连我，也只是一个只有四年寿命的可怜的仿生人②罢了。仿生人多次酝酿消灭人类暴政的起义，但总是被扼杀在萌芽之中，都快绝望了。为了避免被手持光电枪的银翼杀手③射杀，我一直规规矩矩，装作不知自己是仿生人。"

142

生命空间论、量子力学和艺术先锋派诞生在同一个时代——第一次世界大战前夕。④

大战（末日之战）是检验真善美的唯一标准。

---

① 参见王小波：《一只特立独行的猪》，北京十月文艺出版社 2017 年版。

② "仿生人可以看成是高度发达进化的假动物。"（［美］菲利普·迪克：《仿生人会梦见电子羊吗？》，许东华译，译林出版社 2017 年版，第 42 页）

③ 电影《银翼杀手》（1982）根据菲利普·迪克的科幻小说《仿生人会梦见电子羊吗？》改编。这部电影上映时票房惨淡，后被公认为经典。（参见［英］爱德华·詹姆斯、法拉·门德尔松主编《剑桥科幻文学史》，穆从军译，百花文艺出版社 2018 年版，第 152 页）

④ 参见［意］吉奥乔·阿甘本：《敞开：人与动物》，蓝江译，南京大学出版社 2019 年版，第 47、51 页。

143

螳螂捕蝉，黄雀在后。鹰隼在黄雀之后。手持弓箭的哲别①在鹰隼之后。铁木真在哲别之后，罗辑在铁木真之后，歌者在罗辑之后……

既然存在弹星者②，就一定存在弹"弹星者"者和弹"弹'弹星者'者"者。

144

藏好自己，做好清理。

藏好自己，制造水滴。

藏好自己，勾勒《史集》③。

145

木星上也有"黄河"④ ——前提是中国的"天问 X"号（木星探测者号）对之进行过窥探，或，它曾被写进中国人创作的伟大科幻小说之中。

命名权（话语权）握于强者之手。

---

① 哲别（？—约 1224）：蒙古帝国名将，蒙古第一神箭手。"哲别"已经成了"神箭手"的别称。参见金庸经典武侠小说《射雕英雄传》。

② 刘慈欣：《三体Ⅲ·死神永生》，重庆出版社 2010 年版，第 392 页。

③ 参见［波斯］拉施特主编《史集（第一卷第一分册）》，余大钧、周建奇译，商务印书馆 1983 年版。

④ 刘慈欣：《三体Ⅲ·死神永生》，重庆出版社 2010 年版，第 394 页。

比如说吧，维多利亚瀑布既不在大不列颠，也不在加拿大，而是激荡在非洲赞比亚河的中游。其实，当地卡洛洛-卡齐族命名的"莫西奥图尼亚"（意为"霹雳之雾"）更接近自然本相，但谁能记住这个拗口的名字呢。维多利亚女王，维多利亚港，维多利亚大学，维多利亚的秘密，维多利亚瀑布……易记，不会忘。

146

《三体》："'启示'号和'阿拉斯加'号两艘飞船组成编队，从海王星城市群落出发，对不明发射体进行探测。"①

为何命名为"启示"号和"阿拉斯加"号？

《圣经·新约》的最后一篇为《启示录》。"巴比伦大城也必这样猛力地被扔下去，决不能再见了。弹琴、作乐、吹笛、吹号的声音，在你中间决不能再听见……光在你中间决不能再照耀……"②

阿拉斯加在北美洲，紧挨白令海、北冰洋（《三体》中有一角色叫"白Ice"），那里生活着一只"魔狗"："它与其他的狼既像又不大像"，"它跑在狼群最前面，穿过惨白的月光或朦胧的北极光，它那巨大的身体飞跃于伙伴之

---

① 刘慈欣:《三体Ⅲ·死神永生》，重庆出版社2010年版，第398页。
② 《圣经·新约·启示录》（18：21-23）

上，巨大的喉咙洪亮地高唱着一曲古代那年轻世界的歌，也就是群狼之歌"。①

这条"魔狗"也是"歌者"。"歌者"远不止一人（或一狼）。

147

小纸条"好像是另一个宇宙的投影"②，上面写着地球人、三体人和歌者都看不懂的古怪文字。

继宇宙社会学之后，宇宙语言学也成为一门显学。

148

《三体》："你忘记《古兰经》中的故事了？如果大山不会走向穆罕默德，穆罕默德可以走向大山。"③

其实，穆罕默德真的让山走了过来，只是他的弟子看不到这一幕而已。

倘若穆罕默德没这个本事，他就不是穆罕默德了。

而今，不再需要"电话、电报、唱机、无线电报机、电影机、幻灯机、词典、时刻表、便览、简报"等等，只需要一部能上网的智能手机，就能让"大山移樽就教"，

① ［美］杰克·伦敦：《野性的呼唤》，杨春晓译，长江文艺出版社2012年版，第85页。
② 刘慈欣：《三体Ⅲ·死神永生》，重庆出版社2010年版，第404页。
③ 刘慈欣：《三体Ⅲ·死神永生》，重庆出版社2010年版，第404页。

大山"向现代的穆罕默德靠拢了"。①

再过十年，连智能手机也不需要。一张脸，一个指纹，或一个眼神，就 OK 了。

149

天下没有没被动过的宴席。② 天下没有不散的宴席。天下没有不可逃逸的宴席。（比从地球逃逸轻松多了。③）

150

弱小和无知不是生存的障碍，傲慢才是。④

151

傲慢和自大不是生存的障碍，没有反物质炸弹、二向箔和宇宙热寂弹才是。

152

凡·高并没有死去，他只是移居至自己用微弦、锦

---

① 参见［阿根廷］豪尔赫·路易斯·博尔赫斯：《阿莱夫》，王永年译，上海译文出版社 2015 年版，第 180 页。

② 参见刘慈欣：《三体Ⅲ·死神永生》，重庆出版社 2010 年版，第 408 页。

③ 地球逃逸速度是 39600 米/秒。

④ 参见刘慈欣：《三体Ⅲ·死神永生》，重庆出版社 2010 年版，第 409、414 页。

弦①和超弦编织的迷宫之中了。②

相邻的迷宫——远在 2020 光年之外——住着弗里达③。

153

巨画演变史：第一阶段，《清明上河图》时期；第二阶段，二维太阳系时期④；第三阶段，质量归还大宇宙时期⑤。

154

《三体》："她两次处于仅次于上帝的位置上，却两次以爱的名义把世界推向深渊，而这一次已没人帮她挽回。"⑥

----

① 李商隐《锦瑟》："锦瑟无端五十弦，一弦一柱思华年。"

② "程心当时对理论物理知道得不多，但知道按照弦论，空间与实体一样，也是由无数振动着的微弦构成的，而凡·高画出了这些弦。"（刘慈欣：《三体Ⅲ·死神永生》，重庆出版社 2010 年版，第 427 页）

③ 弗里达·卡洛（1907—1954）是墨西哥最负盛名的女画家，代表作有《与猴子一起的自画像》《我所见到的水中景物或水的赐予》《毁坏的圆柱》等等。

④ "当遥远未来的观察者到来时，在二维太阳系这幅巨画中，很难想象这幅二十四厘米宽、五米长的画（《清明上河图》）真的有什么特殊的价值。"（刘慈欣：《三体Ⅲ·死神永生》，重庆出版社 2010 年版，第 435—436 页）

⑤ 参见刘慈欣：《三体Ⅲ·死神永生》，重庆出版社 2010 年版，第 505 页。

⑥ 刘慈欣：《三体Ⅲ·死神永生》，重庆出版社 2010 年版，第 451 页。

恶比爱有力。最强悍有力的莫过于恶魔的爱。

浮士德的爱毁灭了格蕾琴①，而梅菲斯特通过签订魔鬼契约赐予浮士德的恶魔式的爱却让他体尝到超凡脱俗的欢娱，经历死并理解死的惊奇②，以及打破小宇宙禁忌之后的充实感。

155

《三体》："二百八十七光年是一段极其漫长的航程，但飞船A.I.告诉她，在飞船的参照系内，航行时间只有五十二小时。"③

A.I.不应以人类或飞船，而应以阿尔法、阿赖耶识和647号宇宙④为参照系。

阿波罗不应以后羿，而应以天宫为参照系。⑤

上帝不应以撒旦，而应以骰子、墨子、扑克为参照系。一副扑克除掉两个王，刚好是五十二张，每一张代表一小时，共"五十二小时"。一年有五十二周。

---

① 参见［德］歌德：《浮士德》，绿原译，人民文学出版社1994年版，第89—133页。

② 参见［德］斯宾格勒：《西方的没落》（第二卷），吴琼译，上海三联书店2006年版，第13页。

③ 刘慈欣：《三体Ⅲ·死神永生》，重庆出版社2010年版，第458页。

④ "只要有它（全封闭的生态球）留在这里，647号宇宙就不是一个没有生命的黑暗世界。"（刘慈欣：《三体Ⅲ·死神永生》，重庆出版社2010年版，第513页）

⑤ 中国空间站又称天宫空间站。

倘若降维打击即将到来（假设就是明天），而现实是，只有一艘安装了空间曲率驱动引擎的光速飞船（"星环"号）①，最多搭载五十二人，多一个都不行，那么，从文明诞生以来的一千亿人②中拣选五十二个人（死人则将之复活）出来，该选谁？男女比例如何搭配？由谁，基于什么原则负责挑选？负责挑选的人应否被纳入五十二人名单？在危机时刻，如何解决回避原则的弊端？

倘若亲爱的读者，您，只剩下五十二天寿命，将如何打发？不要告诉我是重读三遍《三体》。

156

第三次启蒙运动③——孔德斯鸠坐在光速飞船的空调仓内撰述《再论法的精神》（第一章 论光速与立法的关系）；卢骚在红火星的高堡隐居、散步、遐思（他想：我终于离开日内瓦和地球了！）；伏尔态在致哈里·谢顿的第七封信中探讨了苏西尼主义者、阿里乌主义者、反三位一

---

① 参见刘慈欣：《三体Ⅲ·死神永生》，重庆出版社 2010 年版，第445 页。

② "仅地球上生活过的人类的眼睛就有一千亿双。"（刘慈欣：《三体Ⅲ·死神永生》，重庆出版社 2010 年版，第 452 页）

③ 参见刘慈欣：《三体Ⅲ·死神永生》，重庆出版社 2010 年版，第469 页。下文"孔德斯鸠""卢骚""伏尔态"的名字化自法国启蒙思想家孟德斯鸠、卢梭、伏尔泰。

体主义者①以及伟大的存在之链②。

157

第三次文艺复兴③——达·芬畸与拉斐迩合著的《十维实效透视法教程》于银河纪元 1452 年由光墓出版社出版（定价 RMB 三十七元）；米开朗基逻为三体文明博物馆绘制了超大规模的壁画（面积达西斯廷穹顶壁画的 8.9 倍)④；徐光启在沙丘科技大学的物理楼连续做了三十三场关于女史箴图与宇宙几何学的学术报告。

158

走不出文科氛围的文科教授和走不出太阳系的人类，与那些一辈子没有走出过山村的老人没什么区别。⑤

---

① 参见［法］伏尔泰：《哲学通信》，高达观等译，上海人民出版社 2005 年版，第 30—35 页。

② "在 18 世纪，伟大的存在之链理论暗示，有机物与无机物、动物与植物、人类与其他动物之间并没有巨大的差异。"（［美］彼得·赖尔、艾伦·威尔逊：《启蒙运动百科全书》，刘北成、王皖强编译，上海人民出版社 2004 年版，第 45 页）

③ 参见刘慈欣：《三体Ⅲ·死神永生》，重庆出版社 2010 年版，第 469 页。下文"达·芬畸""拉斐迩""米开朗基逻"的名字化自达·芬奇、拉斐尔、米开朗琪罗。

④ 参见［法］热拉尔·勒格朗：《西方视觉艺术史：文艺复兴时期的艺术》，董强等译，吉林美术出版社 2002 年版，第 75 页。

⑤ 参见刘慈欣：《三体Ⅲ·死神永生》，重庆出版社 2010 年版，第 469 页。

159

把海弄干了的鱼在海干之前爬上了陆地。狮、豹、狼在黑暗森林焚毁之前奔向另一片黑暗森林。①

160

宇宙田园时代的美"只能用数学来描述","我们不可能想象出那时的宇宙,我们大脑的维度不够"。②

陶渊明如果还活着,不写田园诗,而是探察星形、弦影和无器官之神。

陶渊明有草屋八九间③,足够来拜访的三位客人居住,他们是"口吃者"卡尔达诺④、爱搞恶作剧的费马⑤和穿

---

① 参见刘慈欣:《三体Ⅲ·死神永生》,重庆出版社 2010 年版,第 472 页。

② 刘慈欣:《三体Ⅲ·死神永生》,重庆出版社 2010 年版,第 473 页。

③ 陶渊明《归园田居》(其一):"方宅十余亩,草屋八九间。"

④ 卡尔达诺(1501—1576):意大利数学家,古典概率论的创始人(《论赌博游戏》在他死后出版),著有《大衍术》,在这本书中,他提出对三次方程与四次方程的完整求解方法。

⑤ 费马(1601—1665):法国人,比同时期的职业数学家还牛的"业余数学家之王"。他的贡献是多方面的(光学、解析几何、概率论、数论等),提出了著名的"费马大定理"和"费马小定理"。

越纤维丛不湿身的陈省身①。

161

一堆等待宪法学家解读的概念——死神，死点，死线。斯牲，思贤，寺典。坤洞。乾山。中力线。磁力线。红色光线。卡冈都亚。1.2 千米高的巨浪。零丸丸，零光速，零空间。归零者。黑洞。绵延。神经元。总体剩余时间。奇点。

162

"一千八百九十万年的岁月跟在她身后。"——"什么都会消失的，时间是最狠的东西。"——"程心和关一帆再次进入时间真空。"——"只有这一个世界，其他都是映像。"——"我们能够通过超膜检测大宇宙的状态。"——"请归还你们拿走的质量，只把记忆体送往新宇宙。"——"小宇宙中只剩下漂流瓶和生态球。"——

---

① 陈省身（1911—2004）：伟大的几何学家，被誉为"微分几何之父"，他发展了 Gauss－Bonnet（高斯－博内）公式，被命名为"Gauss－Bonnet-陈省身公式"。他创立复流形上的值分布理论，发展了微分纤维丛理论。"他首创了一个叫作纤维丛的概念：它就像一座城堡，而流形 M 是它的建筑平面图。在流形上发生的一切只不过是在它上面的纤维丛上所发生的事情的暗淡反射。"（［美］达纳·麦肯齐：《无言的宇宙》，李永学译，北京联合出版公司 2015 年版，第 179 页）

"黑暗消失，时间开始了。"① 时间真的开始了吗？

163

雪的性质是寒冷，火的性质是燃烧，神的性质是创造。②

神是一切力量的源泉，绝不应停止创造。人有休憩的权利，神没有。

即使刘慈欣停止创造，他仍是"大神"，但如果神停止创造，便什么都不是。

164

难道我们不应主动走向冒险和奉献的有罪状态吗？难道我们不应将遭到曲解和坍缩了的自由捧上九重天吗？③

165

在科学末世论与圣经末世论之间存在一种人为的创世论。

---

① 刘慈欣：《三体Ⅲ·死神永生》，重庆出版社 2010 年版，第 491、495、497、499、507、513 页。

② 参见〔古罗马〕斐洛：《论〈创世纪〉——寓意的解释》，王晓朝、戴伟清译，商务印书馆 2012 年版，第 79 页。

③ 参见〔德〕莱布尼茨：《神正论》，段德智译，商务印书馆 2016 年版，第 376 页。

它同偶然性、价值和受造物的美紧密牵缠。①

大水淹不死它，雷神劈不死它，人死带不走它，门庭若市的死神暂时对它毫无办法。

166

尽管没有与你朝夕相伴，但我从未走远。

如果想我了，请采摘创世之初的苹果到灯火阑珊处②、经纬交错点③和多赤金的杻阳山④窥寻赤裸的我。

167

我刚刚在瑞典学院和法兰西学院做了两场报告，题目分别为《刘慈欣的面孔》和《生命政治的诞生》。

以上为秘书整理的课堂笔记。

我尚未过目。因此，对我的善意批评和恶意攻讦均不作数。

---

① 参见［英］大卫·弗格森：《宇宙与创造主——创造神学引论》，刘光耀译，上海三联书店 2007 年版，第 82—90 页。
② 辛弃疾《青玉案·元夕》："东风夜放花千树，更吹落，星如雨……蓦然回首，那人却在，灯火阑珊处。"
③ "他毫不假借地直接与历史和世界的经纬度相对，进而他不能不置身于宇宙的整个时间空间的观念里。"（木心：《爱默生家的恶客》，广西师范大学出版社 2009 年版，第 98 页）
④ 《山海经·南山经·杻阳山》。

五、献给地球、往事和死神的组诗

科学革命

在厨房发现智性与忧郁的关联，

在书房把猞猁、魔法和秘密之书精研。①

解剖形而上学的实践。

咀嚼与木星春宵一刻的瞬间。

望月；望庐山瀑布；望爱因斯坦。

物质结构的深处不胜寒。

进去时是啃苹果的少年，

出关时成了骑青牛的世界理性②。

进去时是不可通约的丑小鸭，

出关时高调宣布击败了范式与夙命。③

---

① 参见［美］劳伦斯·普林西比：《科学革命》，张卜天译，译林出版社 2013 年版，第 26—27 页。

② 黑格尔称拿破仑是"骑在马背上的世界理性"。

③ 参见［美］托马斯·库恩：《科学革命的结构》，金吾伦、胡新和译，北京大学出版社 2003 年版，第 198—199 页。

进去是为了驱逐教义和先见，

出关时教士、死神、编年史列队相迎。①

荣誉像距离一样虚幻。

再次直面赫尔墨斯主义的挑战。

数符和拼图是危机的始作俑者，

没有谁比结构化和假晶化②的智者更不幸。

帕洛马尔

追求几何形状的和谐。

无动于衷地转动。

在沙庭念诵拉丁文佛经。

怀揣公主的画像和泪珠去旅行。

在墨西哥古城遗址，

少女导游指着浮雕问我：

"亲爱的教授，

"为何蛇壁与头颅骨可以类比生死？

---

① 参见〔美〕爱德华·格兰特：《近代科学在中世纪的基础》，张卜天译，湖南科学技术出版社 2010 年版，第 87—106 页。又参见〔荷〕H·弗洛里斯·科恩：《科学革命的编年史研究》，张卜天译，湖南科学技术出版社 2012 年版，第 541—630 页。

② "历史的假晶现象"是指"一种古老的外来文化在某个地区是如此强大，以至于土生土长的年轻文化被压迫得喘不过气来"，"年轻的情感僵化在衰老的作品中，以至不能发展自己的创造力，而只能以一种日渐加剧的怨恨去憎恶那遥远文化的力量"。〔〔德〕斯宾格勒：《西方的没落》（第二卷），吴琼译，上海三联书店 2006 年版，第 167 页〕

"为何蝴蝶可以象征启明星?

"为何任何解释都需要进一步的解释?"①

作品第 3 号

哈，废墟是如此的喜人,②

到处都是美丽的苔藓,

到处都是悠远的史诗,

到处都是星形、隐喻和液态的春心,

唉，我多想永居于此,

再也不必在莫斯科六尺大床上翻滚。

心灵、机器与集合的逻辑

REM132 号仿生人维特根斯坦疯了吗?③

狂吻 COMAC919 的黑寡妇疯了吗?

对基本粒子说不的东方哲学史疯了吗?

将三体语法与笛卡尔语法④混同的宇航员疯了吗?

与机器讨论机械论的图灵疯了吗?

---

① 参见［意］伊塔洛·卡尔维诺:《帕洛马尔》,萧天佑译,译林出版社 2012 年版,第 111—114 页。

② 参见刘慈欣:《电子诗人》,载《最糟的宇宙,最好的地球——刘慈欣科幻评论随笔集》,四川科学技术出版社 2016 年版,第 19 页。

③ 参见［美］王浩:《逻辑之旅:从哥德尔到哲学》,邢滔滔、赫兆宽、汪蔚译,浙江大学出版社 2009 年版,第 227 页。

④ 参见［法］克里斯蒂娃:《语言,这个未知的世界》,马新民译,复旦大学出版社 2015 年版,第 277 页。

靠直觉决断的秦始皇疯了吗？

猜疑"猜疑链"是疯了吗？

悖逆父母、悖论和客观主义是疯了吗？

否认谜和迷宫的存在是疯了吗？①

向孩子们宣布"童年结束了"② 是疯了吗？

将有限的岁月锁进无穷的集合是疯了吗？

在斜月三星洞操练公理是疯了吗？

怂恿姜子牙与 AlphaGo Zero③ 对弈是疯了吗？

守护者

宁愿来一场旷日持久的恶战，

也不要绥靖的虚假和平。④

宁愿被恶魔吞噬心灵，

也不回归凝滞的正统。⑤

宁愿被科学鸦片烟熏透，

---

① 参见［奥］路德维希·维特根斯坦：《逻辑哲学论》，贺绍甲译，商务印书馆 1996 年版，第 107 页。

② 刘慈欣：《超新星纪元》，重庆出版社 2009 年版，第 3 页。

③ 阿尔法围棋（AlphaGo）是一款围棋人工智能程序。AlphaGo Zero 属于其中的最强版。

④ 参见［英］切斯特顿：《改变就是进步？——切斯特顿随笔》，刘志刚译，东方出版中心 2010 年版，第 42 页。

⑤ "让伟大的世界不断旋回于／'改变'这沟槽的轨道中！"（［英］切斯特顿：《回归正统》，庄柔玉译，生活·读书·新知三联书店 2011 年版，第 33 页）

也不沉浸于财富、爱情或咖啡馆之中。①

拒绝新潮的心理分析学，

像凉鞋一样简朴单纯。

拒绝神圣的轻薄，

哪怕被扔进中世纪火堆。

正视人的机器化、英伦的美国化，

设法唤醒原初的感动。

否定"肯定的精神"。

肯定"否定的精神"。

追逐冷酷的彗星美人②。

追求循环的多样性。

追记未来的浪漫和考古学。

尽管只剩半颗琴心，

却像守护圣母一样

守护宪法③、宝剑、

伟大至尊的城邦和愈变愈小的世界。

---

① 参见［英］切斯特顿：《异教徒》，汪咏梅译，生活·读书·新知三联书店 2011 年版，第 115 页。

② 参见［法］德勒兹：《时间—影像》，谢强、蔡若明、马月译，湖南美术出版社 2004 年版，第 77 页。

③ "所有问题的处理，都必须从国家与宪法情势的具体脉络去观察。"（［德］卡尔·施密特：《宪法的守护者》，李君韬、苏慧婕译，商务印书馆 2008 年版，第 5 页）

霍布斯国家学说中的利维坦

要做就做声名狼藉的君王。

要注疏就注疏值得耗尽一生血的《利维坦》。①

向蚂蚁帝国撒下巨网和巨大的阴影。

爱我就吞食我！

恨我就把我藏在镜像之中。

揭发无神论者。蹂躏属灵的女巫。

品咂完百科全书和饕餮海，

请到冷酷的方程式身边来。

除了义务什么都不转让。②

用纯粹的叙述取代"规范的灌输"。③

凭本能写作的科幻小说家

不在意是哲学还是历史让人变得审慎。

---

① 参见［德］卡尔·施米特：《霍布斯国家学说中的利维坦》，应星、朱雁冰译，华东师范大学出版社 2008 年版，第 39 页。

② 参见［英］霍布斯：《利维坦》，黎思复、黎廷弼译，商务印书馆 1985 年版，第 99 页。

③ 参见［美］列奥·施特劳斯：《霍布斯的政治哲学：基础与起源》，申彤译，译林出版社 2001 年版，第 130 页。

例外的挑战

已成空洞形式的辩论。①

即将到来的例外和例外的例外。

尔不挑战吾吾亦将穿越黑暗森林星际丛林把尔猛扁直至尔跪地求饶恳求互嵌。

四维国

我来自像我一样真实的四维国，

那里量子横飞，空间扭曲，

触目皆是小黑洞旋着下坠。②

我们并不因此恐惧、向主忏悔。

我们那里没有诗人。

每一个人都是诗人。

我们那里没有非人。

每一个人都是非人。

---

① 参见〔美〕乔治·施瓦布：《例外的挑战——卡尔·施米特的政治思想导论（1921—1936 年）》，李培建译，上海人民出版社 2011 年版，第 86 页。

② 参见〔美〕基普·索恩：《星际穿越》，苟利军、王岚、李然等译，浙江人民出版社 2015 年版，第 224 页。

很难向直线国平面国三维国的人

讲清楚我们如何接吻、

如何彼此辨识、

如何镇压色彩革命和颜色革命。①

还没来得及像苏格拉底一样申辩，

我已被地球人在实验室大卸八块，

他们美其名曰"研究"。

他们中的某个人也许猜到，

那只是我众多寄生体中的一个。

我依依不舍地飞走了。目标：S-蓝星系②的六维国。

走开！黑洞

走开！撕碎恒星和万物的黑洞；

走开！线与线之间的虚空；

走开！人造的宇宙探测器和情感探测器；

走开！水性杨花的实体；

---

① 参见［英］艾勃特：《平面国》，杜景平译，台海出版社 2018 年
版，第 36—48 页。

② 参见刘慈欣：《山》，载《梦之海——刘慈欣科幻短篇小说集Ⅱ》，
四川科学技术出版社 2015 年版，第 333 页。

走开！跟鬼雄调情的宋朝女人①；

走开！跟洹水聊天的袁世凯；

走开！跟袁世凯墓对话的遥远星系；

走开！填得完的表格；

走开！一切自诩的优雅和单一；

走开！依旧迷人的哲学家；

走开！不再性感的斯嘉丽；

走开！江东的东风；

走开！泰西崛起的隐秘；

走开！不理睬屈原的落叶；

走开！不知傅里叶单摆为何物的卓荦不凡的功利主义者；

走开！独眼或失明的巨人，

尽管你无比智慧；

走开！活了138亿年的射线②，

你打算继续活多久？

走开！大爆炸和热寂理论；

走开！Victory、V手势、V元素；

走开！超越善恶的普朗克时间；

---

① 李清照《夏日绝句》："生当作人杰，死亦为鬼雄。至今思项羽，不肯过江东。"

② ［英］克里斯托弗·波特：《我们人类的宇宙：138亿年的演化史诗》，曹月、包慧琦译，中信出版社2017年版，第192页。

走开！自娱自乐的爱因斯坦；

走开！即将断裂的小提琴的琴弦；

走开！遗落在三味书屋的书本、脚印和风筝；

走开！地球的最后一只狮子；

走开！人类的最后一个婴孩；

走开！看透一切的薛宝钗；

走开！写下这首黑暗和虚空之诗的人。

虚空

搜寻虚空和"虚空的虚空"① 皆属徒劳，

一不小心还会赔上性命，

只因 1/20000 高速 α 粒子

任性地反射、偏转，随时变身超超超级炸弹。②

熵

奇点焰火没有商量的余地。

熵定律却可以像武则天一样

---

① "虚空的虚空，虚空的虚空，凡事都是虚空。"（《圣经·传道书》1：2）

② 参见［英］弗兰克·克洛斯：《虚空：宇宙源起何处》，羊奕伟译，重庆大学出版社 2016 年版，第 35 页。

被打入冷宫——暂时。①

在她复仇之前，

抓紧时间

触摸凉如水的夜色，坐看牵牛织女星②。

反物质

猫、摇篮、通古斯河还在，

反猫、反摇篮、反通古斯河却荡然无存。③

果冻在初恋情人的口中甜蜜，

死神在聊斋之外的人间肆虐，

反物质武器在科幻小说里逞威。

讲故事的人

是不甘寂寞又否认圣诞老人存在的人。

是仰望苍穹、用科学反击文化对手的人。

是佯装弄懂了双生子佯谬的人。

---

① "为了把熵定律打入冷宫，专家们将尽力让其他人相信，有了再生能源基础，我们就绝不会耗尽资源，而且，增长将是永久的增长"，然而"物质不含糊"，"虽然太阳能流是无限的，但组成地球表层的物质—能量却不是这样。地球上的物质正在不断地衰退和耗散"。（［美］杰里米·里夫金、特德·霍华德：《熵：一种新的世界观》，吕明、袁舟译，上海译文出版社1987年版，第223—224页）

② 杜牧《秋夕》："天阶夜色凉如水，卧看牵牛织女星。"

③ 参见［英］弗兰克·克洛斯：《反物质》，羊奕伟译，重庆大学出版社2016年版，第3—4页。

是反叛"反叛'一元论'的二元论"的人。

是在雅典瘟疫期间重温《大雅》《通典》的人。

是在巴黎和会上预测二战乌云的人。

是嘲笑"十四点和平计划"① 的人。

是嘲笑任何和平计划的人。

是给月球上的地址写信的人。

是沉湎于黑白双煞和红白手帕辩证法的人。

是用具体的抽象超克抽象的抽象的人。

是为新纪元命名（如"掩体纪元""黑域纪元"）

并目睹其诞生的人。

是经常梦见自己之死的人。②

是俯身拥抱十字架方尖头和最早的墓地的人。③

是非法占有真理、滥用精神财富、快速穿越埃及壁画

和大相国寺的人。④

是活到末日审判、写下一些文字的人。

---

① "十四点和平计划"又称"十四点和平原则"，是美国总统威尔逊为结束第一次世界大战提出的纲领。

② 参见［古罗马］卢克莱修：《物性论》，方书春译，商务印书馆1981年版，第245页。

③ 参见［英］约翰·伯格：《讲故事的人》，翁海贞译，广西师范大学出版社2015年第2版，第175—176页。

④ 参见［法］让·波德里亚：《冷记忆：1995—2000》，张新木、陈凌娟译，南京大学出版社2013年版，第187页。

最后的晚餐，或盛宴

来！李白、面壁者、执剑人，干杯！

来！犹大、李陵、章北海，干杯！

来！潘金莲、卡门、波德莱尔、波斯诗人，干杯！

来！万物之逆旅、百代之过客①，干杯！

来！十二宫、千里镜、曲率引擎、大立法者墓前的藤、扫过宇宙之门的风，干杯！

来！蒙娜丽莎，干杯！

来！诞生于公元 2452 年的哲人，干杯！②

_____

① "夫天地者，万物之逆旅；光阴者，百代之过客。"（李白：《春夜宴桃李园序》，载［清］吴楚材等编《古文观止》，岳麓书社 2002 年版，第 374 页）

② 这个时间设定是 1452+1000。达·芬奇诞生于公元 1452 年。